suhrkamp taschenbuch 3768

Da ist es wieder, das unvergleichliche Abenteurer-Trio Kate Cold, ihr Enkel Alex und die junge Brasilianerin Nadia, auf einer Reportagereise, die zunächst einer fröhlichen Safari gleicht. Die Suche nach zwei verschollenen Ordensbrüdern führt die drei mitten ins Herz der afrikanischen Urwälder, wo die Menschen unter der Herrschaft eines bizarren Königs, eines skrupellosen Militärs und eines teuflischen Zauberers stehen. Schnell entschließen sich Alex und Nadia, der unterdrückten Bevölkerung zu helfen, aber diesmal scheint es, als hätten sich die beiden zu viel vorgenommen ...

Anknüpfend an ihre Erfolgsromane *Die Stadt der wilden Götter* (2002, st 3595) und *Im Reich des Goldenen Drachen* (2003, st 3689), erzählt Isabel Allende in diesem letzten Teil der Abenteuertrilogie eine phantastische Geschichte über die Überwindung tief verwurzelter Ängste und die Macht der Freundschaft.

»Alle Allende-Fans können sich einmal mehr an der schönen, humorvollen Sprache der Chilenin erfreuen.« *Münchner Merkur*

Isabel Allende, geboren 1942, arbeitete lange Zeit als Journalistin in Chile. Nach Pinochets Militärputsch ging sie ins Exil. Heute lebt sie mit ihrer Familie in Kalifornien. Ihr Werk erscheint auf Deutsch im Suhrkamp Verlag, zuletzt der Roman *Zorro* (2005).

# Isabel Allende
# Im Bann der Masken

*Roman*

Aus dem Spanischen von
Svenja Becker

Suhrkamp

Die Originalausgabe erschien 2004 unter dem Titel
*El Bosque de los Pigmeos*
bei Plaza & Janés, Barcelona.
© Isabel Allende, 2004

Umschlagfoto: mauritius-images

suhrkamp taschenbuch 3768
Erste Auflage 2006
© der deutschen Ausgabe
Suhrkamp Verlag Frankfurt am Main 2004
Suhrkamp Taschenbuch Verlag
Alle Rechte vorbehalten, insbesondere das
des öffentlichen Vortrags sowie der Übertragung
durch Rundfunk und Fernsehen, auch einzelner Teile.
Kein Teil des Werkes darf in irgendeiner Form
(durch Fotografie, Mikrofilm oder andere Verfahren)
ohne schriftliche Genehmigung des Verlages reproduziert
oder unter Verwendung elektronischer Systeme
verarbeitet, vervielfältigt oder verbreitet werden.
Druck: Ebner & Spiegel, Ulm
Printed in Germany
Umschlag: Göllner, Michels, Zegarzewski
ISBN 3-518-45768-3-X

1 2 3 4 5 6 – 11 10 09 08 07 06

Im Bann der Masken

*Für Bruder Fernando de la Fuente,*
*Missionar in Afrika,*
*dessen Geist diese Geschichte bewegt.*

ERSTES KAPITEL
## Die Seherin

Auf einen Befehl von Michael Mushaha hielt der Tross Elefanten an. Es war Mittag, die Sonne brannte, und die Wildtiere im weitläufigen Nationalpark suchten sich einen Platz zum Dösen. Für ein paar Stunden hielt das Leben inne, die afrikanische Savanne glich einem Höllenkessel voll glühender Lava, und selbst die Hyänen und Geier flüchteten in den Schatten. Alexander Cold und Nadia Santos ritten auf einem eigensinnigen Elefantenbullen namens Kobi. Er hatte Nadia ins Herz geschlossen, denn sie hatte in den vergangenen Tagen eifrig die Grundlagen der Elefantensprache gelernt und konnte sich mit ihm verständigen. Während ihrer langen Streifzüge erzählte sie ihm von Südamerika, von ihrem Zuhause am anderen Ende der Welt, wo es außer einigen geheimnisvollen Urzeitwesen, die verborgen in einem unzugänglichen Berg im Regenwald lebten, keine Geschöpfe von seiner Größe gab. Kobi schätzte Nadia sehr, und im gleichen Maße verabscheute er Alex, wobei er jede Gelegenheit nutzte, seine Gefühle zu zeigen.

Unter staubigen Bäumen am Rand eines Wasserlochs, dessen Farbe an Tee mit Milch erinnerte, kam Kobis Fünftonnengewicht zum Stehen. Alexander hatte eine eigene Technik entwickelt, um bei seinem Sprung aus drei Metern Höhe einigermaßen heil zu bleiben, denn auch nach fünf Tagen Safari ließ sich der Elefant nicht zur Mitarbeit bewegen. Wie Alex zu spät merkte, hatte Kobi sich diesmal so hingestellt, dass er beim Springen unweigerlich ins Wasserloch platschte, wo er bis zu den Knien einsank. Borobá, Nadias kleines schwarzes Äffchen, landete auf seinem Kopf. Alex wollte ihn herunterklauben, strauchelte und fiel auf den Hintern. Genervt schnaubte er, schüttelte Borobá ab und hatte Mühe, auf die Füße zu kommen, weil er durch seine schlammverspritzte Brille nichts sah. Er suchte nach einem sauberen Zipfel seines T-Shirts und wollte die Gläser abwischen, als Kobis Rüssel ihn im Rücken traf. Er kippte vornüber. Bis Alex wieder stand, hatte Kobi sich umgedreht, hatte sein massiges Hinterteil in Position gebracht und blies ihm einen volltönenden Darmwind ins Gesicht. Die übrigen Expeditionsteilnehmer prusteten vor Lachen.

Nadia hatte es mit dem Absteigen nicht eilig und wartete lieber, bis Kobi ihr behilflich war, mit Würde auf die Erde zu kommen. Sie setzte einen Fuß auf das Knie, das er ihr anbot, umschlang mit einem Arm seinen Rüssel und schwebte wie eine Balletttänzerin zu Boden. So zuvorkommend war Kobi zu niemandem sonst, selbst zu Michael Mushaha nicht, für den er Respekt, aber keine Zuneigung empfand. Er war ein Tier mit festen Grundsätzen. Es war eine Sache, Touristen auf seinem Rücken reiten zu lassen, eine Arbeit wie jede andere auch, für die er mit vorzüglichem Essen und Schlammbädern entschädigt wurde, und etwas ganz anderes, für eine Handvoll Erdnüsse Zirkuskunststücke aufzuführen. Er mochte Erdnüsse, keine Frage, aber noch lieber machte er Leuten wie Alex das Leben schwer. Warum er ihn nicht leiden konnte? Er wußte es nicht genau, der Kerl war ihm einfach ein Dorn im Auge. Ständig war er mit Nadia zusammen. Die Herde bestand aus dreizehn Tieren, aber er musste partout mit dem Mädchen reiten. Es zeugte nicht eben von Fingerspitzengefühl, dass er sich derart zwischen ihn und Nadia stellte. Merkte er denn nicht, dass sie sich in Ruhe unterhalten wollten? Ein deftiger Stoß mit dem Rüssel und eine verpestete Brise dann und wann waren das Mindeste, was der Kerl verdiente. Als Nadia festen Boden unter den Füßen hatte, trompetete Kobi gedehnt, und sie drückte ihm als Dankeschön einen Kuss auf den Rüssel. Dieses Mädchen wusste, was sich gehörte, sie würde ihn nie lächerlich machen, indem sie ihm Erdnüsse unter die Nase hielt.

»Dieser Elefant ist in Nadia verknallt«, witzelte Kate Cold.

Was sich da zwischen Nadia und Kobi anbahnte, gefiel Borobá ganz und gar nicht. Er beäugte es argwöhnisch. Nadias Interesse an der Sprache der Dickhäuter konnte gefährliche Folgen für ihn haben. Sie würde doch nicht etwa ihr Haustier wechseln wollen? Vielleicht war es an der Zeit, sich krank zu stellen, um ihre ungeteilte Aufmerksamkeit zurückzugewinnen, aber womöglich ließ sie ihn dann im Camp, und damit würde er die wunderbaren Ausflüge in den Nationalpark verpassen. Dann würde er sich die wilden Tiere nicht ansehen können, und außerdem durfte er seinen Rivalen nicht aus den Augen lassen. Er sprang auf Nadias Schulter – das war sein Platz, ganz allein seiner – und drohte dem Elefanten mit der Faust.

»Und der Affe ist eifersüchtig«, ergänzte Kate.

Mit ihren siebenundsechzig Jahren ließ Kate sich kaum mehr etwas vormachen, und Borobás wechselnde Launen kannte sie nur zu gut, denn sie lebte seit fast zwei Jahren mit ihm unter einem Dach. Von Anfang an war es gewesen, als hätte sie einen kleinen pelzigen Mann in ihrer Wohnung. Nadia hatte darauf bestanden, Borobá mitzubringen, sonst wäre sie nicht zu ihr nach New York gezogen, um dort die Schule zu besuchen. Die beiden waren unzertrennlich. Nadia hatte sogar eine Ausnahmegenehmigung bekommen, damit sie ihn mit in die Schule nehmen konnte. Borobá war der erste Affe in der Geschichte der städtischen Bildungsanstalten, der regelmäßig am Unterricht teilnahm. Kate wäre nicht überrascht gewesen, hätte sie erfahren, dass er lesen konnte. Zuweilen hatte sie Albträume, in denen der Affe mit einer Brille auf der Nase und einem Glas Brandy in der Hand auf ihrem Sofa saß und den Wirtschaftsteil der Zeitung studierte.

Kate betrachtete sich das sonderbare Trio aus Alexander, Nadia und Borobá. Der Affe, der auf jedes Geschöpf eifersüchtig war, das in Nadias Nähe kam, hatte in Alexander zu Anfang nur ein unvermeidliches Übel gesehen, ihn mit der Zeit jedoch ins Herz geschlossen. Vielleicht hatte er gespürt, dass er Nadia in diesem Fall besser nicht wie sonst vor die Alternative »er oder ich« stellen sollte. Wer weiß, für wen der beiden sie sich entschieden hätte. Kate dachte bei sich, wie sehr Alexander und Nadia sich im letzten Jahr doch verändert hatten. Nadia würde bald fünfzehn werden und ihr Enkel achtzehn, er sah schon nicht mehr wie ein Grünschnabel aus und benahm sich auch nicht mehr so.

Auch Nadia und Alex war die Veränderung nicht entgangen. Während der langen Phasen, in denen sie sich nicht sehen konnten, hatten sie sich mit ihren E-Mails die Finger wund geschrieben. Sie hatten ihre Tage vor dem Bildschirm verbracht, ein endloses Gespräch in die Tasten gehackt und sich über die ödesten Belanglosigkeiten ihres Alltags und die tiefschürfenden Fragen der Menschheit ausgetauscht. Zwar hatten sie sich öfter auch Fotos geschickt, dennoch waren sie aus allen Wolken gefallen, als sie sich wiedersahen. Alexander hatte in der Zwischenzeit einen kräftigen Schuss gemacht und war jetzt so groß wie sein Vater. Seine Gesichtszüge waren markanter geworden, und in den letzten Monaten hatte er sich täglich rasieren müssen. Nadia war nicht mehr das hagere kleine Mädchen mit Papageienfedern im Haar, das er vor einigen Jahren am Amazonas kennen gelernt hatte. Mittlerweile konnte man ahnen, wie sie bald als erwachsene Frau aussehen würde.

Kate war mit den beiden in Afrika auf der ersten Safari mit Elefanten, die es für Touristen gab. Die Idee, sich auf diese Weise den Wildtieren zu nähern, stammte von Michael Mushaha, einem afrikanischen Naturforscher, der in London studiert hatte. Zwar waren afrikanische Elefanten nicht so leicht zu zähmen wie die indischen, die man in vielen Ländern Asiens als Arbeitstiere einsetzt, aber mit Geduld und Geschick war es ihm gelungen. Der Werbeprospekt für die Safari erklärte kurz, worum es bei der Idee ging: »Die Elefanten bewegen sich in ihrem natürlichen Lebensraum und scheuchen die anderen Tiere nicht auf. Sie brauchen kein Benzin und keine Wege, verschmutzen die Umwelt nicht und erregen kein Misstrauen.«

Als Kate angetragen wurde, einen Artikel darüber zu schreiben, war sie gerade mit Alexander und Nadia zu Besuch im Reich des Goldenen Drachen. König Dil Bahadur und seine Frau Pema hatten die drei in die Hauptstadt Tunkhala eingeladen, damit sie ihren ersten Sohn kennen lernten und an den Willkommensfeierlichkeiten für die neue Drachenstatue teilnahmen. Ein mit Kate befreundeter Juwelier hatte für die ursprüngliche Statue, die durch eine Explosion zerstört worden war, einen originalgetreuen Ersatz gefertigt.

Zum ersten Mal in der Geschichte des Himalaja-Königreichs bot sich den Bewohnern die Gelegenheit, die geheimnisvolle Statue, zu der früher nur die gekrönten Häupter Zugang gehabt hatten, mit eigenen Augen zu sehen. Dil Bahadur hatte den mit Edelsteinen besetzten goldenen Drachen in einem der Säle des Königspalastes ausstellen lassen, und die Menschen strömten herbei, um ihn zu bestaunen, und brachten ihm Blumen und Weihrauch dar. Es war wunderschön anzusehen. Beschienen von hundert kleinen Öllampen, stand die Statue auf einem einfarbigen Holzsockel. Vier Soldaten in traditioneller Galauniform, mit Pelzkappen und Federbusch und schmucken Lanzen hielten Wache. Dil Bahadur hatte sich aufwändigere Sicherheitsmaßnahmen verbeten, denn er wollte sein Volk nicht beleidigen.

Die offizielle Zeremonie zur Begrüßung der Statue war eben beendet, als man Kate mitteilte, sie habe einen Anruf aus den Vereinigten Staaten. Das Telefonnetz des Landes war veraltet, und für Auslandsgespräche brauchte man gute Nerven, aber nach vielem Gebrülle und etlichen Wiederholungen hatte der Herausgeber der Zeitschrift International Geographic der Reporterin begreiflich gemacht, worum es bei ihrem nächsten Auftrag gehen sollte. Er bat sie, unverzüglich nach Kenia aufzubrechen.

»Dann müssen mein Enkel und seine Freundin Nadia mitfahren, die sind mit mir hier«, erklärte Kate.

»Die Zeitschrift kommt nicht für die Kosten auf, Kate!«, antwortete der Herausgeber wie vom anderen Ende des Universums.

»Dann fahre ich nicht!«, brüllte Kate zurück.

Er hatte nachgegeben, und so war sie einige Tage später mit Alexander und Nadia in Nairobi gelandet, wo sich ihnen die beiden Fotografen anschlossen, die immer mit ihr arbeiteten, der Engländer Timothy Bruce und der Mexikaner Joel González. Kate hatte sich zwar geschworen, ihren Enkel und Nadia nie wieder auf eine ihrer Reisen mitzunehmen, weil sie die letzten beiden Male für mehr Wirbel gesorgt hatten, als ihr lieb gewesen war, aber dies hier war ja ein touristisches Vergnügen und vollkommen harmlos.

~

Einer von Michael Mushahas Angestellten erwartete die Reisenden am Flughafen. Er begrüßte sie und brachte sie ins Hotel, damit sie sich erst einmal ausschliefen, denn der Flug war mörderisch gewesen: Sie hatten dreimal umsteigen müssen, bis sie die vielen tausend Meilen über drei Kontinente hinter sich gebracht hatten. Am nächsten Morgen standen sie zeitig auf, denn sie wollten etwas von der Stadt sehen, ein Museum und den Markt besuchen, ehe sie am nächsten Tag in einem Sportflugzeug zum Safari-Camp aufbrachen.

Der Markt lag in einem belebten Viertel zwischen üppigen tropischen Bäumen. In den ungeteerten Straßen drängten sich Menschen und Fahrzeuge: Mofas mit drei oder vier Leuten darauf, klapprige Autobusse, Handkarren. Alles, was die Erde, das Meer oder der menschliche Erfindungsreichtum hergaben, wurde hier feilgeboten, ob Hörner von Nashörnern, Goldfische aus dem Nil oder geschmuggelte Waffen. Kate, Nadia, Alex, Joel und Timothy verabredeten sich für eine Stunde später an einer bestimmten Straßenecke und trennten sich dann. In dem Gedränge und dem Wirrwarr schmaler Gassen konnte man sich kaum zurechtfinden, und zur vereinbarten Zeit wieder am Treffpunkt zu sein war leichter gesagt als getan. Alexander fürchtete, dass er Nadia in der Menge verlieren würde oder sie jemand über den Haufen fuhr, deshalb nahm er ihre Hand, und gemeinsam bahnten sie sich einen Weg durch das Gewühl.

Eine bunte Mischung von Menschen aus den verschiedenen afrikanischen Kulturen gab es hier zu bestaunen: Wüstennomaden und schlanke Reiter auf prächtig geschmückten Pferden, Muslime mit kunstfertig geschlungenen Turbanen und halb verschleierten Gesichtern, Frauen mit glühenden Augen und blauen Tätowierungen auf Stirn und Wangen, nackte Hirten, die sich mit rotem Lehm und weißer Kreide bemalt hatten. Unzählige barfüßige Kinder und Meuten von Hunden rannten herum. Am meisten waren

Nadia und Alex von den Frauen beeindruckt: Die einen hatten sich knallbunte gestärkte Tücher auf den Kopf getürmt, die von weitem aussahen wie Segel, andere hatten sich die Haare abrasiert, und ihre Hälse verschwanden vom Kinn bis zu den Schultern unter Ketten aus Glasperlen; manche waren in meterlange Bahnen farbenprächtiger Stoffe gehüllt, andere fast nackt. Die Luft hallte wider von Gesprächen in den unterschiedlichsten Sprachen, von Musik und Gelächter, von Gehupe und von den Schreien der Tiere, die hier an Ort und Stelle geschlachtet wurden. Von den Tischen der Schlachter troff ihr Blut und versickerte im staubigen Boden, während schwarze Geier in geringer Höhe darüberglitten und darauf lauerten, etwas von den Eingeweiden zu ergattern.

Alex und Nadia wanderten mit großen Augen durch dieses kunterbunte Spektakel, feilschten hier um den Preis für ein Armband aus Glasperlen, kosteten dort ein Stück Maiskuchen oder knipsten ein Foto mit der Pocketkamera, die sie in letzter Minute auf dem Flughafen erstanden hatten. An einer Ecke liefen sie fast in einen Vogel Strauß hinein, der mit den Füßen an einen Pflock gebunden war und auf sein letztes Stündlein wartete. Das Tier, das viel größer, kräftiger und wilder war, als sie sich hätten träumen lassen, äugte mit grenzenloser Verachtung auf sie herab, krümmte dann plötzlich ohne Vorwarnung den langen Hals und schnellte mit dem Schnabel auf Borobá zu, der auf

Alexanders Kopf hockte und sich an dessen Ohren festhielt. Der Affe konnte dem mörderischen Hieb eben noch ausweichen und kreischte wie am Spieß. Der Strauß schlug mit seinen kurzen Flügeln und stürzte vor, soweit der Strick um seine Beine es zuließ. Joel González, der gerade zufällig vorbeikam, schaffte es eben, Alexanders und Borobás entsetzte Mienen mit der Kamera festzuhalten, während Nadia den dreisten Angreifer mit rudernden Armen zurückscheuchte.

»Ein eins a Schuss für den Titel!«, verkündete Joel freudestrahlend.

~

Um sich vor dem hochnäsigen Strauß in Sicherheit zu bringen, überquerten Nadia und Alex eine Kreuzung und fanden sich jäh in dem Teil des Marktes wieder, der den Zauberern und Hexen vorbehalten war. Unter Sonnensegeln, die über vier Eckstangen gespannt waren, saßen Anhänger weißer und schwarzer Magie, Seher, Fetischanbeter, Heiler, Giftmischer, Teufelsaustreiber und Voodoo-Priester und warteten auf Kundschaft. Sie gehörten vielen verschiedenen Volksgruppen an und boten alle erdenklichen kultischen Gegenstände und Handlungen feil. Noch immer Hand in Hand schlenderten Nadia und Alex an den Ständen vorbei, besahen sich Gefäße mit Alkohol, in denen kleine Tiere eingelegt waren, getrocknete Echsen,

Amulette gegen den bösen Blick oder gegen Liebeskummer, Heilkräuter, Tinkturen und Salben gegen alle erdenklichen Krankheiten des Körpers und der Seele, Pülverchen für Träume, für das Vergessen, für die Wiederauferstehung, lebende Opfertiere, Halsketten zur Abwehr von Neid und Habgier, Tinte aus Blut, mit der man an die Toten schreiben konnte, und einen unermesslichen Vorrat weiterer fantastischer Dinge gegen die Angst vor dem Leben.

Nadia hatte Voodoo-Zeremonien in Brasilien gesehen und war ungefähr darüber im Bild, was die einzelnen Symbole bedeuteten, aber Alex gingen in diesem Teil des Marktes vor Staunen die Augen über. Vor einem Stand, der ganz anders aussah als die anderen, blieben sie stehen. Von einem spitzen Strohdach hingen bodenlange Plastikvorhänge herab. Alex beugte sich vor, um zu sehen, was sich dahinter verbarg, da packten ihn zwei kräftige Hände am T-Shirt und zogen ihn hinein.

Unter dem Dach saß eine riesige Frau auf der Erde. Sie sah aus wie ein Fleischberg mit türkisfarbenem Gipfel, einem Tuch, das sie sich um den Kopf geschlungen hatte. Sie war in leuchtend gelbe und blaue Stoffe gehüllt, und ihre Brust bedeckten Ketten aus vielfarbigen Glasperlen. Auf dem Boden lag eine Decke mit Mustern in Schwarz und Weiß, zu beiden Seiten der Frau standen kleine Holzfiguren von Göttern oder Dämonen, einige davon nass glänzend vom frischen Blut geopferter Tiere, andere gespickt mit Nägeln, und davor sah man Schalen mit Früchten, Getreide, Blumen und Geld. Die Frau rauchte eine dicke Zigarre aus schwarzen Blättern, deren Qualm Nadia und Alex Tränen in die Augen trieb. Alex wollte sich dem Griff der Frau entwinden, aber sie ließ nicht locker, starrte ihn mit ihren hervortretenden Augen an und stieß plötzlich ein tiefes Brüllen aus. Alex fuhr zusammen: Es war die Stimme seines Totemtiers, er hatte sie schon manchmal in Trance gehört und selbst schon ausgestoßen, wenn er die Gestalt der Raubkatze annahm.

»Der schwarze Jaguar!« Auch Nadia hatte das Brüllen wiedererkannt.

Die Frau drückte Alex vor sich auf den Boden, zog einen speckigen Lederbeutel aus ihrem Ausschnitt und leerte seinen Inhalt auf die gemusterte Decke. Es waren weiße Muscheln, wie poliert vom vielen Gebrauch. Sie murmelte etwas Unverständliches, die Zigarre zwischen den Zähnen.

»Anglais, English?«, sagte Alex.

»Du kommst aus einem anderen Teil der Welt, weit weg«, sagte die Frau in einem sonderbar singenden Englisch. »Was willst du von Má Bangesé?«

Alexander zuckte die Achseln, lächelte unsicher und schielte zu Nadia hinüber in der Hoffnung, dass die vielleicht verstand, was hier vorging. Nadia kramte ein paar Geldscheine aus der Hosentasche und legte sie in eine der Opferschalen, in der schon andere Geldgaben lagen.

»Má Bangesé kann dein Herz lesen«, sagte die massige Frau zu Alex.

»Was ist in meinem Herz?«

»Du suchst eine Medizin, die eine Frau heilt.«

»Meine Mutter ist gesund, der Krebs ist weg …«, flüsterte Alex erschrocken. Wie um alles in der Welt konnte eine Frau auf einem Markt in Afrika etwas über seine Mutter wissen?

»Und doch hast du Angst um sie«, sagte Má Bangesé. Sie nahm die Muscheln mit einer Hand auf, schüttelte sie in der Faust und ließ sie wie Würfel über die Decke kullern. »Du hast keine Macht über Leben oder Tod dieser Frau.«

»Aber sie bleibt doch am Leben, oder?«

»Kehrst du zurück, bleibt sie am Leben. Kehrst du nicht zurück, stirbt sie vor Kummer, nicht an einer Krankheit.«

»Natürlich komme ich zurück!«

»Das ist nicht sicher. Viele Gefahren drohen, aber du bist mutig. Gebrauche deinen Mut, sonst stirbst du, und sie stirbt mit dir.« Die Frau deutete auf Nadia.

»Was soll das heißen?«

»Man kann Schlechtes tun, und man kann Gutes tun. Für das Gute gibt es keinen Lohn, nur deine Seele wird zufrieden sein. Manchmal heißt es kämpfen. Du musst entscheiden.«

»Was soll ich tun?«

»Má Bangesé sieht nur das Herz, den Weg kann sie nicht zeigen.«

Und damit wandte sie sich an Nadia, die sich neben Alex gesetzt hatte, und legte ihr einen Finger an die Stirn zwischen die Augen.

»Du hast magische Kräfte und die Augen eines Vogels, du siehst von oben, aus der Entfernung. Du kannst ihm helfen.«

Sie schloss die Augen und schwankte vor und zurück, während ihr der Schweiß über Gesicht und Hals rann. Es war unerträglich heiß. Von draußen drangen die Gerüche des Marktes: faulige Früchte, Abfall, Blut, Benzin. Má Bangesé gab einen kehligen Laut von sich, eine gedehnte und heisere Klage, die aus ihrem Bauch aufzusteigen schien und anschwoll, bis der Boden bebte, und es war, als dringe der Ton aus den Tiefen der Erde. Nadia und Alexander schwitzten und hatten plötzlich das Gefühl, gleich werde ihnen schwarz vor Augen. Das enge Zelt war gefüllt mit Rauch, sie schnappten nach Luft. Raus, sie wollten nur raus, aber sie konnten sich nicht rühren. Sie erzitterten wie unter dem Schlag großer Trommeln, hörten Hunde jaulen, ihre Münder füllten sich mit bitterer Spucke, und unter ihren ungläubigen Blicken löste sich die massige Frau vor ihnen auf wie ein Ballon, aus dem die Luft entweicht, und dort, wo sie gesessen hatte, reckte ein Fabelwesen den Hals, ein Paradiesvogel mit leuchtend gelbem und blauem Gefieder und türkisfarbenem Kamm, der nun seine schillernden Flügel spreizte, die beiden umfing und mit sich in die Höhe trug.

Nadia und Alex wurden in den Raum geschleudert. Sie sahen sich selbst wie zwei Striche schwarzer Tinte inmitten eines Kaleidoskops leuchtender Farben und geschwungener Formen, die rasend schnell wechselten. Sie wurden zu Bengalischen Feuern, zerstoben in Funken, wussten nicht mehr, was Leben war, was Zeit oder Angst. Wie in einem magnetischen Strudel fanden die Funken erneut zueinander und schwebten als zwei winzige Punkte durch das Kaleidoskop. Sie waren zwei Astronauten, die Hand in Hand durch den Raum trudelten. Sie spürten sich nicht, nahmen nur schwach die Bewegung wahr und dass sie miteinander verbunden waren. Diese Verbindung versuchten sie verzweifelt festzuhalten, die Hand des anderen war das einzig Menschliche, das noch in ihr Bewusstsein drang. Solange sie nicht losließen, wären sie nicht ganz verloren.

Grün, ringsum nichts als grün. Sie stürzten darauf zu, gleich würden sie aufschlagen, aber da zerfaserte die Farbe, und wie zwei Daunen segelten sie hinab und hinein in ein Gewirr wattiger Gewächse, die aussahen wie Pflanzen auf einem fremden Planeten, wo es heiß war und feucht. Als durchsichtige Quallen waberten sie durch die dampfgeschwängerte Luft. Sie waren wie Gallert, hatten keine Knochen, die ihnen eine Form gaben, keine Kraft, sich zu wehren, keine Stimme, um zu schreien, als vor ihren Augen in schnellem Wechsel grausige Bilder abliefen von verwüsteten Wäldern, von blutigen Kämpfen und Tod. Spukgestalten in Ketten schleppten sich an ihnen vorbei und bahnten sich einen Weg zwischen Gerippen von Tieren. Sie sahen Körbe, aus denen abgehackte Menschenhände ragten, und Kinder und Frauen, die in Käfigen hockten.

Jäh waren sie wieder sie selbst, hatten ihre gewohnte Gestalt zurück, da wuchs vor ihren Augen ein grausiges Wesen aus dem Boden, ein Riese mit drei Köpfen und einer Haut wie ein Krokodil. Der eine Kopf hatte vier Hörner und eine struppige Löwenmähne, der zweite war kahl und augenlos und spie Feuer durch die Nüstern, der dritte war der Kopf eines Leoparden mit blutverschmierten Fangzähnen und böse blitzenden Pupillen. Alle drei rissen die Mäuler auf und zeigten ihre Echsenzungen. Schwerfällig holten die riesigen Pranken des Monstrums nach Nadia und Alex aus, der Blick des Leopardenkopfes durchbohrte sie, und die drei Mäuler spuckten giftigen Geifer. Nadia und Alex duckten sich unter den Hieben weg, wieder und wieder, aber sie schafften es nicht zu fliehen, eine lähmende Schwermut lastete auf ihnen. Unendlich lange ging das so, als sie plötzlich Speere in den Händen hielten, und verzweifelt stießen sie damit auf das Monstrum ein. Aber immer, wenn sie einen der Köpfe getroffen hatten, griffen die anderen beiden an, und wenn sie diese zurückdrängten, war der erste schon wieder zum Kampf bereit. Die Speere zerbrachen. Schon waren die aufgerissenen Mäuler über ihnen, in letzter Verzweiflung dachten Alex und Nadia an ihre Totemtiere, Alex wurde zum schwarzen Jaguar und Nadia zum Adler, aber gegen diesen Feind konnte die Raubkatze nichts ausrichten, und die Flügel des Adlers waren nutzlos. Ihre Schreie gingen im Gebrüll des Monstrums unter.

»Nadia! Alexander!«

Kates Stimme brachte sie zurück in die Wirklichkeit, und sie fanden sich wie zuvor auf dem Boden sitzend, waren in Afrika, auf einem Markt, in einem Zelt mit Strohdach, und vor ihnen saß eine massige Frau, die in gelbe und blaue Stoffe gehüllt war.

»Wieso habt ihr geschrien? Wer ist diese Frau? Was ist hier los?«

»Nichts, Kate, alles okay«, brachte Alex heraus und schüttelte sich.

Wie hätte er seiner Großmutter erklären sollen, was hier eben los gewesen war? Die tiefe Stimme von Má Bangesé drang wie aus einem Traum zu ihnen:

»Seid vorsichtig!«

»Was ist los?«, fragte Kate wieder.

»Da war ein Monster mit drei Köpfen, es war unbesiegbar …«, flüsterte Nadia, noch ganz verstört.

»Bleibt zusammen. Gemeinsam könnt ihr euch retten, wenn ihr euch trennt, sterbt ihr«, sagte Má Bangesé.

Am nächsten Morgen brach die Gruppe des International Geographic in einem Propellerflugzeug in den ausgedehnten Nationalpark auf, wo Michael Mushaha und die Safari mit den Elefanten sie erwarteten. Alex und Nadia standen noch immer unter dem Eindruck ihrer Erlebnisse vom Vortag. Alex war sich mittlerweile sicher, dass der Rauch der Seherin irgendeine Droge enthalten hatte, aber das erklärte nicht, warum sie beide genau dieselben Dinge gesehen hatten. Nadia lag nichts daran, eine vernünftige Erklärung für diese grausige Traumreise zu finden, sie betrachtete das Erlebte als mögliche Quelle von Informationen, aus der sie etwas lernen konnte wie aus einem Traum in der Nacht. Die Bilder standen ihr klar vor Augen, irgendwann würde sie darauf zurückgreifen müssen, davon war sie überzeugt.

Das Flugzeug, in dem sie saßen, gehörte Angie Ninderera, einer Frau, deren zupackende und unternehmungslustige Art auf alle ansteckend wirkte. Dennoch war den Expeditionsteilnehmern beim Anblick der Maschine das Herz in die Kniekehlen gerutscht. Unterwegs drehte Angie hin und wieder eine Zusatzrunde, damit ihre Fluggäste die majestätische Schönheit der Landschaft von oben bewundern konnten, aber die waren vollauf damit beschäftigt, ihre Übelkeit zu unterdrücken, und heilfroh, als das Flugzeug nach gut einer Stunde auf einer Piste einige Meilen entfernt von Mushahas Camp aufsetzte.

Die nagelneue Ausstattung des Safari-Camps enttäuschte Kate, die sich alles etwas rustikaler vorgestellt hatte. Etliche aufmerksame und zuvorkommende schwarze Angestellte in khakifarbenen Uniformen mit Walkie-Talkies am Gürtel kümmerten sich um die Bedürfnisse der Touristen und die Pflege der Elefanten. Es gab mehrere Zelte, groß wie Hotelsuiten, und einige leichte Holzbauten mit Gemeinschaftsräumen und Kochstellen. Über den Betten hingen weiße Moskitonetze, alle Möbel waren aus Bambus, und auf dem Boden lagen Zebra- und Antilopenfelle. Es gab Bäder mit Plumpsklos und einfallsreich konstruierten Duschen, aus denen lauwarmes Wasser kam. Ein Generator lieferte von sieben bis zehn am Abend Strom, die übrige Zeit behalf man sich mit Kerzen und Petroleumlampen. Die Köche sorgten für vorzügliches Essen, das selbst Alexander klaglos aß, ohne zu fragen, was es eigentlich war. Kurzum, das Camp war erheblich komfortabler als die meisten Unterkünfte, in denen Kate in ihrem langen Leben als Reisereporterin hatte nächtigen müssen. Sie entschied, dass es dafür Punktabzug gab: Sie würde das in ihrem Artikel kritisch erwähnen.

Um Viertel vor sechs wurde die Weckglocke geläutet, damit sie die kühlen Morgenstunden ausnutzen konnten, aber kurz zuvor waren alle schon vom unverwechselbaren Kreischen und Flügelschlagen der Fledermäuse geweckt worden, die mit dem ersten Morgendämmer ihren nächtlichen Streifzug beendeten

und in Scharen heim in ihre Höhl
Schon war die Luft erfüllt vom Duft
Kaffees. Die Besucher öffneten ihre
Freie, streckten sich und blinzelter
prall und rot über dem Horizont d_
vanne aufstieg. Die Landschaft flirrte im er_
genlicht, und es sah aus, als könnte sich die in rötlichen
Dunst getauchte Erde jeden Moment auflösen wie eine
Fata Morgana.

Bald herrschte im Camp ein reges Treiben, die Köche riefen zu Tisch, und Michael Mushaha gab die ersten Verhaltensregeln aus. Nach dem Frühstück versammelte er alle um sich, um ihnen eine kurze Einführung über die Tiere und Pflanzen zu geben, die sie
während ihrer Tagesausflüge sehen würden. Timothy
Bruce und Joel González bereiteten ihre Kameras vor,
und dann wurden die Elefanten gebracht. Ein kleiner
Elefant von zwei Jahren war auch dabei, der den ganzen Tag vergnügt neben seiner Mutter hertrottete und
als Einziger zuweilen an den Weg erinnert werden
musste, wenn er Schmetterlingen nachjagte oder aus-
büxte, um ein Bad in einem Schlammloch oder einem
Fluss zu nehmen.

Die Aussicht vom Rücken der Elefanten war traum-
haft. Die massigen Dickhäuter bewegten sich nahezu
geräuschlos, und man merkte, dass sie hier zu Hause
waren. Ihr Gang war schwer und gemächlich, und
doch legten sie in kurzer Zeit mühelos viele Meilen zu-

...außer dem Kleinen war keiner der Elefanten in ...angenschaft geboren, und Michael Mushaha hatte ...inen Besuchern eingeschärft, dass es wilde und somit unberechenbare Tiere waren. Er hatte sie ermahnt, sich an die Regeln zu halten, da er andernfalls nicht für ihre Sicherheit garantieren könne. Nur Nadia hatte sich gleich am ersten Morgen wie selbstverständlich über alle Verhaltensmaßregeln hinweggesetzt, denn sie hatte sofort ihren eigenen Umgang mit den Elefanten gefunden, und der Leiter der Safari war so beeindruckt, dass er bei ihr fünfe gerade sein ließ.

Die Vormittage verbrachten die Besucher mit Streifzügen durch den Nationalpark. Sie verständigten sich untereinander in Zeichensprache, um die Tiere ringsum nicht auf sich aufmerksam zu machen. Michael Mushaha führte den Tross auf dem ältesten Bullen der Herde an, dahinter kamen Kate und die Fotografen auf zwei Elefantenkühen, eine davon die Mutter des Kleinen, dann folgten Alexander, Nadia und Borobá auf Kobi. Die Nachhut bildeten einige Angestellte des Safari-Camps auf jungen Bullen, die auch den Proviant, die Sonnensegel für die Mittagspause und einen Teil der Fotoausrüstung trugen. Außerdem hatte einer der Angestellten für den Notfall ein Gewehr mit einem starken Betäubungsmittel dabei.

Zuweilen hielten die Dickhäuter auf einen Baum zu, unter dem eine Löwenfamilie lag, weil sie Blätter fressen wollten, und die Raubkatzen trollten sich gelangweilt. Dann wieder trotteten sie so nahe an Nashörnern vorbei, dass Alex und Nadia ihr Spiegelbild in den runden Augen erkennen konnten, die sie von unten misstrauisch anlinsten. Die Herden aus Büffeln und Impala-Antilopen ließen sich von der Gruppe nicht aus der Ruhe bringen. Womöglich witterten sie die Menschen, aber die Anwesenheit der Elefanten flößte ihnen Vertrauen ein. Sie konnten zwischen den scheuen Zebras hindurchreiten, aus der Nähe eine Meute Hyänen fotografieren, die sich um das Aas einer Antilope zankten, und den Hals einer Giraffe streicheln, die sie aus ihren Prinzessinnenaugen betrachtete und ihnen über die Hand leckte.

»In ein paar Jahren wird es überhaupt keine freilebenden wilden Tiere in Afrika mehr geben, dann wird man sie ausschließlich in Parks und Reservaten sehen können«, hatte Michael Mushaha gesagt.

Um die Mittagszeit rasteten sie im Schutz von Bäumen, aßen den Proviant aus den mitgebrachten Körben und ruhten sich bis gegen vier oder fünf Uhr aus. Wenn die Sonne hoch am Himmel stand, kamen die Tiere im Nationalpark zur Ruhe, und die Savanne lag wie erstarrt unter der sengenden Hitze. Michael Mushaha kannte hier jeden Baum und jeden Strauch und wusste die Zeit und die Entfernung sicher einzuschätzen. Nährte sich die riesige Sonnenscheibe dem Horizont, kam schon das Camp mit seinen Rauchfahnen in Sicht. Später am Abend brachen sie zuweilen ein zweites Mal auf, um die Tiere zu beobachten, die zum Trinken ans Flussufer kamen.

ZWEITES KAPITEL

## Besuche von Tieren und Menschen

$\mathcal{E}$in halbes Dutzend Mandrills hatte das Camp gründlich auseinander genommen. Die Zelte waren niedergerissen, Mehl, Maniok, Reis, Bohnen und Konservendosen lagen verstreut, in den Bäumen hingen gerupfte Schlafsäcke, im Hof zwischen den Holzhütten türmten sich die Reste von Stühlen und Tischen. Es sah aus, als wäre ein Taifun durch das Camp gefegt. Unter der Führung eines besonders grimmigen Affen zogen die Mandrills einander die in der Küche erbeuteten Töpfe und Pfannen über den Schädel und schwangen sie wie Keulen gegen jeden, der sich ihnen zu nähern versuchte.

»Was ist denn mit denen los!«, rief Michael Mushaha von seinem Elefanten herab einem seiner Angestellten zu.

»Ich fürchte, sie sind etwas angetrunken …«, kam die betretene Antwort.

In der Hoffnung, etwas Essbares zu ergattern, trieben sich die Affen immer in der Nähe des Camps herum. Nachts durchwühlten sie die Abfälle, und wenn man die Vorräte nicht sorgsam verstaute, hatten sie am anderen Morgen Beine bekommen. Eine nette Gesellschaft war das nicht, die Affen bleckten die Zähne und knurrten einen an, hatten aber gemeinhin genug Respekt vor Menschen, um in sicherer Entfernung zu bleiben. Ein solcher Überfall war ungewöhnlich.

Da man der Affen anders nicht Herr werden konnte, gab Michael Mushaha Anweisung, mit Betäubungsmitteln auf sie zu schießen, was leichter gesagt als getan war, denn sie rasten und tobten herum wie vom Teufel besessen. Endlich war auch der letzte Mandrill getroffen, taumelte und kippte dumpf auf die Seite. Alexander und Timothy und einige der Campangestellten packten die Affen an den Knöcheln und unter den Achseln und schleppten sie ein paar hundert Meter vom Camp weg. Dort würden sie in Ruhe schlafen können, bis die Betäubung nachließ. Die bepelzten, übel riechenden Körper waren viel schwerer, als ihre Größe hätte vermuten lassen, und jeder, der sie angefasst hatte, musste sich hinterher duschen, seine Kleider waschen und sich mit Flohpulver einpudern, um das Ungeziefer loszuwerden.

Während das gröbste Tohuwabohu beseitigt wurde, brachte Michael Mushaha in Erfahrung, was sich während ihres Ausflugs im Camp abgespielt hatte. Offenbar hatte sich einer der Affen an den Angestellten vorbei in das Zelt von Kate und Nadia gestohlen, wo Kates Wodkavorrat lagerte. Selbst durch die geschlossenen Deckel rochen die Affen schon aus der Entfernung den Alkohol. Der Oberaffe klaute eine Flasche, brach den Hals ab und teilte den Inhalt mit seinen Kumpanen.

Nach dem zweiten Schluck waren alle angeheitert, und mit dem dritten enterten sie das Camp wie eine Horde Piraten.

»Wenn ich keinen Wodka habe, tun mir alle Knochen weh«, beschwerte sich Kate, die ihre übrigen Flaschen nun würde hüten müssen wie Goldbarren.

»Täte es nicht auch ein Aspirin dann und wann?«, schlug Mushaha vor.

»Pillen sind Gift! Ich benutze ausschließlich Naturprodukte«, gab Kate entrüstet zurück.

~

Erst als die Mandrills außer Gefecht gesetzt waren und im Camp wieder Ordnung herrschte, fiel jemandem das Blut an Timothys Hemdsärmel auf. Gleichmütig wie immer erklärte er, er sei gebissen worden:

»Einer von den Jungs war offensichtlich noch nicht ganz eingeschlafen ...«

»Zeigen Sie mal«, sagte Michael Mushaha bestimmt.

Timothy hob die linke Augenbraue. Das war die einzig bekannte Regung in seinem unerschütterlichen Pferdegesicht und verdeutlichte je nachdem eine der drei Gefühlsaufwallungen, die bei ihm vorkamen: Überraschung, Bedenken oder Ärger. Diesmal war es Letzteres, er konnte es nicht leiden, wenn Aufhebens um seine Person gemacht wurde, aber Mushaha ließ sich nicht abwimmeln, und so musste er schließlich seinen

Ärmel hochschieben. Der Biss blutete nicht mehr, wo die Zähne sich ins Fleisch gebohrt hatten, sah man trockene Krusten, aber der Unterarm war geschwollen.

»Diese Affen übertragen Krankheiten. Ich spritze Ihnen vorsorglich ein Antibiotikum, aber das sollte sich ein Arzt ansehen«, sagte Mushaha.

Timothys linke Augenbraue hob sich bis in die Mitte der Stirn: Zweifellos wurde zu viel Aufhebens gemacht.

Über Funk nahm Michael Mushaha Kontakt zu Angie Ninderera auf und erklärte ihr, was vorgefallen war. Die Pilotin sagte, sie könne nicht über Nacht fliegen, versprach aber, früh am nächsten Morgen da zu sein, um Timothy Bruce nach Nairobi zu bringen. Der Leiter des Safari-Camps schmunzelte bei sich, denn er hegte eine heimliche Schwäche für Angie und durch den Biss des Mandrills bot sich ihm unverhofft die Gelegenheit, sie schon am nächsten Tag wiederzusehen.

~

Die ganze Nacht hindurch sollte Timothy vom Fieber geschüttelt werden, und Michael Mushaha rätselte, ob nun die Bisswunde an seinem Arm oder ein plötzlicher Malaria-Anfall daran schuld war, in jedem Fall aber war er besorgt, denn er fühlte sich für das Wohlergehen der Touristen in seinem Camp verantwortlich.

Gegen Abend erreichte eine kleine Gruppe Massai das Camp. Es waren Nomaden, die mit ihren mächtig behörnten Rindern häufig den Nationalpark durchquerten. Sie waren sehr hoch gewachsen, schlank und schön und wirkten unnahbar. Kompliziert verschlungene Ketten aus Glasperlen zierten ihre Hälse und Köpfe, sie waren in weite Stoffbahnen gekleidet, die um die Taille geschnürt waren, und trugen Lanzen. Die Massai glaubten, Gott habe ihrem Volk die Rinder geschenkt, während andere Stämme dazu ausersehen seien, die Erde zu bearbeiten oder zu jagen. Daraus leiteten sie für sich das Recht ab, anderer Leute Vieh zu stehlen, womit sie sich bei den übrigen Bewohnern der Gegend wenig Freunde machten. Da Michael Mushaha kein Vieh besaß, hatte er nichts zu befürchten. Zwischen ihm und den Massai gab es klare Absprachen: Wenn der Stamm auf seinem Weg durch den Nationalpark beim Camp vorbeikam, konnte er auf Mushahas Gastfreundschaft zählen, musste die Tiere im Reservat aber in Ruhe lassen.

Wie immer bot Mushaha ihnen etwas zu essen an und lud sie zum Verweilen ein. Zwar behagte den Nomaden die Anwesenheit der Fremden nicht, aber sie nahmen die Einladung an, denn eins ihrer Kinder war krank. Sie erwarteten eine Heilerin, die bald eintreffen sollte. Die Frau war berühmt in der Gegend, im weiten Umkreis kümmerte sie sich um das Wohl ihrer Schützlinge, heilte mit Kräutern und der Kraft ihres Glaubens. Die Nomadenfamilie besaß keine modernen Kommunikationsmittel, um sich mit ihr in Verbindung zu setzen, hatte jedoch irgendwie erfahren, dass sie an diesem Abend hier sein würde, deshalb blieben die Massai in der Nähe des Camps. Und wie erwartet, hörte man bei Sonnenuntergang von ferne das Klingen der Glöckchen und Rasseln der Amulette der Heilerin.

Im staubigen Abendrot tauchte eine hagere, barfüßige Gestalt auf. Elend wirkte sie, trug nichts am Leib als einen kurzen, um die Hüfte geschlungenen Stofffetzen, und ihr Gepäck bildeten einige Kalebassen, verschiedene Beutel voller Amulette und Heilkräuter und zwei magische Stäbe mit Federbüschen an den Spitzen. Ihr Haar baumelte in langen, mit rotem Lehm verklebten Zotteln um ihren Kopf. Die Haut fiel ihr in schlaffen Falten über die Knochen, bestimmt war sie uralt, aber sie hielt sich aufrecht und hatte kräftige Beine und Arme. Die Heilung des kleinen Patienten sollte wenige Schritte vom Camp entfernt stattfinden.

»Sie sagt, das Kind sei vom Geist eines erbosten Vorfahren besessen«, erklärte Michael Mushaha. »Sie muss herausfinden, wer er ist, und ihn zurück in die andere Welt schicken, wo er hingehört.«

Joel González lachte herzhaft: Wie konnte jemand im einundzwanzigsten Jahrhundert solche Dinge glauben?

»Da gibt es nichts zu lachen«, wies Michael ihn zurecht. »In achtzig Prozent aller Fälle geht es dem Patienten nach der Behandlung besser.«

Er erzählte, er habe einmal zwei Leute gesehen, die sich mit Schaum vor dem Mund am Boden gekrümmt, gebissen, geknurrt und gebellt hätten. Ihre Angehörigen waren der Meinung, sie seien von Hyänen besessen. Die alte Frau habe die beiden geheilt.

»Hysterie heißt das«, sagte Joel.

»Nennen Sie es, wie Sie wollen, Tatsache ist, dass sie durch eine Zeremonie geheilt wurden. So erfolgreich ist die westliche Medizin mit ihren Drogen und Elektroschocks selten gewesen«, sagte Mushaha milde lächelnd.

»Also wirklich, Michael, Sie sind Wissenschaftler, Sie haben in London studiert, wollen Sie mir jetzt etwa weismachen, dass …«

»Vor allem bin ich Afrikaner«, unterbrach ihn der andere. »Die afrikanischen Mediziner haben eingesehen, dass sie sich nicht über die Heiler lustig machen, sondern mit ihnen zusammenarbeiten sollten. Die Magie zeitigt zuweilen bessere Ergebnisse als die Medikamente aus dem Ausland. Die Menschen glauben an die traditionellen Heilmethoden, und das hilft. Glaube versetzt Berge. Sie sollten unsere Heiler nicht unterschätzen.«

Kate nahm Notizblock und Bleistift zur Hand, und Joel bereitete, kleinlaut geworden, seine Kamera vor, um die Zeremonie zu fotografieren.

Das Kind wurde nackt auf eine Decke gelegt, und seine Familie stellte sich ringsum auf. Die alte Heilerin begann, ihre magischen Stäbe auf den Boden zu stoßen, rasselte mit den Kalebassen, tanzte im Kreis und stimmte dazu einen Singsang an, dem sich die Nomaden wenig später anschlossen. Es dauerte nicht lange, da fiel die Heilerin in Trance, sie zuckte und verdrehte die Augen, dass man nur noch das Weiße darin sah. Zugleich wand sich das Kind am Boden wie in einem Krampf und bog den Rücken in die Höhe, bis es nur noch mit dem Hinterkopf und den Fersen die Erde berührte.

Nadia spürte die Kraft der Zeremonie wie einen Stromstoß und schloss sich, ohne darüber nachzudenken, dem immer stürmischer werdenden Gesang und Tanz der Nomaden an. Es vergingen mehrere Stunden, während deren die alte Heilerin den bösen Geist, von dem das Kind ergriffen war, in ihren eigenen Körper aufsog, wie Michael Mushaha ihnen später erklärte. Schließlich fiel alle Spannung von dem Kind ab, und es begann zu weinen, was als Zeichen der Genesung gedeutet wurde. Seine Mutter nahm es in die Arme, wiegte und küsste es, alle strahlten.

Etwa zwanzig Minuten später war die Heilerin aus ihrem Trancezustand erwacht und sagte, das Kind sei von dem bösen Geist befreit und dürfe auch gleich etwas essen, seine Eltern dagegen sollten die nächsten drei Tage fasten, um sich mit dem vertriebenen Geist auszusöhnen. Als einzige Nahrung und Lohn für ihre Mühe nahm die Greisin eine Kalebasse mit einer Mischung aus Sauermilch und frischem Blut entgegen, für das die Massai einem ihrer Rinder einen kleinen Schnitt am Hals zufügten. Dann verabschiedete sie sich, denn sie musste sich ausruhen und Kräfte für den zweiten Teil ihrer Aufgabe sammeln: Sie würde den Geist, den nun sie in sich trug, zum Gehen bewegen und zurück ins Reich der Toten schicken müssen. Die Massai bedankten sich bei ihr und zogen weiter, um ihr Lager für die Nacht an anderer Stelle aufzuschlagen.

»Könnten wir die Frau nicht bitten, dass sie mal nach Timothy sieht?«, schlug Alex vor.

»Eine solche Behandlung funktioniert nur, wenn man daran glaubt«, sagte Mushaha. »Außerdem ist sie erschöpft und muss erst wieder zu Kräften kommen, ehe sie sich um den nächsten Patienten kümmern kann.«

Und so verbrachte der arme Engländer eine unruhige, fiebrige Nacht auf seinem Lager, während unter den Sternen das Kind der Massai zum ersten Mal seit einer Woche mit Appetit aß.

～

Wie sie Michael Mushaha über Funk versprochen hatte, kam Angie Ninderera früh am nächsten Morgen beim Safaricamp an. Kaum hatten die Campbewohner ihr Flugzeug am Himmel gesichtet, halfen sie Timothy in einen Landrover und brachen alle zusammen zu der

Stelle auf, wo Angie für gewöhnlich landete. Joel hätte seinen Freund gern ins Krankenhaus begleitet, aber Kate erinnerte ihn daran, dass ihr Arbeitgeber von einer Fotoreportage ohne Fotos nicht viel halten würde.

Während die Maschine aufgetankt, das Gepäck verladen und dem Kranken ein Lager hinterm Cockpit bereitet wurde, nutzte Angie die Pause, um im Schatten eines Sonnensegels eine Tasse Kaffee zu trinken. Sie war eine große, massige Afrikanerin mit gesundem, kaffeefarbenem Teint, die gern und viel lachte und fünfundzwanzig oder auch vierzig Jahre alt sein konnte, das war schwer zu sagen. Jedenfalls nahm sie die meisten Menschen durch ihre gute Laune und ihre Schönheit im Handumdrehen für sich ein. Sie erzählte, sie stamme aus Botswana und habe mit einem Stipendium in Kuba fliegen gelernt. Ihr Vater hatte kurz vor seinem Tod seine Farm und sein Vieh verkauft, um seiner Tochter eine Mitgift hinterlassen zu können, aber anstatt sich mit dem Geld einen respektablen Ehemann zu angeln, hatte Angie ihr erstes Flugzeug davon gekauft. Sie mochte ihr Leben in der Luft und hatte nicht den Wunsch nach einem Nest. Ihre Arbeit führte sie bald hier, bald dort hin, mal brachte sie Impfstoffe nach Zaire, mal Schauspieler und Crew für einen Abenteuerfilm in die Ebene der Serengeti oder eine Gruppe unerschrockener Bergsteiger an den Fuß des legendären Kilimandscharo. Sie brüstete sich damit, stark wie ein Büffel zu sein, und forderte zum Beweis jeden Mann, der daran zu zweifeln wagte, zum Armdrücken heraus. Von Geburt an trug sie ein Muttermal in Form eines Sterns auf dem Rücken, was ihr zufolge ein sicheres Zeichen für Glück war. Diesem Stern war es zu verdanken, dass sie unzählige brenzlige Situationen mit heiler Haut überstanden hatte. Einmal wäre sie im Sudan beinahe von einer aufgebrachten Menschenmenge gesteinigt worden, ein andermal war sie fünf Tage allein zu Fuß durch die äthiopische Wüste geirrt, ohne Essen und mit nur einer einzigen Flasche Wasser. Aber die schlimmsten Ängste hatte sie ausgestanden, als sie mit dem Fallschirm hatte abspringen müssen und in einem Fluss voller Krokodile gelandet war.

»Da hatte ich meine Cessna Caravan noch nicht. Auf die ist Verlass«, sagte sie eilig, als sie die besorgten Mienen ihrer Kunden vom International Geographic sah.

»Und wie haben Sie das überlebt?«, wollte Alex wissen.

»Die Krokodile haben sich erst auf den Fallschirm gestürzt und bis sie mit dem fertig waren, konnte ich ans Ufer schwimmen und wegrennen. Das ist noch mal gut gegangen, aber früher oder später ende ich im Bauch eines Krokodils, das ist mir vorherbestimmt ...«

»Woher wissen Sie das?«, fragte Nadia.

»Eine Seherin hat es mir gesagt. Und es heißt, Má Bangesé irre sich nie.«

»Má Bangesé? Eine dicke Frau, die einen Stand auf dem Markt in der Stadt hat?« Alex glaubte, sich verhört zu haben.

»Genau die. Aber dick ist sie nicht, nur kräftig.« In Fragen des Gewichts war Angie etwas empfindlich.

Alex und Nadia warfen sich einen fragenden Blick zu. Ein seltsamer Zufall war das.

Trotz ihrer beachtlichen Leibesfülle und ihres burschikosen Auftretens war Angie sehr kokett. Sie trug Tuniken mit bunten Blumenmustern und schwere Halsketten, die sie auf verschiedenen Märkten für Kunsthandwerk erwarb, und ihre Lippen leuchteten für gewöhnlich in einem knalligen Rosarot. Ihr Haar war zu einer Vielzahl dünner Zöpfe geflochten, in die kunstvoll bunte Glasperlen eingearbeitet waren. Sie fand, ein Flugzeug zu warten sei eine Zumutung für die Hände, und wollte um keinen Preis zulassen, dass ihre aussahen wie die eines Mechanikers. Deshalb lackierte sie sich die langen Fingernägel und cremte sich die Haut dick mit Schildkrötenfett ein, von dem sie behauptete, es wirke Wunder. Schildkröten waren zwar selbst runzlig, aber das erschütterte ihr Vertrauen in dieses Produkt keineswegs.

»Ich kenne etliche Männer, die in Angie verliebt sind«, sagte Michael Mushaha, verschwieg indes, dass er einer von ihnen war.

Sie zwinkerte ihm zu und erklärte, Heiraten käme für sie nicht in Frage, denn ihr Herz sei für immer gebrochen. Nur ein einziges Mal in ihrem Leben sei sie verliebt gewesen: in einen Massaikrieger, der fünf Frauen und neunzehn Kinder hatte.

»Er war ein langer Schlacks mit bernsteinfarbenen Augen.«

»Und?«, fragten Nadia und Alex wie aus einem Mund.

»Er wollte mich nicht heiraten.« Angie seufzte theatralisch.

»So ein Dummkopf!«, lachte Michael.

»Tja. Ich war zehn Jahre alt und fünfzehn Kilo schwerer als er.«

Die Pilotin trank ihren Kaffee aus und machte sich bereit zum Aufbruch. Alle verabschiedeten sich von Timothy, den das Fieber der vergangenen Nacht so sehr geschwächt hatte, dass er nicht einmal mehr die linke Augenbraue heben konnte.

Sie genossen sie schönen Ausflüge mit den Elefanten, und wie im Flug waren die letzten Tage der Safari vergangen. Einmal hatten sie den kleinen Nomadenstamm wiedergetroffen und gesehen, dass es dem Kind gut ging. Am selben Abend erfuhren sie über Funk, Timothy müsse im Krankenhaus bleiben, denn er leide unter Malaria, und überdies spreche die entzündete Bisswunde des Mandrills nicht auf die Behandlung mit Antibiotika an.

Am Abend des dritten Tages traf Angie Ninderera im Camp ein. Sie würde dort übernachten, denn am nächsten Morgen wollten sie früh nach Nairobi aufbrechen. Kate freute sich, sie zu sehen, die beiden waren sich vom ersten Augenblick an sympathisch gewesen. Beide konnten sie einiges vertragen – Angie Bier und Kate Wodka –, und jede verfügte über ein gut gepflegtes Arsenal haarsträubender Geschichten, mit denen sie ihre Zuhörer in Staunen versetzten. Als an diesem Abend alle bei gegrilltem Antilopenfleisch und anderen Köstlichkeiten der Küche um ein Lagerfeuer saßen, versuchten sie zum Vergnügen der Zuhörerschar einander mit ihren Erzählungen zu übertrumpfen. Sogar Borobá lauschte gebannt. Sofern er nicht Kobi im Auge behalten musste, hatte der kleine Affe seine Zeit im Camp zwischen Nadia und Alex und einer dreiköpfigen Familie Zwergschimpansen aufgeteilt, die Michael Mushaha bei sich aufgenommen hatte.

»Sie sind um etwa ein Fünftel kleiner und wesentlich friedlicher als die großen Schimpansen«, hatte Mushaha seinen Gästen am ersten Abend im Camp erzählt. »Bei ihnen haben die Frauen das Sagen. Das heißt, sie führen ein angenehmeres Leben, es gibt weniger Gerangel und mehr Zusammenarbeit, alle haben genug zu essen und können in Ruhe schlafen, der Nachwuchs ist wohlbehütet, alles in allem ein recht sorgloses Leben. Nicht wie bei anderen Affen, bei denen sich die Männchen zu Banden zusammenrotten und einander dauernd vertrimmen.«

»Davon könnten die Menschen sich eine Scheibe abschneiden!«, seufzte Kate.

»Diese Affen sind uns sehr ähnlich: Unsere genetischen Anlagen sind nahezu identisch, und ihre Schädelform ist von unserer kaum zu unterscheiden. Wir haben ganz sicher einen gemeinsamen Vorfahren.«

»Sie meinen, es besteht Hoffnung, dass wir uns ähnlich entwickeln«, hatte Kate den Gedanken aufgegriffen.

Angie rauchte Zigarren, angeblich der einzige Luxus, den sie sich gönnte, und sie verteidigte den Gestank in ihrem Flugzeug gegen jeden Fluggast, der sich beschwerte: »Wem der Tabakgeruch nicht passt, der kann zu Fuß gehen.« Kate hatte das Rauchen widerwillig aufgegeben und sah mit Wehmut auf die Zigarre in Angies Hand. Sie rauchte schon seit über einem Jahr nicht mehr, aber es fiel ihr noch immer schwer, und als sie nun das Auf und Ab von Angies Zigarre beobachtete, hätte sie heulen mögen. Sie kramte in ihren Taschen nach ihrer leeren Pfeife, die sie für trostlose Momente wie diesen immer bei sich trug, und kaute betrübt darauf herum. Zugegeben, ihr schlimmer Husten, der ihr früher zuweilen fast den Atem genommen hatte, war abgeheilt. Aber das lag sicher an ihrem Tee mit Wodka, in den sie ein Pulver von Walimai gerührt hatte, einem Schamanen vom Amazonas, der mit Nadia befreundet war. Ihr Enkel behauptete allerdings, die Wunderheilung sei auf ein Amulett aus versteinertem Drachenkot zurückzuführen, das er von Dil Bahadur, dem König des Verbotenen Reichs, geschenkt bekommen hatte und von dessen magischen Kräften er überzeugt war. Kate wusste nicht, was sie über Alexander denken sollte, der früher immer für alles vernünftige Erklärungen hatte finden wollen und seit geraumer Zeit für fantastische Spinnereien anfällig war. Seine Freundschaft mit Nadia hatte ihn verändert. In dieses Amulett aus was auch immer setzte er solche Hoffnung, dass er ein paar Gramm davon pulverisiert, in Reisschnaps gelöst und seine Mutter genötigt hatte, dieses Gebräu zu trinken, weil es angeblich gegen ihren Krebs half. Den Rest hatte sie außerdem monatelang an einem Lederriemen um den Hals tragen müssen, und nun trug Alexander das Amulett selbst und legte es auch zum Duschen nicht ab.

»Es kann gebrochene Knochen und andere Verletzungen heilen«, hatte er behauptet. »Außerdem lenkt es Pfeile, Messer und Kugeln ab.«

»Das würde ich an deiner Stelle nicht ausprobieren.« Sie hatte die Augen verdreht, ihm aber widerstrebend erlaubt, ihr Brust und Rücken mit dem Drachenkot abzureiben, während sie bei sich knurrte, sie beide seien doch nicht mehr ganz richtig im Kopf.

Als an diesem Abend alle um das Lagerfeuer saßen, bedauerten Kate und die anderen, dass sie am nächsten Tag von ihren neuen Freunden und diesem paradiesischen Flecken Erde, der ihnen eine unvergessliche Woche beschert hatte, Abschied nehmen mussten.

»Ein Gutes hat es: Ich freue mich darauf, Timothy zu sehen«, tröstete sich Joel González.

»Wir brechen morgen gegen neun auf«, sagte Angie und nahm einen kräftigen Schluck Bier und einen Zug von ihrer Zigarre.

»Du siehst müde aus, Angie«, bemerkte Michael.

»Die letzten Tage waren schlimm. Ich musste Lebensmittel nach Norden über die Grenze bringen, die Leute sind verzweifelt. Es nimmt einen mit, wenn man den Hunger mit eigenen Augen sieht.«

»Die Leute dort haben nie jemandem etwas zuleide getan«, erklärte Michael Mushaha den anderen. »Früher haben sie in Würde vom Fischfang, von der Jagd und vom Ackerbau gelebt, aber durch die Kolonialisierung, durch Kriege und Krankheiten sind sie mehr und mehr verelendet. Heute sind sie von Almosen abhängig. Ohne die Nahrungsmittellieferungen könnte niemand überleben. Der Hälfte der afrikanischen Bevölkerung geht es ähnlich, sie haben nicht einmal das Subsistenzminimum.«

»Was ist das?«, fragte Nadia nach.

»Das heißt, es reicht nicht zum Leben.«

Damit war ihr langes Gespräch beendet, Michael

47

Mushaha erhob sich und sagte, es sei schon nach Mitternacht und Zeit, schlafen zu gehen. Eine Stunde später war im Camp Ruhe eingekehrt.

Nachts sollte ein Angestellter als Wache nach dem Rechten sehen und die Lagerfeuer versorgen, aber auch dem fielen bald vor Müdigkeit die Augen zu. Während im Lager alles schlief, brodelte ringsum das Leben. Eine Vielzahl nachtaktiver Tiere durchstreifte unter dem grandiosen Sternenhimmel die Savanne auf der Suche nach Nahrung und Wasser. Die Nacht war erfüllt von einem vielstimmigen Konzert; hin und wieder trompetete ein Elefant, Hyänen bellten in der Ferne, von einem Leoparden aufgeschreckt, kreischten die Mandrills, Frösche quakten, Zikaden zirpten.

Kurz vor Sonnenaufgang fuhr Kate aus dem Schlaf, weil sie meinte, ganz in der Nähe etwas gehört zu haben. »Ich muss geträumt haben«, brummte sie und drehte sich auf die andere Seite. Sie versuchte abzuschätzen, wie lange sie geschlafen hatte. Ihre Gelenke knackten, die Muskeln schmerzten, sie hatte einen Krampf in der Wade. Ihre siebenundsechzig schonungslos gelebten Jahre machten sich bemerkbar. Die Ausflüge mit den Elefanten waren ihren armen Knochen nicht bekommen. Ich bin zu alt für so ein Leben, dachte sie bei sich, verwarf den Gedanken jedoch sogleich wieder, denn anders zu leben wäre für sie sowieso nicht in Frage gekommen. Sie litt weit mehr unter der Tatenlosigkeit bei Nacht als unter den Anstrengungen bei Tage. Die Stunden im Zelt wollten kein Ende nehmen. Da war es wieder, ganz nah: das Geräusch, das sie geweckt hatte. Sie wusste nicht, woher es kam, aber es klang wie ein Kratzen oder Scharren.

Im Handumdrehen war der letzte Rest Schläfrigkeit von ihr abgefallen, und Kate schnellte mit trockener Kehle und pochendem Herzen auf ihrem Lager in die Höhe. Kein Zweifel, da draußen war etwas, direkt hinter der dünnen Zeltplane. Ganz vorsichtig, um keinen Lärm zu machen, tastete sie nach ihrer Taschenlampe, die hier irgendwo sein musste. Bis sie die Lampe zu fassen bekam, war sie schweißgebadet vor Angst, und ihre feuchten Finger rutschten am Schalter ab. Sie wollte es eben erneut versuchen, als sie Nadia neben sich flüstern hörte:

»Schhh, Kate, kein Licht machen …«

»Was ist los?«

»Da draußen sind Löwen. Du darfst sie nicht erschrecken.«

Die Taschenlampe fiel Kate aus der Hand und kullerte unters Bett. Kate spürte, dass ihre Glieder wabbelig wurden wie Pudding, und aus ihrem Bauch stieg ein Schrei auf und blieb ihr im Hals stecken. Ein einziger Tatzenhieb, der dünne Nylonstoff hinge in Fetzen und die Raubkatzen würden über sie herfallen. Es wäre nicht das erste Mal, dass Touristen während einer Safari auf diese Weise ihr Leben ließen. Auf ihren Streifzügen waren sie so nah an Löwen vorbeigekommen, dass sie ihre Zähne hatte zählen können. Kate war nicht erpicht, sie nun am eigenen Leib zu spüren. In ihrem Kopf blitzte flüchtig die Erinnerung an die ersten Christen auf, die, zum Tode verurteilt, im Kolosseum in Rom von Löwen zerfleischt worden waren. Der Schweiß lief ihr über das Gesicht, während sie auf der Suche nach der Lampe auf dem Fußboden herumfingerte und sich zusehends in ihrem Moskitonetz verhedderte. Sie hörte das Schnurren einer großen Katze und wieder Kratzen.

Diesmal drückte sich die Zeltplane nach innen, als wäre ein Baum darauf gestürzt. Voller Panik merkte Kate eben noch, dass auch Nadia Laute wie eine Katze von sich gab. Dann hatte sie die Taschenlampe gefunden und knipste sie mit zitternden, schweißnassen Fingern an. In ihrem Lichtkegel sah sie Nadia, die auf allen vieren dicht vor der Zeltplane kauerte und verträumt schnurrende Töne mit dem Raubtier tauschte, das draußen vor dem Zelt sein musste. Kates zugeschnürte Kehle öffnete sich, und ein gurgelnder Schrei brach heraus, der Nadia so überrumpelte, dass sie vor Schreck hochfuhr. Kates kräftige Hand packe sie am Arm und zerrte sie weg von der Zeltplane. Neue Schreie, diesmal begleitet von furchterregendem Löwengebrüll, zerrissen die Stille des Lagers.

Im Nu waren alle Angestellten und Gäste des Camps

draußen, obwohl ihnen Michael Mushaha wieder und wieder eingeschärft hatte, nachts die Zelte nicht zu verlassen. Nadia strampelte und wand sich, aber Kate zerrte an ihrem Arm und wollte sie ins Freie schleifen. In dem Gerangel brach das halbe Zelt über ihnen zusammen, Kates Moskitonetz löste sich aus der Verankerung und begrub sie unter sich. Sie glichen zwei Larven, die sich mühen, ihren Kokon zu verlassen. Alex war als Erster zur Stelle und wühlte sich durch die Zeltplane und das Moskitonetz bis zu ihnen vor. Als er Nadia endlich befreit hatte, schubste sie ihn weg. Sie kochte vor Zorn darüber, dass ihr Gespräch mit den Löwen so unsanft gestört worden war.

Unterdessen hatte Michael Mushaha mehrere Schüsse in die Luft abgegeben, und das Brüllen der Löwen entfernte sich. Die Campangestellten zündeten Fackeln an, schulterten ihre Flinten und brachen auf, um die Umgebung abzusuchen. Die Elefantenführer eilten zu den Gehegen, um die Tiere zu beruhigen, ehe die in ihrer Aufregung die Absperrung einrissen und auf ihrer Flucht alles niedertrampelten, was ihnen im Weg war. Der Geruch der Löwen hatte die Zwergschimpansen zu Tode erschreckt, und kreischend hängten sie sich an den ersten Menschen, der in ihre Reichweite kam. Borobá hatte sich auf Alexanders Kopf geflüchtet, und sosehr Alex ihn auch am Schwanz zog, er wurde ihn einfach nicht los. In dem Wirrwarr begriff niemand, was eigentlich vorging.

Schreiend kam Joel González aus seinem Zelt gestürzt:

»Schlangen! Pythonschlangen!«

»Löwen«, verbesserte ihn Kate.

Er stockte, rieb sich die Augen.

»Keine Schlangen?«

»Nein, Löwen!«, sagte Kate wieder.

»Und dafür weckt ihr mich?«

»Himmel, ich bitte Sie, bedecken Sie sich!«, gluckste Angie, die im Pyjama auf ihn zukam.

Joel sah erschrocken an sich hinunter, bedeckte seine Blöße hastig mit beiden Händen und stolperte zurück in sein Zelt.

Wenig später war Michael Mushaha von seinem Kontrollgang zurück und sagte, im Umkreis gebe es etliche Spuren von Löwen, und das Zelt von Nadia und Kate sei aufgeschlitzt.

»So etwas ist hier im Camp noch nie passiert.« Er sah besorgt aus. »Dass die Löwen uns angreifen ...«

»Sie haben nicht angegriffen!«, fauchte Nadia ihn an.

»Ach! Das war wohl ein Anstandsbesuch!«, schnaubte Kate.

»Sie wollten Hallo sagen! Wenn du nicht geschrien hättest, könnte ich noch immer mit ihnen reden!«

Nadia drehte sich um und verkroch sich in ihrem Zelt, das bis auf zwei Ecken am Boden lag.

»Einfach nicht hinhören, das haben alle in dem Alter. Früher oder später wächst sich das aus«, sagte Joel, der mit einem Handtuch um die Hüfte wieder nach draußen gekommen war.

Nach dieser Aufregung war an Schlaf nicht mehr zu denken. Man schürte die Feuer und ließ die Fackeln brennen. Noch immer verängstigt, suchten sich Borobá und die drei Zwergschimpansen einen Platz, weit genug von Nadias Zelt entfernt, um den Geruch der Raubkatzen nicht riechen zu müssen. Es dauerte nicht lang, da kündigte das Flügelrauschen der Fledermäuse das Ende der Nacht an, die Köche brühten Kaffee auf und brieten Eier mit Speck für das Frühstück.

»So nervös kenne ich dich gar nicht«, sagte Alex und reichte die erste Tasse Kaffee an Kate weiter. »Mit dem Alter wirst du schreckhaft, Oma.«

»Nenn mich nicht Oma, Alexander.«

»Nenn du mich nicht Alexander, ich heiße Jaguar, jedenfalls für meine Familie und meine Freunde.«

»Pah! Lass mich in Frieden, du Rotzbengel!«, schimpfte sie und verbrannte sich die Lippen am ersten Schluck dampfenden Kaffees.

DRITTES KAPITEL
## Der Missionar

Das Gepäck wurde in die Landrover geladen, und gemeinsam brachen sie auf zu Angies Flugzeug. Den Gästen des Camps boten die zwei Meilen bis zu der baumlosen Piste ein letztes Mal Gelegenheit zu einem Ritt auf den Elefanten. Der sonst so selbstbewusste Kobi, der Nadia eine Woche lang auf seinem Rücken getragen hatte, schien den Abschied zu ahnen und wirkte genauso niedergedrückt wie die Reisenden des International Geographic. Auch Borobá ließ den Kopf hängen. In den drei Schimpansen aus dem Camp hatte er wirkliche Freunde gefunden, mehr noch, er hatte zum ersten Mal in seinem Leben Affen getroffen, die fast so klug waren wie er.

Die vielen Dienstjahre und Flugmeilen waren der Cessna Caravan deutlich anzusehen. Zwar prangte auf ihren Flanken protzig der Name Sturmfalke, und Angie hatte ihr auf die Nase ein Gesicht mit Raubvogelaugen und Schnabel und darunter kräftige gelbe Fänge gemalt, aber die Farbe war mit der Zeit abgeblättert, und die Maschine ähnelte im flirrenden Licht des Morgens eher einem gerupften Huhn. Den Reisenden war flau im Magen bei dem Gedanken, dort gleich wieder einsteigen zu müssen, nur Nadia blieb gelassen,

54

denn seit sie in New York lebte, hatte sie fast nie mehr Höhenangst gehabt, und verglichen mit dem altersschwachen, rostigen Flugzeug, mit dem ihr Vater im Amazonasgebiet unterwegs war, hatte Angies Sturmfalke auf sie schon beim Hinflug wie ein Wunderwerk der Technik gewirkt. Auf den Tragflächen der Maschine lümmelte diese Bande manierenloser Mandrills herum, die Kates Wodka getrunken hatten. Die Affen waren darin vertieft, einander die Läuse aus dem Pelz zu pulen, und Kate fand sie geradezu menschlich. Dieses zärtliche Ritual hatte sie in vielen Teilen der Welt bei Menschen gesehen, es stärkte die Familienbande und vertiefte Freundschaften. Joel hatte einmal ein Foto von Kindern gemacht, die wie die Orgelpfeifen hintereinander saßen und jeweils den Kopf des nächst kleineren entlausten. Sie musste schmunzeln: Bei ihr zu Hause lief es den meisten Leuten schon bei dem Wort »Laus« kalt den Rücken hinunter. Angie war von dem Anblick der Affen weniger angetan, sie fluchte und warf mit Steinen nach ihnen, aber die Mandrills straften sie mit grenzenloser Nichtbeachtung und trollten sich erst, als die Elefanten ihnen auf die Pelle rückten.

Michael Mushaha drückte Angie eine Ampulle des Betäubungsmittels für Tiere in die Hand.

»Das ist meine letzte«, sagte er. »Könntest du mir eine Kiste mitbringen, wenn du wiederkommst?«

»Aber sicher.«

»Nimm die als Muster mit. Es sind verschiedene Sorten im Handel, und die verwechselt man leicht. Ich brauche genau die.«

»Wird gemacht«, sagte Angie und verstaute die Ampulle sorgfältig im Erste-Hilfe-Kasten ihres Flugzeugs.

~

Sie hatten eben damit begonnen, das Gepäck in die Maschine zu laden, als zwischen dem nahen Strauchwerk ein Mann auftauchte, den keiner zuvor bemerkt hatte. Er trug Jeans, halbhohe, ausgetretene Stiefel und ein schmutziges Baumwollhemd. Einen Schlapphut aus Stoff hatte er sich in den Nacken geschoben, und über seinen Schultern hing ein Rucksack, an dem ein rußgeschwärzter Topf und ein langes Buschmesser baumelten. Er war klein, hager und kantig, hatte eine Glatze, blasse Haut und schüttere dunkle Brauen und blickte durch eine Brille mit sehr dicken Gläsern.

»Einen schönen guten Morgen«, sagte er erst auf Spanisch und gleich darauf auch auf Englisch und Französisch. »Ich bin Bruder Fernando, katholischer Missionar.« Er reichte Michael Mushaha und dann der Reihe nach den anderen die Hand.

»Wie sind Sie hierher gekommen?« Michael starrte ihn entgeistert an.

»Gelaufen.«

»Zu Fuß? Von wo? Man braucht Tage von hier bis ins nächste Dorf!«

»Die Wege sind lang, aber alle führen zu Gott.«

Er erklärte, er sei Spanier und stamme aus Galicien, sei dort aber schon seit vielen Jahren nicht mehr gewesen. Gleich nach dem Priesterseminar war er nach Afrika geschickt worden, und hier tat er nun schon seit dreißig Jahren in verschiedenen Ländern Dienst. Zuletzt hatte er zusammen mit anderen Brüdern seines Ordens und mit drei Nonnen in einer kleinen Missionsstation in einem Dorf in Ruanda gearbeitet. Dort hatte der grausamste Krieg gewütet, den der Kontinent je erlebt hatte. Unzählige Menschen waren auf der Flucht vor den Gewalttätigkeiten, aber wohin sie auch gingen, immer wurden sie von den Schrecken eingeholt. Die Erde war verbrannt und getränkt von Blut, seit Jahren wurden die Felder nicht mehr bestellt, und wer dem Gemetzel hatte entgehen können, wurde Opfer von Krankheiten und Hunger. Auf den Wegen durch dieses zur Hölle gewordene Land konnte man sie sehen: verwitwete Frauen und verwaiste Kinder, viele von ihnen verwundet oder zu Krüppeln geworden, alle ausgezehrt und am Ende ihrer Kräfte.

»Der Tod feiert dort ein Fest«, schloss der Missionar seinen Bericht.

Angie nickte: »Ich habe es auch gesehen. Es sind mehr als eine Million Menschen umgekommen, und den Rest der Welt kümmert es kaum.«

»Hier in Afrika steht die Wiege der Menschheit«, sagte der Missionar in einem Tonfall, als würde er predigen. »Wir alle sind Kinder von Adam und Eva, und die Wissenschaft sagt, die beiden waren Afrikaner. Dies hier ist das Paradies auf Erden, von dem die Bibel spricht. Gott wollte, dass dies ein Garten sei, in dem seine Geschöpfe in Eintracht und Überfluss leben, aber sehen Sie sich an, was die Menschen in ihrem Hass und ihrer Dummheit daraus gemacht haben ...«

»Sind Sie vor dem Krieg geflohen?«, unterbrach ihn Kate.

»Die Rebellen haben unsere Schule in Brand gesetzt, und wir erhielten Anweisung, die Missionsstation zu evakuieren, aber auf der Flucht bin ich nicht. Mir steht eine Aufgabe bevor: Ich muss zwei verschollene Missionare finden.«

»Hier in der Gegend?«, fragte Mushaha ungläubig.

»Aber nein, sie waren in einem Dorf, das Ngoubé heißt. Sehen Sie, hier ...«

Der Missionar hatte eine Landkarte aus der Seitentasche seines Rucksacks gezogen, die er jetzt auf dem Boden ausbreitete, um ihnen den Ort zu zeigen, an dem seine Brüder zuletzt gewesen waren. Alle beugten sich über die Karte.

»Diese Gegend dort unten ist unzugänglich, heiß und menschenfeindlich wie keine zweite in Äquatorialafrika. Die Zivilisation ist bis dorthin nie vorgedrungen, einziges Transportmittel sind die Kanus auf den Flüssen, kein Telefon, keine Funkverbindungen«, erklärte der Missionar.

»Und wie haben Sie dann Kontakt zu den beiden Missionaren gehalten?«, wunderte sich Alex.

»Sie haben uns Briefe geschrieben, die waren zwar monatelang unterwegs, aber wir hatten doch dann und wann Nachricht von ihnen. Die Lage in Ngoubé war sehr angespannt. Der ganze Landstrich wird von einem gewissen Maurice Mbembelé kontrolliert, er ist ein Psychopath, ein Wahnsinniger, der keine Skrupel kennt, es heißt sogar, es habe Fälle von Kannibalismus gegeben. Seit vielen Monaten haben wir nichts von unseren Brüdern gehört. Wir sind in großer Sorge.«

~

Alexander betrachtete die Landkarte am Boden. Dieses abgegriffene Stück Papier vermittelte nicht die leiseste Ahnung von den gewaltigen Ausmaßen des afrikanischen Kontinents mit seinen über fünfzig Staaten und fast achthundert Millionen Menschen. In der einen Woche in Michael Mushahas Safaricamp hatte er eine Menge erfahren, aber Afrika hatte so viele Gesichter, es gab Wüsten und Regenwälder, schneebedeckte Gebirge und glutheiße Savannen, die unterschiedlichsten Kulturen, Glaubensvorstellungen, Völker und Sprachen. Unter diesem Punkt, auf den der Finger des Missionars wies, konnte er sich nichts vorstellen und begriff nur, dass Ngoubé in einem anderen Land lag.

»Ich muss dorthin«, sagte Bruder Fernando.

»Wie?«, wollte Angie wissen.

»Sie müssen Angie Ninderera sein, Ihnen gehört dieses Flugzeug, oder? Ich habe viel von Ihnen gehört. Es heißt, Sie kommen überall hin …«

»Moment! Sie wollen doch nicht etwa, dass ich Sie hinfliege!« Angie hob beide Arme, als wollte sie den Gedanken weit von sich schieben.

»Warum nicht? Das ist ein Notfall.«

»Weil die Gegend, in die Sie wollen, Sumpfwald ist und man dort nicht landen kann. Weil es dort Gorillas und Krokodile gibt. Weil niemand, der noch alle Tassen im Schrank hat, dort hin will. Weil ich von der Zeitschrift International Geographic den Auftrag habe, diese Leute hier wohlbehalten und sicher in die Hauptstadt zu bringen. Weil ich keine Zeit habe, und zu guter Letzt, weil Sie mich bestimmt nicht bezahlen können«, antwortete Angie grimmig.

»Zweifellos würde Gott es Ihnen vergelten.«

»Hören Sie, ich finde, Ihr Gott hat schon mehr als genug Schulden.«

Während die beiden noch stritten, nahm Alex seine Großmutter am Arm beiseite.

»Wir müssen ihm helfen, Kate.«

»Wie stellst du dir das vor, Alex …, ich meine: Jaguar?«

»Wir könnten Angie bitten, dass sie uns nach Ngoubé bringt.«

»Und wer soll das bezahlen?«

»Die Zeitschrift, Kate. Das gibt doch eine erstklassige Reportage, wenn wir die Missionare finden.«

»Und wenn wir sie nicht finden?«

»Wäre das auch eine Meldung, oder nicht? So eine Chance bekommst du nur einmal.«

»Ich muss mit Joel reden«, sagte Kate, aber Alex kannte dieses besondere Funkeln in ihren Augen: Sie hatte angebissen.

Joel war sofort bereit, dem Missionar zu helfen. Er könne sowieso nicht heim nach London, solange Timothy noch im Krankenhaus sei, sagte er, aber etwas unwohl war ihm dann doch bei dem Gedanken:

»Gibt es dort Schlangen, Kate?«

»Mehr als irgendwo sonst, alter Junge.«

»Aber Angie hat etwas von Gorillas gesagt. Vielleicht kannst du welche aus der Nähe fotografieren. Das wäre ein tolles Titelbild …«, lockte Alex.

»Ihr habt Recht, ich bin dabei, Kate.«

Angie war im Nu überzeugt, denn Kate hielt ihr ein Bündel Geldscheine unter die Nase und fragte, ob ihr der Flug etwa zu heikel sei, was die Pilotin nicht auf sich sitzen lassen konnte. Sie schnappte sich das Geld, zündete sich die erste Zigarre des Tages an und kletterte in die Kabine, um die Instrumente zu überprüfen und sich zu vergewissern, dass ihr Sturmfalke startbereit war.

»Ich traue dieser Kiste einfach nicht«, sagte Joel mit einem scheelen Blick auf Angie, denn ihn grauste vor

Flügen in kleinen Propellermaschinen fast ebenso sehr wie vor Reptilien.

Zur Antwort spuckte Angie nur abfällig einen Tabakkrümel durchs offene Kabinenfenster. Alex knuffte Joel verständnisvoll in die Seite. Auch ihm flößte die Maschine kein großes Vertrauen ein, schon gar nicht, wenn er sich diese schräge Pilotin betrachtete, die mit einem Sixpack Bier zwischen den Füßen und einer Zigarre zwischen den Zähnen eine Armlänge vor den Reservefässern mit Treibstoff saß.

Zwanzig Minuten später war auch das letzte Gepäckstück verstaut, und die Passagiere hatten ihre Plätze eingenommen. Es gab nicht für alle Sitze, deshalb machten Nadia und Alex es sich hinten zwischen den Gepäcktaschen bequem. Anschnallen konnte sich sowieso niemand, denn Angie hielt Sicherheitsgurte für eine unsinnige Vorsichtsmaßnahme:

»Falls wir abstürzen, taugen Gurte bloß dazu, dass man unsere Leichen nicht zusammensuchen muss.«

Die Pilotin startete den Motor und lächelte zärtlich, als das Dröhnen einsetzte. Das Flugzeug schüttelte sich wie ein nasser Hund, hüstelte ein wenig und rollte über die Piste. Als sich die Räder vom Boden lösten, brach Angie in triumphierendes Indianergeheul aus und zog ihren geliebten Falken steil in die Höhe.

»Gott steh uns bei«, murmelte der Missionar und bekreuzigte sich, und Joel folgte seinem Beispiel.

Von oben bot sich ihnen ein Blick auf die Vielfalt und Schönheit der afrikanischen Landschaft. Getupft mit Bäumen und Herden wilder Tiere erstreckte sich unter ihnen die rötliche, dürre Savanne des Nationalparks, in dem sie die letzte Woche verbracht hatten. Es folgten Wüsten, Wälder, Berge, sie flogen über Seen und Flüsse und weit verstreute Dörfer. Mit jeder Meile, die sie ins Landesinnere vordrangen, hatten sie das Gefühl, ein Stück in der Zeit zurückzureisen.

Das Dröhnen des Motors war ein ernstes Hindernis für jede Unterhaltung, aber Alexander und Nadia brüllten dem Missionar eine Frage nach der anderen zu. Bruder Fernando antwortete ebenso lautstark. Das Dorf, das sie suchten, liege in einem Regenwaldgebiet in der Nähe des Äquators, schrie er. Im neunzehnten Jahrhundert waren einige unerschrockene Entdecker, im zwanzigsten dann französische und belgische Siedler für kurze Zeit in diese grüne Hölle vorgedrungen, aber es waren so viele von ihnen gestorben – von zehn Leuten hatten acht durch tropische Fieber, Morde und Unfälle ihr Leben gelassen –, dass diese Vorstöße aufgegeben wurden. Nach der Unabhängigkeit, als die ausländischen Kolonialherren das Land verlassen hatten, versuchte jede neue Regierung, ihre Krakenarme bis in die entlegensten Dörfer auszustrecken. Einige Wege wurden angelegt, Soldaten, Lehrer, Ärzte und Verwalter entsandt, aber der Dschungel und die verheerenden Krankheiten hatten alle Bemühungen um eine Erschließung der Gegend zunichte gemacht. Nur die Missionare, die für die Verbreitung des Christentums zu jedem Opfer bereit waren, beharrten darauf, in diesem höllischen Landstrich Wurzeln zu schlagen.

»Die Gegend ist sehr dünn besiedelt, und die meisten Dörfer liegen in der Nähe der Flüsse, der Rest ist unbewohnt«, schrie Bruder Fernando. »In die Sümpfe dringt niemand vor. Die Eingeborenen sind überzeugt, dass dort Geister und riesige Drachen leben.«

»Hört sich gut an!«, lachte Alex.

Der Bericht des Missionars klang nach dem geheimnisvollen Afrika, das er sich vorgestellt hatte, als seine Großmutter ihm von der bevorstehenden Reise erzählte. Die Hochhäuser und das Verkehrschaos in Nairobi hatten ihn bei ihrer Ankunft schlagartig ernüchtert. Außer den Massai, die mit ihrem kranken Kind in Michael Mushahas Camp aufgetaucht waren, hatte nichts große Ähnlichkeit mit dem gehabt, was er sich vorher ausgemalt hatte. Selbst die Elefanten im Camp waren für seinen Geschmack etwas zu zahm gewesen. Als er das Nadia gegenüber erwähnte, zuckte sie die Achseln und begriff nicht, wie man von Afrika enttäuscht sein konnte. Sie hatte nichts Bestimmtes erwartet. Wahrscheinlich hätte sie es als völlig selbstverständlich hingenommen, wäre der Kontinent von Außerirdischen bewohnt gewesen, denn sie malte sich nie vorher etwas aus. Aber nun würde er vielleicht doch noch dort, wo Bruder Fernando ein Kreuz auf seiner Karte eingezeichnet hatte, sein geheimnisvolles Land finden.

~

Nach mehreren Stunden Flug, die, abgesehen von Müdigkeit, Durst und dem flauen Gefühl im Magen der Passagiere, ruhig verlaufen waren, begann Angie zwischen dünnen Nebelschleiern tiefer zu gehen. Sie zeigte nach unten auf ein endloses grünes Meer aus Bäumen, in dem sich die Windungen eines Flusses abzeichneten. Nichts deutete auf menschliche Siedlungen hin, aber falls es welche gab, hätte man sie wohl aus dieser Höhe noch nicht ausmachen können.

»Dort muss es sein, ganz sicher!«, brüllte Bruder Fernando plötzlich.

»Ich hatte Sie gewarnt, man kann hier nirgends landen!«, schrie Angie zurück.

»Gehen Sie tiefer, gute Frau, Gott wird es richten.«

»Er sollte sich besser sputen, wir müssen tanken!«

In weiten Bögen verlor der Sturmfalke an Höhe. Das dünne glitzernde Band des Flusses wurde zu einem beachtlichen Strom. Angie brüllte ihnen zu, weiter im Süden gebe es Siedlungen, aber Bruder Fernando beharrte darauf, sie müssten sich Richtung Nordosten halten, wenn sie das Dorf mit der Missionsstation finden wollten. Immer dichter über den Bäumen drehte Angie Runden.

»Wir vergeuden das bisschen Treibstoff, das wir noch haben! Ich fliege nach Süden!«, entschied sie schließlich.

»Dort, Angie!« Kate wies nach links.

Am Flussufer war unversehens ein unbewaldeter Streifen Strand aufgetaucht.

»Ziemlich schmal und kurz, Angie«, gab Kate zu bedenken.

»Ich brauche bloß vierhundert Meter, aber die haben wir wohl nicht.«

In niedriger Höhe flog sie über den Strand, um seine Länge zu schätzen und den besten Winkel für eine Landung zu finden.

»Wäre nicht das erste Mal, dass ich auf weniger als vierhundert Metern lande. Festhalten, Kinder, gleich geht's rund!« Und damit brach sie wieder in ihr ureigenes Kriegsgeschrei aus.

Mit einer Dose Bier zwischen den Knien und ihrer Zigarre zwischen den bonbonfarbenen Lippen war Angie bisher sehr entspannt geflogen. Jetzt war sie wie ausgewechselt. Sie hatte die Zigarre im Aschenbecher ausgedrückt, der mit Klebeband am Boden befestigt war, rückte ihre Fettpolster auf dem Sitz zurecht, umklammerte mit beiden Händen den Steuerknüppel und peilte ihr Ziel an, während sie unablässig fluchte, heulte wie ein Komantschenkrieger und ihr Glück beschwor, das sie angeblich nie verließ, weil sie doch ihren Talisman um den Hals trug. Kate schloss sich Angies Gebrüll an und schrie sich die Seele aus dem Leib, weil ihr nichts Besseres einfiel, um ihre Nerven zu beruhigen. Nadia machte die Augen zu und dachte an ihren Vater. Alex wiederum riss die Augen weit auf und wünschte aus ganzem Herzen, Tensing wäre bei ihm, ein buddhistischer Lama, der ihnen mit seinen übersinnlichen Fähigkeiten ganz bestimmt hätte helfen können, aber Tensing war weit weg. Bruder Fernando und Joel sprachen laut ein Gebet auf Spanisch. Wie eine Wand ragte am Ende des kleinen Strands der Dschungel. Sie hatten nur einen Versuch. Falls die Landung nicht glückte, würde der Platz nicht ausreichen, um erneut an Höhe zu gewinnen. Sie würden in die Bäume krachen.

Der Sturmfalke ging jetzt rasch tiefer. Schon streiften die ersten Zweige der Bäume seinen Bauch. Kaum hatten sie den Saum des Waldes passiert, ließ Angie die Maschine jäh zu Boden sacken und betete, der Strand möge fest und nicht mit Steinbrocken durchsetzt sein. Wie ein verwundeter Vogel fiel das Flugzeug herab und setzte schlingernd auf. Im Innern ging es drunter und drüber: Das Gepäck rutschte kreuz und quer, die Passagiere wurden gegen die Decke geworfen, die Bierdosen rollten über den Boden, die Treibstofffässer tanzten in der Halterung. Beide Arme gegen den Steuerknüppel gestemmt, trat Angie das Bremspedal bis zum Anschlag durch und versuchte die Maschine zu stabilisieren, damit die Flügel nicht brachen. Der Motor jaulte verzweifelt, und ein starker Geruch nach verbranntem Gummi füllte die Kabine. Das Flugzeug bebte bei dem Versuch, zum Stillstand zu kommen, und eine Wolke aus Sand und Qualm nahm ihnen die Sicht auf die letzten Meter Piste.

»Die Bäume!«, kreischte Kate, als sie jäh vor ihr auftauchten.

Angie schenkte sich eine Antwort – die Bäume waren nicht zu übersehen. Wieder spürte sie diese Mischung aus Entsetzen und Faszination, die wie eine Welle ihren Körper durchlief, wenn sie ihr Leben aufs Spiel setzte, ihre Haut kribbelte, das Herz raste. Diese glückliche Angst war das Beste an ihrem Beruf. Mit jeder Faser ihres Körpers rang sie darum, die Maschine in den Griff zu bekommen. Es war ein Nahkampf mit dem Flugzeug wie ein Rodeo auf einem wilden Stier. Als sie schon glaubte, diesmal habe sie verloren, tat der schlingernde Sturmfalke einen heftigen Ruck, kippte vornüber und bohrte den Schnabel in den Sand.

»Verdammt!«, schrie Angie.

»Nicht fluchen, gute Frau«, ließ sich Bruder Fernando mit zitternder Stimme aus dem hinteren Teil der Maschine vernehmen, wo er unter der Fotoausrüstung begraben lag. »Hat Gott etwa nicht für eine Landebahn gesorgt?«

»Sagen Sie ihm, jetzt kann er mir einen Mechaniker besorgen, wir haben da nämlich ein Problem«, tobte Angie weiter.

»Immer mit der Ruhe. Wir sollten uns den Schaden

erst einmal ansehen.« Und damit machte Kate sich an der Luke zu schaffen, während die anderen sich unter den Gepäcktaschen hervor in ihre Richtung kämpften. Als Erster sprang der arme Borobá ins Freie, der in seinem Leben selten solche Ängste ausgestanden hatte. Im Licht, das durch die geöffnete Luke drang, sah Alex, dass Nadias Gesicht voller Blut war.

»Aguila!« Erschrocken nahm er ihren Arm und half ihr zwischen den durcheinander gewürfelten Gepäckstücken und den aus der Halterung gerissenen Sitzen zur Luke.

Als schließlich alle draußen waren, stellten sie erleichtert fest, dass niemand ernstlich verletzt war. Nadia hatte nur Nasenbluten. Der Sturmfalke dagegen sah arg mitgenommen aus.

»Wie ich befürchtet habe: Ein Propellerblatt ist abgeknickt«, sagte Angie.

»Schlimm?«, fragte Alex.

»Normalerweise ist das halb so wild. Wenn ich einen Ersatz habe, kann ich den Propeller selbst wechseln, aber hier sind wir geliefert. Wo soll ich einen neuen herkriegen?«

Bevor Bruder Fernando den Mund aufmachen konnte, baute Angie sich vor ihm auf und stemmte die Hände in die Hüften:

»Und sagen Sie nicht, Ihr Gott werde das richten, wenn Sie nicht wollen, dass ich mich wirklich aufrege!«

Der Missionar bewahrte umsichtig Schweigen.

»Wo sind wir genau?«, fragte Kate.

»Keinen Schimmer«, musste Angie zugeben.

Bruder Fernando studierte seine Karte und sagte, bis nach Ngoubé sei es ganz sicher nicht weit.

»Rechts, links, vorne und hinten Dschungel und Sümpfe, ohne Boot kommen wir nirgendwo hin«, sagte Angie.

»Dann machen wir jetzt erst einmal ein Feuer. Eine Tasse Tee und ein Schluck Wodka werden uns gut tun«, entschied Kate.

### VIERTES KAPITEL
## Eine Begegnung

*D*ie kleine Schar Menschen suchte sich eine halbwegs ebene Stelle im Schutz der Bäume, wo sie ihr Lager aufschlagen wollten.

»Ob es hier Würgeschlagen gibt?« Joel ging die Umarmung einer Anakonda, die ihn am Amazonas fast das Leben gekostet hätte, nicht aus dem Sinn.

»Mit Würgeschlangen lässt sich fertig werden, man sieht sie von weitem und kann auf sie schießen. Gefährlicher sind die Gabunviper und die Waldkobra. Ihr Biss tötet binnen Minuten«, sagte Angie.

»Haben wir ein Gegengift?«

»Gegen die gibt es keins. Aber die Krokodile machen mir mehr Sorgen. Was diese Viecher alles fressen …«

»Aber sie bleiben im Wasser, oder?«, wollte Alexander wissen.

»An Land sind sie auch nicht ohne. Sie schnappen sich die Tiere, die nachts zum Trinken ans Ufer kommen, und zerren sie auf den Grund des Flusses. Kein schöner Tod.«

Angie besaß einen Revolver und eine Flinte, hatte sie allerdings noch nie benutzen müssen. Sie zeigte ihren Gefährten, wie man die Waffen handhabe, denn für die Nacht wollten sie Wachen einteilen. Sie gaben ein paar Schüsse ab, und die Waffen funktionierten auch einwandfrei, dennoch traf keiner die Dose, die sie ein paar Meter weiter hingestellt hatten. Bruder Fernando beteiligte sich nicht an der Schießübung, denn ihm zufolge wurden Schusswaffen vom Teufel geladen. Durch seine Erlebnisse in Ruanda war er ein gebranntes Kind.

»Das hier beschützt mich.« Er zeigte auf ein kleines Stück braunen Tuchs, das er an einer Kordel um den Hals trug. »Es ist ein Skapulier.«

»Ein was?« Kate hatte das Wort noch nie gehört.

»Es ist geweiht und symbolisiert den Schutz der Muttergottes. Der Papst trägt auch eins«, schaltete sich Joel ein und zeigte ihnen sein eigenes, das vor seiner leicht eingedellten Brust baumelte.

Kate machte große Augen: Sie war unter nüchternen Protestanten aufgewachsen und fand den Katholizismus zuweilen ähnlich exotisch wie den Volksglauben in Afrika.

»Ich habe auch einen Glücksbringer, aber dass der mich vor Krokodilen bewahrt, glaube ich nicht.« Angie strich über den Lederbeutel an ihrem Hals.

»Sie können doch einen Fetisch nicht mit einem Skapulier vergleichen!«, sagte Bruder Fernando entrüstet.

»Wieso nicht?«, fragte Alex ehrlich interessiert.

»Weil das eine für den Schutz Mariens steht und das andere Aberglaube fürs Volk ist.«

»Was man selber glaubt, ist Religion, was die anderen glauben, Aberglaube.« Kate grinste.

Mit diesem Satz hatte sie ihrem Enkel bei jeder sich bietenden Gelegenheit Achtung für fremde Kulturen beibringen wollen, deshalb kannte Alex ihn bereits. Außerdem sagte sie gern: »Was wir sprechen, ist Hochsprache, was die anderen sprechen, Dialekt« und: »Was die Weißen machen, ist Kunst, was die anderen machen, Kunsthandwerk.« Alex hatte diese Lieblingssätze seiner Großmutter einmal im Sozialkundeunterricht angebracht, aber da hatte niemand die Ironie begriffen.

Hier dagegen entspann sich unverzüglich ein leidenschaftlicher Streit über die Gottesvorstellung der Christen und verschiedener afrikanischer Naturreligionen, und alle redeten durcheinander, außer Alex, der seinen eigenen Glücksbringer um den Hals trug und lieber den Mund hielt, und Nadia, die zusammen mit Borobá den Strand ablief und sich alles sehr aufmerksam ansah. Alex schloss sich den beiden an.

»Suchst du was, Aguila?«

Nadia bückte sich und hob einige kurze Stücke Seil vom Sand auf.

»Davon habe ich noch mehr gefunden.«

»Bestimmt irgendeine Liane ...«

»Nein. Ich glaube, sie sind handgemacht.«

»Was könnte es sein?«

»Keine Ahnung, aber offenbar war vor kurzem jemand hier, und vielleicht kommt er wieder. Unsere Lage ist nicht so aussichtslos, wie Angie behauptet.«

»Hoffentlich keine Kannibalen.«

»Das wäre echt Pech.« Auch Nadia hatte nicht vergessen, was der Missionar über den Wahnsinnigen gesagt hatte, der in dieser Gegend herrschte.

»Ich sehe nirgends Fußspuren.« Alex starrte auf den Sand.

»Von Tieren gibt es auch keine Spuren. Der Untergrund ist weich, und der Regen wischt sie weg.«

~

Seit ihrer Bruchlandung hatte es schon zweimal kräftig geregnet, und sie waren nass geworden wie unter der Dusche. So schlagartig, wie er einsetzte, hörte dieser Platzregen auch wieder auf, alles war durchgeweicht, aber kühler wurde es dadurch nicht, im Gegenteil, die Feuchtigkeit machte die Hitze noch drückender. Sie bauten Angies Zelt auf, in dem sie zu fünft schlafen würden, während der sechste draußen Wache hielt. Auf Bruder Fernandos Rat hin suchten sie Kot von Tieren und warfen ihn ins Feuer, denn der Rauch hielt die Moskitos auf Abstand und überdeckte die Gerüche des Lagers, die womöglich Raubtiere aus dem Wald anlockten. Der Missionar warnte sie vor einer Wanzenart, die ihre Eier unter Finger- und Zehennägeln ablegte. Das Nagelbett entzündete sich, und man musste die Nägel mit einem Messer anheben, um die Larven darunter herauszukratzen, eine Tortur, die an chinesische Folter erinnerte. Als Vorsichtsmaßnahme rieben sie sich Hände und Füße mit Benzin ein. Außerdem sollten sie immer alle Lebensmittel sorgfältig wegpacken, weil die Ameisen hier gefährlicher werden konnten als Krokodile. Eine Ameiseninvasion war etwas Grauenhaftes: Alles Leben verschwand, und übrig blieb Wüstenei. Alex und Nadia hatten am Amazonas davon gehört, aber was der Missionar ihnen erzählte, klang noch bedrohlicher. Als die Sonne sank, fiel ein Schwarm winziger Bienen im Lager ein. Diese so genannten Mopani waren unausstehlich und krabbelten ihren Opfern, vom Rauch nicht verdrossen, sogar auf den Wimpern herum.

»Sie stechen nicht, sondern trinken nur den Schweiß. Besser, man versucht erst gar nicht, sie wegzuscheuchen, ihr werdet euch schon an sie gewöhnen«, sagte der Missionar.

»Schaut mal da!« Joel deutete auf den Strand.

Am Ufersaum wankte eine riesige Schildkröte entlang.

»Der Panzer hat sicher mehr als einen Meter Durchmesser. Sie muss über hundert Jahre alt sein«, schätzte Bruder Fernando.

»Ich weiß, wie man eine köstliche Schildkrötensuppe kocht!« Angie griff nach ihrem Buschmesser. »Man wartet, bis sie den Kopf vorstreckt, und dann …«

»Sie wollen sie doch nicht töten«, fiel Alexander ihr ins Wort.

»Der Panzer ist viel Geld wert.«

»Wir haben Dosensardinen für das Abendessen.« Nadia grauste es bei der Vorstellung, die wehrlose Schildkröte zu essen.

»Wir sollten sie nicht töten. Das Fleisch riecht sehr stark und könnte Raubtiere anlocken«, kam Bruder Fernando ihr zu Hilfe.

Geruhsam schwankte das steinalte Tier auf das andere Ende des Strandes zu, nicht ahnend, dass es soeben nur knapp dem Kochtopf entronnen war.

~

Die Sonne stand tief, lang fielen die Schatten der nahen Bäume über den Strand, und endlich kühlte es etwas ab.

»Nicht hersehen, Bruder Fernando, ich erfrische mich rasch im Fluss. Ich möchte Sie nicht in Versuchung führen«, lachte Angie.

»Besser, Sie halten sich vom Wasser fern«, entgegnete der Missionar trocken und ohne sie anzusehen, »man kann nie wissen, was dort lauert.«

Aber Angie hatte bereits ihre Tunika abgelegt und lief in Unterwäsche hinunter zum Ufer. Sie war vorsichtig genug, nur bis zu den Knien hineinzugehen, und hielt die Augen offen, damit sie sich an Land retten konnte, falls Gefahr drohte. Mit ihrer Blechtasse, aus der sie normalerweise Kaffee trank, schöpfte sie

Wasser und schüttete es sich mit unübersehbarem Behagen über den Kopf. Die anderen schlossen sich ihr an, außer dem Missionar, der mit dem Rücken zum Fluss saß und ein karges Mahl aus Bohnen und Dosensardinen zubereitete, und Borobá, der Wasser nicht ausstehen konnte.

Nadia sah die Flusspferde als Erste. Im Zwielicht des Abends waren sie in dem braunen Wasser kaum zu erkennen, und als Nadia sie bemerkte, waren sie bereits sehr nah. Zwei ausgewachsene Tiere, wenn auch kleiner als die, die sie bei Michael Mushaha gesehen hatten, linsten über das Wasser. Das dritte, ein Kleines, sahen sie erst, als es den Kopf zwischen den dicken Hinterbacken seiner Eltern in die Höhe reckte. Die Augen der Tiere schimmerten wie dunkles Mahagoniholz, ihre Haut war grau und dick wie die von Elefanten, bildete Wülste hinter den kleinen, runden Ohren und hing in zwei Hautsäcken vom Oberkiefer. Dahinter verbargen sich ihre kräftigen, eckigen Hauer, die mühelos ein Eisenrohr hätten verbiegen können. Sehr bedächtig, um sie nicht zu reizen, verließen die Freunde den Fluss und zogen sich ins Lager zurück. Die gemütlichen Tiere schienen sich nicht an den Menschen zu stören. Sie badeten seelenruhig weiter, und bald waren sie im Dunkel der Nacht nicht mehr zu sehen.

»Flusspferde sind treuer als die meisten Menschen. Die Paare bleiben ein Leben lang zusammen«, erzählte

Bruder Fernando, als sie ihm von dem unerwarteten Besuch berichteten. »Sie haben immer nur ein Kind auf einmal, und das behüten sie über Jahre.«

Rasch war es Nacht geworden, und die kleine Schar fand sich umgeben vom tiefen Dunkel des Waldes. Nur über dem schmalen Streifen Sand, auf dem sie gelandet waren, konnte man den Mond sehen. Die Einsamkeit war vollkommen. Sie sprachen ab, wer wann Wache halten und das Feuer versorgen sollte. Weil sie die Jüngste war, wurde Nadia von der Aufgabe entbunden, aber sie wollte Alex unbedingt bei seiner Wache Gesellschaft leisten. Während der Nacht huschten etliche kleinere und größere Tiere am Lager vorbei, um am Fluss zu trinken, obwohl der Rauch, das Feuer und der Geruch der Menschen sie störten. Die scheuesten nahmen erschrocken Reißaus, aber andere witterten, zögerten und näherten sich schließlich doch, um ihren Durst zu stillen. Bruder Fernando, der sich seit dreißig Jahren mit der Tier- und Pflanzenwelt Afrikas beschäftigte, hatte alle angewiesen, die Tiere in Ruhe zu lassen. Normalerweise würden selbst die Raubtiere keine Menschen angreifen, hatte er gesagt, es sei denn, sie wären ausgehungert oder fühlten sich bedroht.

»So weit die Theorie«, hatte Angie dagegengehalten. »Tatsächlich sind sie unberechenbar und können jederzeit angreifen.«

»Das Feuer wird sie abschrecken. Hier am Strand sind wir wohl sicher. Im Wald wird es gefährlicher, wenn wir uns …«

»Aber wir gehen ja nicht in den Wald«, unterbrach ihn Angie.

»Wollen Sie bis ans Ende Ihrer Tage an diesem Strand bleiben?«

»Durch den Wald kommen wir hier nicht weg. Die einzige Möglichkeit ist der Fluss.«

»Sie wollen schwimmen?«

»Wir könnten ein Floß bauen«, schaltete Alex sich ein.

»Du hast zu viele Abenteuerromane gelesen, mein Junge«, sagte der Missionar.

»Jetzt schlafen wir erst einmal, morgen sehen wir weiter«, entschied Kate.

Alex und Nadia waren um fünf in der Früh mit ihrer Wache an der Reihe. Zusammen mit Borobá würden sie die Sonne aufgehen sehen. Sie saßen Rücken an Rücken mit den Waffen auf dem Schoß und unterhielten sich flüsternd. Trotz der vielen E-Mails, die sie sich in den letzten Monaten geschrieben hatten, gab es noch immer tausend Dinge zu erzählen.

Von seiner Mutter war Alex mehr als einmal gefragt worden, ob er mit Nadia »ging«, und immer hatte er das heftiger als nötig bestritten. Er »ging« nicht mit ihr, jedenfalls nicht so, wie sie das meinte. Schon die Frage fand er beleidigend. Seine Freundschaft mit Nadia hatte überhaupt nichts gemein mit der Verknalltheit, an der seine Freunde dauernd litten, oder mit seinen eigenen Träumen von Cecilia Burns, dem Mädchen, das er seit der ersten Klasse hatte heiraten wollen. Was er für Nadia empfand, war etwas ganz Besonderes und ging niemanden etwas an. Natürlich war eine solche Freundschaft zwischen einem Mädchen und einem Jungen in ihrem Alter nichts Alltägliches, deshalb redete er ja nicht darüber, es hätte sowieso niemand verstanden.

Eine Stunde später verloschen die Sterne einer nach dem anderen, der Himmel wurde kaum merklich heller, flammte dann plötzlich atemberaubend auf und übergoss alles mit einem orangeroten Schein. Kreischend flog ein Schwarm Papageien über den Strand, und das Konzert der Vögel in den Bäumen weckte die Schlafenden. Sofort waren alle geschäftig, Bruder Fernando, Kate und Joel schürten das Feuer und bereiteten etwas zum Frühstücken, Alex und Nadia machten sich gemeinsam mit Angie an dem Propeller zu schaffen; vielleicht ließe er sich ja doch reparieren.

Dann mussten sie sich mit Stöcken bewaffnen und die Affen verscheuchen, die über dem kleinen Lager von Ast zu Ast schwangen und etwas Essbares zu stehlen versuchten. Nach dem Kampf waren alle außer Atem. Die Affen zogen sich ans andere Ende des Strandes zurück und belauerten das Lager, um bei der kleinsten Unachtsamkeit einen erneuten Angriff zu starten. Hitze und Feuchtigkeit waren trotz des frühen Morgens drückend, die Kleidung klebte am Körper, die Haare waren schweißnass, die Haut brannte. Vom Wald stieg ein schwerer Geruch nach Zersetzung auf, der sich mit dem Gestank des qualmenden Tierkots mischte. Der Durst machte allen zu schaffen, aber mit den wenigen Wasserflaschen, die noch im Flugzeug waren, würden sie sparsam umgehen müssen. Bruder Fernando schlug vor, das Wasser aus dem Fluss zu trinken, aber Kate wandte ein, davon könnten sie Typhus und Cholera bekommen.

»Wir können es abkochen, bloß wird es bei der Hitze nicht mehr kalt, wir müssen es warm trinken«, sagte Angie.

»Dann kochen wir Tee«, schlug Kate vor.

Der Missionar band seinen Topf vom Rucksack, schöpfte Wasser aus dem Fluss und brachte es über dem Feuer zum Sieden. Es hatte eine rostige Farbe, roch sonderbar süßlich, ein bisschen eklig, und schmeckte nach Metall.

Nur Borobá wagte sich zu kurzen Erkundungen in den Wald, die anderen fürchteten, sich im Dickicht zu verirren. Nadia sah, dass der Affe erst neugierig verschwand und wieder auftauchte, plötzlich jedoch ganz verstört wirkte. Sie bat Alex mitzukommen, und zu zweit folgten sie dem Äffchen.

»Geht nicht zu weit«, rief Kate ihnen nach.

»Wir sind gleich wieder da«, sagte Alex.

Ohne Zaudern führte Borobá die beiden hinein in den Wald. Während er sich von Ast zu Ast hangelte, mussten Nadia und Alex sich mühsam einen Weg zwischen dem dichten Farnkraut am Boden bahnen und baten im Stillen, dass sie nicht auf Schlangen treten oder sich unvermittelt einem Leoparden gegenübersehen würden.

Sie blieben Borobá auf den Fersen und drangen weiter ins Dickicht vor. Es war, als folgten sie einem kaum erkennbaren Pfad, vielleicht einmal von Tieren auf ihrem Weg zum Flussufer gebahnt, aber mittlerweile überwuchert. Insekten krabbelten ihnen unter das T-Shirt und in die Haare, es war sinnlos, sich dagegen zu wehren. Besser, man fand sich mit ihnen ab und dachte erst gar nicht an die vielen Krankheiten, die sie übertragen konnten, angefangen bei Malaria bis hin zur Schlafkrankheit, die man bekommen konnte, wenn eine Tsetsefliege einen stach, und von der man ganz dumpf und teilnahmslos wurde, bis man schließlich nicht mehr herausfand aus seinen Albträumen und starb. Hier und da versperrten ihnen mächtige Spinnennetze den Weg, die sie mit den Händen zerreißen mussten, dann wieder versanken sie bis über die Knöchel in schmatzendem Schlamm.

Durch das Raunen des Urwalds drang plötzlich ein Klagelaut wie von einem Menschen, und erschrocken blieben sie stehen. Borobá schwang sich aufgeregt auf den nächsten Ast, wandte sich zu ihnen um und kreischte. Nach wenigen Schritten wussten sie, was er ihnen hatte zeigen wollen. Alexander, der vorneweg ging, wäre um ein Haar gestürzt, denn vor seinen Füßen klaffte unvermittelt ein Loch. Der Klagelaut kam von einer dunklen Gestalt, die unten am Grund kauerte und auf den ersten Blick wie ein großer Hund aussah.

»Was ist das?«, wisperte Alex und wich zurück.

Borobás Kreischen wurde drängender, die Gestalt in der Grube bewegte sich, und nun konnten sie erkennen, dass es ein Affe war. Er hatte sich in einem Netz verheddert und konnte sich kaum rühren. Der Affe hob den Kopf, brüllte und bleckte die Zähne, als er Nadia und Alex sah.

»Ein Gorilla!«, flüsterte Nadia. »Er kommt nicht mehr raus.«

»Eine Falle.«

»Wir müssen ihm helfen.«

»Wie denn? Wenn er beißt …«

Nadia beugte sich zu dem gefangenen Tier hinunter und redete mit ihm wie mit Borobá.

»Was sagst du?«, wollte Alex wissen.

»Ich weiß nicht, ob er mich versteht. Nicht alle Affen sprechen dieselbe Sprache, Jaguar. Im Camp haben die

Schimpansen mich verstanden, aber die Mandrills nicht.«

»Die blöde Bande hätte sowieso nicht auf dich gehört, Aguila.«

»Ich weiß nichts über die Sprache der Gorillas, aber vielleicht ist sie ja so ähnlich wie die von anderen Affen.«

»Sag ihm, er soll sich ruhig verhalten, und dass wir versuchen, ihn aus dem Netz zu befreien.«

Nach und nach wurde das gefangene Tier ruhiger, aber wenn Nadia versuchte, näher zu kommen, bleckte es wieder die Zähne und knurrte.

»Da! Ein Kleines!« Alex hatte Nadias Arm gepackt.

Das Affenbaby war winzig, sicher erst ein paar Wochen alt, und es klammerte sich verzweifelt an den dicken Pelz seiner Mutter.

»Wir brauchen Hilfe. Wir müssen das Netz zerschneiden«, entschied Nadia.

So schnell das Dickicht es zuließ, eilten sie zurück an den Strand und berichteten den anderen, was sie entdeckt hatten.

»Das Tier könnte uns angreifen«, warnte Bruder Fernando. »Eigentlich sind Gorillas eher friedlich, aber ein Weibchen mit Nachwuchs ist immer gefährlich.«

Aber Nadia hatte sich schon ein Messer gegriffen und war losgerannt, und die anderen folgten ihr. Joel konnte sein Glück kaum fassen: Er würde einen Gorilla fotografieren können, wenigstens etwas. Bruder Fernando nahm sein Buschmesser und einen langen Holzstock mit, Angie ihren Revolver und die Flinte. Borobá führte sie geradewegs zu der Grube, in der das Gorillaweibchen kauerte, das zu toben begann, als es sich von Menschenköpfen umringt sah.

»Jetzt könnten wir eine von Michaels Betäubungsmittelpistolen gebrauchen«, wisperte Angie.

»Sie hat wahnsinnige Angst. Ich gehe mit Alex näher ran, wartet ihr hinten«, sagte Nadia.

Alle zogen sich ein paar Schritte zurück und duckten sich zwischen das Farnkraut, während Nadia und Alex Zentimeter für Zentimeter an den Gorilla heranrobbten, verharrten und warteten. Wieder begann Nadia beruhigend auf das verschreckte Tier einzureden. Sie redete und redete, bis das Knurren endlich verstummte.

»Jaguar«, wisperte Nadia Alex ins Ohr, »sieh mal da oben.«

Alex hob den Blick und erspähte im Wipfel des Baumes, auf den Nadia gezeigt hatte, ein schwarz glänzendes Gesicht mit platter Nase und nahe zusammenstehenden Augen, die jede Bewegung am Boden aufmerksam verfolgten.

»Noch ein Gorilla. Und viel größer!«, flüsterte er.

»Schau ihm nicht in die Augen, er könnte sich bedroht fühlen und sauer werden.«

Auch die anderen hatten den zweiten Gorilla bemerkt, aber keiner rührte sich. Joel juckte es zwar in den Fingern, als er jedoch Kates strengen Blick sah, ließ er die Kamera, wo sie war. Sie durften sich diese Begegnung mit den großen Affen nicht durch eine falsche Bewegung vermasseln. Eine halbe Stunde später war noch immer nichts geschehen. Der Gorilla auf dem Baum spähte weiter von seinem Beobachtungsposten auf sie herab, die kauernde Gestalt unter dem Netz gab keinen Laut von sich. Nur ihr schneller Atem und die Art, wie sie ihr Junges an sich presste, verrieten, wie verängstigt sie war.

Nadia schob sich ein Stück über den Rand der Grube, von unten beobachtet von dem verängstigten Gorillaweibchen und von oben von dem Gorillamännchen. Alex robbte mit dem Messer zwischen den Zähnen neben sie und kam sich irgendwie lächerlich vor, wie in einem Tarzanfilm. Als Nadia die Hand ausstreckte, um das Tier unter dem Netz zu berühren, begannen die Äste über ihren Köpfen bedrohlich zu schwanken.

»Wenn er die beiden angreift, schießt du ihn auf der Stelle tot«, hauchte Kate Angie ins Ohr.

Angie antwortete nicht. Sie fürchtete, das Tier zu verfehlen, selbst wenn sie es einen Meter vor der Nase hätte, so sehr zitterte die Flinte in ihren Händen.

Aufmerksam verfolgte das Gorillaweibchen jede Bewegung von Nadia und Alex, wirkte aber nun etwas ruhiger, als hätte es schließlich begriffen, dass diese hier nicht dieselben Menschen waren, die das Netz aufgespannt hatten.

»Ruhig, ganz ruhig, wir helfen dir«, flüsterte Nadia beschwörend.

Sie streckte die Hand aus und berührte den schwarzen Pelz, der Affe zuckte zusammen und zeigte die Zähne. Aber Nadia ließ die Hand liegen, und er beruhigte sich nach und nach. Durch eine Kopfbewegung bedeutete Nadia Alex, ebenfalls näher zu kommen. Ganz sachte und vorsichtig streichelte er den Rücken des Gorillas, bis der die Berührung reglos hinnahm. Alex atmete tief durch, strich über das Amulett an seinem Hals, um sich Mut zu machen, und nahm das Messer aus dem Mund. Als die Affenmutter die Klinge auf der Haut spürte, rollte sie sich wie eine Kugel zusammen und schirmte ihr Kleines mit dem Körper ab. Nadia redete ihr weiter beschwichtigend zu, während die Klinge des Messers durch den Pelz schabte und die Seile des Netzes sich strafften. Sie zu durchtrennen war langwieriger als gedacht, aber schließlich hatte Alex ein Loch geöffnet, das für den gefangenen Gorilla groß genug sein würde. Er nickte Nadia zu, und sie wichen ein paar Schritte zurück.

»Komm! Du kannst raus!«, rief Nadia.

Bruder Fernando kroch vorsichtig an Alex heran und schob ihm seinen Stock zu, und damit stupste Alex den Gorilla, der noch immer reglos unter dem

87

Netz kauerte, sanft in die Seite. Das wirkte, der Affe hob den Kopf, schnupperte und sah sich neugierig um. Es dauerte einen Moment, bis er begriff, dass er sich bewegen konnte, dann rappelte er sich hoch, schüttelte das Netz ab und sprang aus der Grube. Nadia und Alex sahen, wie sich das Gorillaweibchen, ihr Kleines an die Brust gepresst, vor ihnen aufbaute, und schlugen die Hand vor den Mund, um nicht vor Schreck zu schreien. Wie versteinert standen sie da. Der Affe beugte sich vor und betrachtete sie ohne einen Wimpernschlag.

Alex wagte kaum zu atmen, so nah waren sie dem Tier. Er blickte in das schwarze, runzelige Gesicht, das jetzt zehn Zentimeter vor seiner Nase war. Schwitzend schloss er die Augen. Als er sie wieder öffnete, erkannte er undeutlich eine rosafarbene Schnauze voller gelber Zähne. Seine Brille war beschlagen, aber er wagte nicht, sie abzuziehen. Der Atem des Gorillas traf ihn voll ins Gesicht, er roch angenehm wie frisch geschnittenes Heu. Da streckte das Kleine plötzlich keck die Hand aus, packte sein Haar und zog daran. Alexanders Herz tat einen Hüpfer, und er hielt dem Affenbaby einen Finger hin, den es umklammerte wie ein Säugling. Der Mutter schien dieser Vertrauensbeweis zu weit zu gehen, sie versetzte Alex einen Schubs, der zwar offensichtlich nicht böse gemeint war, ihn aber dennoch umwarf. Sie stieß ein nachdrückliches Brüllen aus, das sich wie eine Frage anhörte, war mit zwei Sprüngen auf dem Baum, auf dem ihr Gefährte wartete, und zusammen verloren sie sich im Blattwerk. Nadia half Alexander auf die Füße.

»Habt ihr das gesehen? Es hat mich angefasst!« Alex tat einen Luftsprung.

»Gut gemacht, Kinder«, sagte Bruder Fernando.

»Wer hat nur das Netz hier aufgespannt?« Nadia dachte an die Seile, die sie am Strand gefunden hatte.

FÜNFTES KAPITEL
## Der verwunschene Wald

Als sie wieder im Lager waren, bastelte sich Joel aus einem Bambusstab und einem gebogenen Stück Draht eine primitive Angel und ging in der Hoffnung, etwas Essbares zu fangen, hinunter ans Ufer, während die anderen noch eine Weile beisammen saßen und über das Geschehene sprachen. Wie Nadia war auch Bruder Fernando der Ansicht, es bestehe Hoffnung auf Rettung, denn das Netz bewies, dass Menschen in der Nähe waren. Früher oder später würden die Jäger nachsehen, ob ihnen etwas in die Falle gegangen war.

»Warum jagen sie Gorillas? Das Fleisch ist doch ungenießbar, und den Pelz kann man auch nicht brauchen«, wunderte sich Alex.

»Das Fleisch ist annehmbar, wenn man sonst nichts hat. Die Organe werden für Hexereien benutzt, aus dem Pelz und den Schädeln werden Masken, und die Hände verkauft man als Aschenbecher«, erklärte der Missionar. »Die Touristen sind ganz scharf darauf.«

»Wie ekelhaft!«

»In unserer Missionsstation in Ruanda hatten wir einen zwei Jahre alten Gorilla, das war der einzige, der durchgekommen ist. Wenn ein Muttertier getötet wurde, haben die Leute uns manchmal die Kleinen gebracht. Sie sind sehr zart besaitet und sterben vor Traurigkeit, wenn sie nicht vorher hungers sterben.«

»Apropos, habt ihr keinen Hunger?« Alexander knurrte der Magen.

»Wir hätten die Schildkröte nicht laufen lassen sollen, die wäre ein gutes Abendessen gewesen«, sagte Angie.

Die Retter der Schildkröte schwiegen betreten. Angie hatte Recht, in ihrer Lage konnten sie sich keine Gefühlsduselei erlauben, es ging ums Überleben.

»Was ist denn mit dem Funk?«, fragte Kate, an Angie gewandt.

»Ich habe etliche Notrufe gesendet, aber ich glaube nicht, dass jemand sie empfangen hat, wir sind hier am Ende der Welt. Ich muss weiter probieren, ob ich Michael Mushaha erreichen kann. Ich hatte ihm versprochen, dass ich mich zweimal am Tag bei ihm melde. Bestimmt macht er sich Sorgen, wenn er nichts von uns hört.«

»Über kurz oder lang wird uns jemand vermissen und nach uns suchen.« Kate versuchte zuversichtlich zu klingen.

»Wir sitzen in der Tinte«, knurrte Angie. »Mein Flugzeug ist Schrott, wir wissen nicht, wo wir sind, und wir haben Hunger.«

»Aber meine Liebe, wieso sehen Sie alles immer so schwarz! Gott lässt uns wohl sinken, aber nicht ertrinken. Seien Sie unbesorgt, es wird uns nichts mangeln«, sagte Bruder Fernando.

Sprühend vor Zorn fasste Angie den Missionar unter den Achseln und hob ihn ein paar Zentimeter vom Boden hoch, um ihn sich aus der Nähe, Auge in Auge, zu betrachten.

»Hätten Sie auf mich gehört, wäre es zu diesem Schlamassel gar nicht gekommen!«

»Es war meine Entscheidung«, mischte Kate sich ein.

Die Gruppe zerstreute sich am Strand, Kate schrieb, und Bruder Fernando lief nachdenklich am Ufer entlang. Zusammen mit Alex und Nadia gelang es Angie schließlich, den Propeller aus der Halterung zu lösen, und als sie ihn sich gründlich ansah, fand sie ihre Befürchtungen bestätigt: Mit dem, was sie an Werkzeug zur Hand hatte, würde sie ihn nicht reparieren können. Sie saßen fest.

Im Grunde hatte Joel nicht damit gerechnet, dass etwas anbeißen würde, weshalb er sich vor Schreck fast hinsetzte, als er den Zug am Haken spürte. Die anderen liefen zu ihm, und nach einigem Hin und Her hatten sie einen stattlichen Karpfen aus dem Wasser gezogen. Der Fisch schnappte nach Luft und zappelte auf dem Sand, bis Bruder Fernando ihn am Schwanz packte und gegen einen Stein schlug. Nadia zuckte zusammen.

»So ist die Natur, mein Kind. Die einen sterben, damit die anderen leben können.«

Am liebsten hätte er wohl hinzugefügt, dass Gott

ihnen den Fisch geschickt hatte, denn davon war er überzeugt, aber er wollte Angie nicht weiter reizen. Sie nahmen den Fisch aus, wickelten ihn in Blätter und garten ihn über dem Feuer. Es war, als hätten sie nie zuvor etwas derart Wohlschmeckendes gegessen. Mittlerweile glühte der Sand unter der Mittagssonne. Mit einem Segeltuch über vier Stöcken verschafften sie sich etwas Schatten und legten sich hin, beobachtet von den Affen und einigen großen grünen Echsen, die zum Sonnen an den Strand gekommen waren.

~

Alle dösten und schwitzten im lichten Schatten des Segeltuchs, als am anderen Ende des Strandes jäh ein Getrampel losging und etwas in einer Wolke aus Sand durch das Unterholz brach. Wegen des Spektakels, das es veranstaltete, glaubten sie erst, es sei ein Rhinozeros, aber als es näher kam, erkannten sie ein großes Wildschwein mit gesträubten Borsten und bedrohlichen Hauern. Ihnen blieb nicht die Zeit, nach den Waffen zu greifen, die sie während ihrer Siesta vor dem Zelt hatten liegen lassen, denn das Untier raste blindwütig auf ihr Lager zu. Sie schafften es eben, zur Seite zu springen, da prallte es schon gegen die Stützpfosten des Sonnensegels und riss sie um. Schnaufend hob es den Kopf und starrte sie über die Ruinen hinweg an.

Angie stürzte auf ihren Revolver zu und zog damit die Aufmerksamkeit des Wildschweins auf sich, das sich für einen neuen Angriff bereitmachte. Es scharrte mit den Vorderhufen im Sand, senkte den schweren Schädel und raste auf Angie los, deren Leibesfülle ein perfektes Ziel bot.

Angie schien verloren, als Bruder Fernando sich zwischen sie und das Wildschwein warf und einen Fetzen des Sonnensegels in der Luft schwenkte. Das Tier stockte mitten im Lauf, machte kehrt und galoppierte auf den Missionar zu, aber ehe es ihn umreißen konnte, war er ihm schon mit einem eleganten Hüftschwung ausgewichen. Wütend nahm das Schwein einen neuen Anlauf, fegte aber wieder nur unter dem Stofffetzen hindurch, ohne Bruder Fernando zu streifen. Mittlerweile hielt Angie den Revolver in der Hand, doch sie wagte nicht zu schießen, denn das Tier wirbelte so eng um Bruder Fernando herum, dass die beiden wie verwachsen schienen.

Mit offenen Mündern verfolgten alle diesen einzigartigen Wildschweinkampf. Der Missionar schwenkte den Stofffetzen wie ein Torero sein Tuch, reizte das Tier und feuerte es mit Olé-Rufen an. Er führte es an der Nase herum, baute sich vor ihm auf, machte es rasend. Es dauerte nicht lange, und das Wildschwein war restlos erschöpft, kurz vor dem Zusammenbruch stand es da, geifernd, mit bebenden Flanken und schlotternden Beinen. Da wandte ihm Bruder Fernando mit der blasierten Pose eines Stierkämpfers den Rücken zu und trat ein paar Schritte von ihm weg, wobei er sein Tuch hinter sich über den Sand schleifte. Angie nutzte die Gelegenheit und tötete das Schwein durch zwei Schüsse in den Kopf. Mit Applaus, Hochrufen und Pfiffen wurde die tollkühne Heldentat des Missionars gefeiert.

»Das war ein Spaß! Mein erster Stierkampf seit fünfunddreißig Jahren!«

Zum ersten Mal, seit sie ihn kannten, lächelte Bruder Fernando, und dann erzählte er ihnen, dass er als Jugendlicher davon geträumt hatte, in die Fußstapfen seines Vaters zu treten, der ein berühmter Stierkämpfer gewesen war, aber Gott hatte andere Pläne mit ihm gehabt. Durch ein schlimmes Fieber war er fast erblindet, und an Stierkampf war nicht mehr zu denken. Er hatte nicht gewusst, was er mit seinem Leben anfangen sollte, bis er vom Pfarrer seines Dorfes hörte, die Kirche suche Missionare für Afrika. Er war diesem Ruf aus reiner Verzweiflung gefolgt, hatte aber bald erkannt, dass er tatsächlich berufen war. Als Missionar brauchte man dieselben Eigenschaften wie für den Stierkampf: Mut, Zähigkeit und Glauben auch in schwierigen Situationen.

»Mit Stieren zu kämpfen ist einfach. Christus zu dienen ist erheblich schwieriger.«

»Ich finde, als bebrillter Torero machen Sie die bessere Figur«, sagte Angie und strahlte ihren Lebensretter an.

»Für die nächsten Tage haben wir Fleisch genug. Wir

müssen es kochen, damit es sich länger hält«, sagte Bruder Fernando.

»Hast du den Kampf fotografiert?«, wollte Kate von Joel wissen.

Er musste zugeben, dass er das in der Aufregung vollkommen vergessen hatte.

»Ich hab's!« Alex wedelte mit der winzigen Pocketkamera, die er immer in der Hosentasche bei sich trug.

Wie sich herausstellte, war Bruder Fernando der Einzige, der wusste, wie man dem Schwein die Haut abzog und es ausnahm, denn daheim in seinem Dorf hatte er öfter bei Schlachtungen zugesehen. Er zog sein Hemd aus und machte sich an die Arbeit. Sie hatten keine geeigneten Messer, weshalb es ein langwieriges und blutiges Geschäft wurde. Während er sich abmühte, verscheuchten Alex und Joel mit Stöcken die Geier, die über ihren Köpfen kreisten. Nach einer Stunde war das Fleisch, das sie nutzen konnten, zum Kochen bereit. Den Rest warfen sie in den Fluss, damit Fliegen und Raubtiere nicht vom Blutgeruch angelockt wurden. Der Missionar hatte dem Wildschwein die Hauer aus dem Unterkiefer gebrochen, hatte sie mit Sand blank gerieben und drückte sie Alex und Nadia in die Hand:

»Könnt ihr als Erinnerung mit nach Hause nehmen.«

»Falls wir lebend hier herauskommen«, sagte Angie.

In der Nacht gingen immer wieder kurze Regengüsse nieder, und es war schwierig, das Feuer davor zu schützen. Sie hatten zwar eine Plane darüber gespannt, aber es ging dennoch dauernd aus, und irgendwann gaben sie es auf. Die Nacht verlief zunächst ruhig, aber während Angies Wache ereignete sich etwas, das sie später als »wundersame Rettung« beschreiben sollte. Ein Krokodil, das am Flussufer vergeblich auf Beute gelauert hatte, näherte sich dem schwachen Schein der glühenden Holzscheite und der Petroleumlampe. Angie hatte sich wegen der Nässe unter einer Plastikplane zusammengekauert und hörte das Tier nicht kommen. Sie sah es erst, als sein aufgerissenes Maul nur noch einen Meter von ihren Beinen entfernt war. Wie ein Blitz durchzuckte Má Bangesés Weissagung ihren Kopf, sie glaubte, ihr Ende sei gekommen, und war nicht geistesgegenwärtig genug, die Flinte abzufeuern, die neben ihr lag. Panisch sprang sie auf, stolperte rückwärts und schrie dabei aus Leibeskräften, was ihre Freunde aus dem Schlaf riss. Das Krokodil stockte kurz, dann ging es zum Angriff über. Angie rannte, strauchelte, fiel, rollte sich hierhin und dorthin, um dem Tier zu entrinnen.

Alexander hatte sich schon zuvor aus dem Schlafsack geschält, weil er mit der Wache an der Reihe war, und eilte Angie als Erster zu Hilfe. Ohne lange darüber nachzudenken, nahm er, was gerade zur Hand war, und hieb mit aller Kraft auf das Maul des Krokodils ein. Er schrie noch lauter als Angie, schlug und trat blind um sich und traf kaum einmal das Krokodil. Fast sofort waren auch die anderen da, und Angie, die sich etwas gefasst hatte, feuerte ihre Flinte ab, ohne richtig zu zielen. Einige Schotkörner streiften das Untier, schafften es jedoch nicht durch den ledernen Panzer. Aber der Lärm und Alexanders Hiebe vergällten ihm schließlich doch dieses Abendessen, es schlug missmutig mit dem Schwanz und verzog sich wieder hinunter zum Fluss.

»Ein Krokodil, es war ein Krokodil!«, japste Alex, der am ganzen Körper zitterte und es nicht glauben konnte, dass er gegen ein solches Monstrum gekämpft hatte.

»Lass dich küssen, mein Junge, du hast mir das Leben gerettet.« Angie zog ihn an ihre ausladende Brust.

Alex spürte, wie seine Rippen knackten, und bekam kaum Luft in dieser Mischung aus Angstschweiß und Gardenienparfüm, während Angie ihn mit lautstarken Küssen bedeckte und lachte und weinte vor Erleichterung.

Joel trat zu ihnen, um sich die Waffe zu betrachten, die Alexander benutzt hatte, und schrie plötzlich auf:

»Meine Kamera!«

Sie war es. Das schwarze Lederfutteral war zerfetzt, aber ansonsten schien der schwere deutsche Fotoapparat die rüde Begegnung mit dem Krokodil unbeschadet überstanden zu haben.

»Entschuldige, Joel«, sagte Alex kleinlaut. »Das nächste Mal nehme ich meine.«

~

Am Morgen hörte es zu regnen auf, sie wuschen ihre Wäsche mit einem Stück scharfer Seife aus Angies Gepäck und hängten sie zum Trocknen in die Sonne. Dann frühstückten sie gegrilltes Fleisch, Kekse und Tee. Jemand griff Alexanders Idee vom Vortag auf, und sie beratschlagten eben, wie sie ein Floß bauen konnten, um sich flussabwärts zum nächsten Dorf treiben zu lassen, als sich auf dem Fluss zwei Kanus näherten. Toll vor Erleichterung stürmten sie zum Ufer, rissen die Arme in die Höhe und schrien wie Gestrandete, was sie im Grunde ja waren. Als die Männer in den Kanus sie sahen, hielten sie die Boote in einiger Entfernung an und paddelten gleich darauf in Gegenrichtung, weg vom Strand. In jedem Kanu saßen zwei Männer in kurzen Hosen und T-Shirt. Angie rief ihnen auf Englisch und in sämtlichen Sprachen, die ihr einfielen, zu, sie sollten zurückkommen, sie würden auch etwas dafür bekommen, wenn sie halfen. Die Männer berieten sich miteinander, gaben endlich ihrer Neugier oder Habgier nach und paddelten zögerlich auf das Ufer zu. Außer einer kräftigen Frau, einer sonderbaren Alten, zwei Jugendlichen, einem dürren Kerl mit einer dicken Brille und noch einem, der ebenfalls nicht zum Fürchten aussah, war weit und breit niemand zu sehen. Dieses Häuflein Menschen bot einen eher lächerlichen Anblick. Endlich waren die Männer in den Kanus wohl überzeugt, dass von diesen Fremden keine Gefahr ausging, auch wenn die dicke Dame in jeder Hand eine Waffe hielt. Sie hoben die Hand zum Gruß und gingen an Land.

Auf Französisch, das hier offizielle Landessprache war, erklärte einer der Männer, sie seien Fischer aus einem Dorf einige Meilen weiter im Süden. Die vier waren kräftig und untersetzt, sehr dunkelhäutig und mit Buschmessern bewaffnet. Bruder Fernando sagte, es seien Bantus.

Zu Alexanders Erstaunen sprach Kate recht passabel Französisch, besser jedenfalls als sein Schulfranzösisch. Sie wechselte einige Sätze mit den Fischern, und wenn sie nicht weiterwusste, sprangen Bruder Fernando und Angie ihr bei. Die drei erklärten die Bruchlandung, zeigten den Fischern das beschädigte Flugzeug und baten sie, ihnen zu helfen. Die vier Männer tranken das lauwarme Bier, das ihnen angeboten wurde, und aßen von dem Wildschwein, ließen sich aber erst erweichen, als ihnen eine üppige Belohnung in Aussicht gestellt wurde und Angie Zigaretten herumgehen ließ, was ihre Stimmung merklich aufhellte.

Alex hatte unterdessen einen Blick in die Kanus geworfen und keinerlei Ausrüstung zum Fischen gesehen, also hatten die vier womöglich gelogen, und sie mussten auf der Hut sein. Auch Kate und den anderen war nicht wohl bei der Sache.

~

Während die vier Männer aus den Kanus aßen, tranken und rauchten, setzten sich die Freunde etwas abseits und besprachen ihre Lage. Angie riet zur Vorsicht, denn die vier könnten versuchen, sie umzubringen, um ihre Habseligkeiten zu rauben, auch wenn Bruder Fernando glaubte, sie seien vom Himmel geschickt, um ihm bei seinem Auftrag zu helfen.

»Sie können uns flussaufwärts nach Ngoubé bringen. Auf der Karte …«

»Wie kommen Sie darauf!«, fiel Angie dem Missionar ins Wort. »Wir fahren nach Süden, zu dem Dorf, von dem Sie gesprochen haben. Von dort kann man sicher Kontakt mit der Außenwelt aufnehmen. Ich brauche einen neuen Propeller und muss mein Flugzeug hier wegschaffen.«

»Bis Ngoubé kann es nicht weit sein. Ich darf meine Brüder nicht im Stich lassen, wer weiß, welche Qualen sie eben jetzt erdulden«, widersprach ihr Bruder Fernando.

»Finden Sie nicht, dass wir schon genug Schwierigkeiten haben, bloß weil die beiden anderen Leuten ihren Glauben aufzwingen wollen?«

»Sie haben keinerlei Achtung vor der Arbeit der Missionare!«

»Haben Sie etwa Achtung vor den afrikanischen Religionen?«

»Beruhigen Sie sich! Das tut doch jetzt nichts zur Sache, wir müssen eine Entscheidung treffen«, unterbrach sie Kate.

»Ich schlage vor, wir trennen uns«, sagte Bruder Fernando. »Wer möchte, fährt mit Frau Ninderera nach Süden, und die anderen fahren mit mir in dem zweiten Kanu nach Ngoubé.«

»Kommt nicht in Frage! Zusammen sind wir sicherer«, sagte Kate.

»Warum stimmen wir nicht ab?«, schlug Alex vor.

»Weil das kein Fall für eine demokratische Entscheidung ist«, sagte der Missionar.

»Dann lassen wir Gott entscheiden.«

»Und wie?«

»Wir werfen eine Münze: Kopf heißt, wir fahren nach Süden, Zahl, wir fahren nach Norden. Das liegt in Gottes Hand oder ist Glückssache, was Ihnen lieber ist.« Alex kramte eine Münze aus der Hosentasche.

Angie und der Missionar sahen sich einen Moment fragend an und lachten dann los. Der Vorschlag war unwiderstehlich komisch.

»Abgemacht!«, riefen sie.

Auch die anderen erklärten sich einverstanden. Alex gab Nadia die Münze. Nadia warf sie hoch, und alle hielten den Atem an, bis das Geldstück auf dem Sand landete.

»Zahl! Wir fahren nach Norden!«, triumphierte Bruder Fernando.

»Ich gebe Ihnen drei Tage. Wenn wir Ihre Freunde bis dahin nicht gefunden haben, kehren wir um, verstanden?«, knurrte Angie.

»Fünf Tage.«

»Vier.«

»Na schön. Vier Tage und keine Minute weniger«, willigte der Missionar zähneknirschend ein.

～

Die angeblichen Fischer ließen sich nur mühsam dazu überreden, den Ort auf der Karte anzusteuern. Sie erklärten, kein Mensch wage sich ohne die Erlaubnis von König Kosongo in diese Gefilde, und der habe nichts übrig für Fremde.

»König? Hier gibt es keine Könige, sondern einen Präsidenten und ein Parlament, dieses Land ist doch eine Demokratie …«, sagte Kate.

Aber Angie klärte sie darüber auf, dass es neben der offiziellen Regierung bei einigen afrikanischen Klans und Stämmen Könige, manchmal auch Königinnen gab, die allerdings wie die Monarchen in einigen Ländern Europas eher eine symbolische als eine politische Rolle spielten.

»Meine Brüder haben in ihren Briefen diesen so genannten König Kosongo erwähnt, aber von Kommandant Maurice Mbembelé war häufiger die Rede. Offenbar hat der das Sagen«, meldete sich Bruder Fernando.

»Vielleicht ist es nicht dasselbe Dorf?« Angie sah ihn zweifelnd an.

»Für mich steht außer Frage, dass es dasselbe ist.«

»Wir gehen in die Höhle des Löwen, das ist doch Wahnsinn«, sagte Angie.

»Wir müssen herausfinden, was mit den Missionaren geschehen ist«, sagte Kate.

»Was wissen Sie über diesen Kosongo, Bruder Fernando?«, schaltete Alex sich ein.

»Nicht viel. Offenbar hat er den Thron nicht rechtmäßig inne. Kommandant Mbembelé hat ihn zum König gemacht. Vorher gab es wohl eine Königin, aber die ist verschwunden. Wahrscheinlich wurde sie umgebracht, jedenfalls hat sie seit Jahren niemand gesehen.«

»Und was haben die Missionare über Mbembelé berichtet?«, fragte Alex weiter.

»Er hat ein paar Jahre in Frankreich studiert, wurde aber ausgewiesen, weil er Ärger mit der Polizei hatte.«

Danach sei Maurice Mbembelé zum Militär gegangen, hatte jedoch auch dort wegen seines undisziplinierten Auftretens und seiner Gewalttätigkeit Schwierigkeiten bekommen. Er wurde beschuldigt, eine Studentenrevolte blutig niedergeschlagen zu haben, Häuser waren niedergebrannt worden, und es hatte Tote gegeben. Um einen öffentlichen Skandal zu vermeiden, kehrten seine Vorgesetzten alles unter den Teppich und schafften sich ihren Offizier vom Hals, indem sie ihn in den hintersten Winkel des Landes schickten. Wahrscheinlich hofften sie, das Sumpffieber und die Moskitos würden ihn zur Vernunft bringen oder ihm den Garaus machen. Dort im Urwald verlor sich Mbembelés Spur, bis er irgendwann mit einer Handvoll seiner treusten Gefolgsleute in Ngoubé auftauchte. Aus den Briefen der Missionare ging hervor, dass Mbembelé sein Hauptquartier im Dorf hatte und von dort die ganze Gegend kontrollierte. Er war brutal und berüchtigt für seine grausamen Strafen. Es hieß sogar, er habe mehr als einmal die Leber und das Herz seiner Opfer gegessen.

»Diese Art von Kannibalismus hat einen rituellen Hintergrund«, sagte Kate. »Angeblich gehen dadurch der Mut und die Kraft des besiegten Feindes auf den Sieger über.«

»Idi Amin soll als Diktator von Uganda bisweilen seine im Ofen geschmorten Minister zum Abendessen aufgetischt haben«, sagte Angie.

»Kannibalismus ist gar nicht so selten, wie wir glauben, das ist mir vor ein paar Jahren in Borneo klar geworden«, sagte Kate.

»Du warst dabei, als jemand gegessen wurde?« Alex starrte seine Großmutter fassungslos an.

»Ich war wegen einer Reportage in Borneo. Ich habe nicht gesehen, wie Leute gekocht wurden, wenn du das meinst, aber meine Informationen stammten aus erster Hand. Vorsichtshalber habe ich nur Dosenbohnen gegessen.«

»Ich glaube, ich werde Vegetarier«, sagte Alex angeekelt.

Bruder Fernando berichtete, Kommandant Mbembelé habe die christlichen Missionare auf seinem Gebiet nicht gerne gesehen. Aber er war sich sicher, dass sie nicht lange durchhalten würden. Wenn sie nicht durch eine Tropenkrankheit ums Leben kamen, konnte ein Unfall diesen Zweck erfüllen, oder sie würden irgendwann müde und ohne Hoffnung aufgeben. Er erlaubte ihnen, eine kleine Schule zu bauen und mit den mitgebrachten Medikamenten eine Krankenstation einzurichten, aber dann durften die Kinder den Unterricht nicht besuchen, und die Kranken mussten sich von der Missionsstation fern halten. Daraufhin versuchten die Ordensbrüder, den Frauen des Dorfes etwas über Hygiene beizubringen, bis ihnen auch das verboten wurde. Sie lebten von der Außenwelt abgeschottet, waren ständig bedroht und den Launen des Königs und des Kommandanten ausgeliefert.

Aus dem Wenigen, was die beiden Missionare hatten berichten können, schloss Bruder Fernando, dass Kosongo und Mbembelé ihre Schreckensherrschaft über Schmuggel finanzierten. Die Gegend war reich an Diamanten und anderen Edelsteinen. Außerdem gab es Uran, das aber bisher noch nicht abgebaut wurde.

»Und die Regierung tut überhaupt nichts?«, wunderte sich Kate.

»Wo glauben Sie, dass Sie sind? Offensichtlich machen Sie sich kein Bild davon, wie die Dinge hier laufen«, sagte Bruder Fernando düster.

Gegen Geld, Bier, Tabak und zwei Messer willigten die vier Männer schließlich ein, die Gruppe in Kosongos Gebiet zu bringen. Kate und die anderen packten den Rest ihrer Vorräte in Taschen und versteckten ganz unten die Schnapsflaschen und Zigaretten, die begehrter waren als Geld und die sie womöglich noch brauchen würden, um jemanden zu bezahlen oder zu bestechen. Sardinen in Büchsen und eingelegte Pfirsiche, Streichhölzer, Zucker, Milchpulver und Seife standen ebenfalls hoch im Kurs.

»Dass mir niemand meinen Wodka anrührt«, brummelte Kate.

»Das Wichtigste sind Antibiotika, Tabletten gegen Malaria und Serum gegen Schlangenbisse«, sagte Angie und packte den Erste-Hilfe-Kasten aus dem Flugzeug mitsamt der Ampulle Betäubungsmittel, die Michael Mushaha ihr als Muster mitgegeben hatte, in eine der Taschen.

Die angeblichen Fischer drehten ihre Kanus um, bockten sie an einer Seite mit einem Holzstock hoch und legten sich zum Schlafen darunter, nachdem sie bis tief in die Nacht getrunken und lauthals gesungen hatten. Anscheinend fürchteten sie sich weder vor den

Weißen noch vor wilden Tieren. Kate und die anderen fühlten sich dagegen nicht sicher. An ihre Waffen und Taschen geklammert, ließen sie die vier nicht aus den Augen, obwohl die friedlich schliefen. Gegen sechs graute der Morgen. Über Fluss und Wald hing geheimnisvoll der Morgennebel, und die Landschaft sah aus wie auf einem wässrigen Aquarell. Hundemüde trafen die Gestrandeten die letzten Vorbereitungen für den Aufbruch, während die vier Männer aus den Kanus über den Strand rannten und gekonnt einen Ball aus Lumpen hin und her kickten.

Bruder Fernando baute einen kleinen Altar aus feuchtem Sand, krönte ihn mit einem Kreuz aus zwei zusammengebundenen Stöcken und rief zum Gebet. Die Fußballer kamen aus Neugier, die anderen aus Höflichkeit, aber der Missionar hielt eine so feierliche Andacht, dass alle ergriffen waren, sogar Kate, die auf ihren Reisen schon viele unterschiedliche Zeremonien gesehen hatte und kaum mehr zu beeindrucken war.

Dann beluden sie die schmalen Kanus, verteilten das Gewicht von Gepäck und Passagieren so gleichmäßig wie möglich und verstauten schließlich im Flugzeug, was sie nicht mitnehmen konnten.

»Ich hoffe, es kommt niemand vorbei, solange wir fort sind«, sagte Angie und gab ihrem Sturmfalken zum Abschied einen Klaps.

Dieses Flugzeug war alles, was sie besaß auf der Welt, und sie fürchtete, man werde es ihr bis zur letzten

Schraube klauen. Vier Tage sind schnell um, redete sie sich zu, aber das Herz war ihr schwer, voller düsterer Vorahnungen. Vier Tage waren eine Ewigkeit in diesem Dschungel.

Gegen acht am Morgen brachen sie auf. Sie hatten ihre Segeltuchplanen über die Kanus gespannt, um sich vor der sengenden Sonne zu schützen, während sie in der Mitte des Flusses stromaufwärts fuhren. Der Durst und die Hitze machten ihnen zu schaffen, sie wurden belagert von Bienen und Fliegen, ihre vier Retter aber paddelten scheinbar mühelos gegen die Strömung, lachten miteinander und nahmen immer wieder kräftige Schlucke vom Palmwein, den sie in kleinen Plastikkanistern dabei hatten. Dieses Getränk war sehr leicht zu gewinnen: Man ritzte den Stamm der Palmen am Fuß v-förmig ein, hängte eine Kalebasse darunter und wartete, bis sie mit dem Pflanzensaft vollgelaufen war, der dann vergoren wurde.

Am Himmel über ihnen flatterte ein Gestöber von Vögeln, und im Wasser tummelten sich Fische aller Art. Sie sahen Flusspferde, vielleicht dieselbe Familie, der sie an ihrem ersten Abend am Ufer begegnet waren, und zwei verschiedene Arten von Krokodilen, die einen grau und die anderen, etwas kleineren, bräunlich. Da sie sich im Kanu sicher fühlte, nutzte Angie die Gelegenheit und überschüttete die Tiere mit Schmähungen. Die vier Paddler wollten eines der größeren Krokodile mit einem Seil fangen, denn für die lederne Haut ließ sich ein stattlicher Preis erzielen, aber da wurde Angie panisch, und auch die anderen sträubten sich dagegen, den ohnehin engen Platz in den Booten mit einem solchen Vieh zu teilen, einerlei, wie gut man ihm die Beine und das Maul verschnürte. Es reichte ihnen, dass sie die lückenlosen Zahnreihen und die Stärke der Schwanzschläge schon einmal aus der Nähe hatten bewundern dürfen.

Etwas, das wie eine dunkle Wasserschlange aussah, streifte eines der Kanus, plusterte sich plötzlich auf und wurde zu einem Vogel mit weiß gestreiften Flügeln und schwarzem Schwanz, der sich in die Lüfte schwang und im Wald verlor. Kurz darauf glitt ein großer Schatten über sie hinweg, und Nadia stieß einen freudigen Schrei aus, als sie erkannte, was es war: ein Kronenadler. Angie erzählte, sie habe einmal gesehen, wie so ein Adler eine Gazelle in seinen Fängen hochgehoben habe. Weiße Seerosen schwammen zwischen großen fleischigen Blättern und bildeten Inseln, die sie vorsichtig umfahren mussten, damit sich die Boote nicht in den Wurzeln verfingen. Zu beiden Ufern ragte undurchdringlich der Wald, ein Dickicht aus Lianen, Farnkraut, Wurzeln und Ästen. Da und dort leuchteten farbige Punkte im gleichförmigen Grün: violette, rote, gelbe und rosafarbene Orchideen.

~

Einen großen Teil des Tages fuhren sie nach Norden. Die Paddler wurden nicht müde und behielten den gleichförmigen Rhythmus ihrer Schläge selbst in der sengenden Glut des Mittags bei, als die anderen nur mehr wie ohnmächtig in den Booten hingen. Sie gingen zum Essen nicht an Land. Kekse, das Wasser aus den mitgeführten Flaschen und eine Handvoll Zucker mussten ihnen genügen. Sardinen wollte niemand, allein bei dem Gedanken drehte sich ihnen der Magen um.

Am Nachmittag, die Sonne stand noch hoch, aber die Hitze hatte etwas nachgelassen, deutete einer der Paddler zum Ufer hinüber. Die Kanus hielten an. Der Fluss teilte sich hier in einen breiten Arm, der weiter Richtung Norden führte, und einen schmalen Kanal, der linker Hand im Dickicht verschwand. Am Eingang zu diesem Kanal stand an Land etwas, das an eine Vogelscheuche erinnerte. Es war eine Holzfigur von der Größe eines Menschen, bekleidet mit Bast, Federn und Lederriemen, mit einem Gorillakopf, dessen Maul in einem Schreckensschrei aufgerissen war. In die Augenhöhlen waren zwei Steine eingelassen. Der Rumpf war gespickt mit Nägeln, den Kopf krönte recht bizarr das Rad eines Fahrrads, und von den Speichen dieses sonderbaren Huts baumelten Knochen und getrocknete Hände, die vielleicht von Affen stammten. Die Figur war umringt von Tierschädeln und ein paar kleineren, nicht minder abstoßenden Puppen.

»Voodoo-Zauber! Hexerei!«, rief Bruder Fernando und bekreuzigte sich.

»Etwas hässlicher als die Heiligen in katholischen Kirchen sind sie zweifellos«, witzelte Kate.

Joel und Alex zückten ihre Kameras.

Die Paddler sahen verängstigt drein und erklärten, weiter würden sie nicht fahren, und dabei blieben sie auch, als Kate ihnen mehr Geld und Zigaretten anbot. Dieser schaurige Altar kennzeichnete die Grenze von König Kosongos Gebiet. Von hier an landeinwärts erstrecke sich sein Machtbereich, sagte einer der Paddler, und ohne seine Erlaubnis dürfe niemand dort eindringen. Sie könnten das Dorf aber vor Einbruch der Nacht auf einem Pfad durch den Wald erreichen. Es sei nicht weit, nur eine oder zwei Stunden Fußmarsch. Die Bäume seien mit Kerben gekennzeichnet, denen sollten sie folgen. Eilig gingen die vier am Ufer längsseits, je einer kletterte aus den schwankenden Booten und warf, ohne weitere Anweisungen abzuwarten, die Taschen an Land.

Kate bezahlte ihnen die vereinbarte Summe und machte einem der Männer mit ihrem holprigen Französisch und der Unterstützung von Bruder Fernando klar, sie sollten in vier Tagen genau hier wieder warten und würden dafür mit weiterem Geld und zusätzlich mit Zigaretten und eingelegten Pfirsichen belohnt. Der Angesprochene nickte mit gezwungenem Lächeln, die beiden Ausgestiegenen schoben die Boote ein

Stück an und sprangen wieder hinein, und die vier paddelten davon, als wäre ihnen der Leibhaftige auf den Fersen.

»Schräge Vögel!« Kate zuckte die Achseln.

»Ich fürchte, die sehen wir nicht wieder«, sagte Angie düster.

»Wir sollten besser aufbrechen, ehe es dunkel wird.« Bruder Fernando streifte seinen Rucksack über die Schulter und griff sich mit jeder Hand eine Tasche.

## SECHSTES KAPITEL
### Die Pygmäen

Von einem Pfad, wie die Paddler gesagt hatten, konnte die Rede nicht sein. Vielmehr war hier alles Morast, in dem Wurzeln und Äste steckten, und manchmal versanken die Gefährten bis über die Knöchel in einem weichen Rahm aus Insekten, Blutegeln und Würmern. Dicke Ratten, groß wie Hunde, flüchteten vor ihren Schritten ins Unterholz. Sie waren froh um ihre Stiefel, denn die würden sie wenigstens vor Schlangenbissen schützen. Die Luft war so feucht, dass Alexander und Kate schließlich ihre beschlagenen Brillen absetzten, während Bruder Fernando, der ohne Brille nichts oder fast nichts sah, alle fünf Minuten die Gläser blank reiben musste. Zwischen den Lianen und dem Farn waren die mit Kerben gekennzeichneten Stämme kaum zu finden.

Alex merkte einmal mehr, dass die Tropen nichts für ihn waren. Er fühlte sich körperlich schlapp, und eine dumpfe Gleichgültigkeit lastete auf seinem Gemüt. Sehnsüchtig dachte er an schneebedeckte Berge, an die klare Luft, die erfrischende Kälte und an das Klettern mit seinem Vater. Er fragte sich, wie es Kate gehen mochte. Wenn er sich schon zum Ersticken fühlte, stand sie womöglich kurz vor einem Herzanfall, aber sie beklagte sich fast nie. Sie wollte sich vom Alter um nichts in der Welt unterkriegen lassen. Oft hatte er von ihr gehört, alt sei einer, wenn er gebeugt geht und Töne macht: Husten, Räuspern, Knacken von Knochen, hörbares Atmen. Also hielt sie sich gerade und gab nicht einen Mucks von sich.

Die sechs Gefährten mussten sich ihren Weg fast ertasten und wurden obendrein von den Affen in den Bäumen mit Wurfgeschossen traktiert. Durch die Karte hatten sie zwar eine ungefähre Vorstellung davon, in welcher Richtung das Dorf liegen musste, aber wie weit es noch war, konnten sie nur schwer einschätzen. Noch weniger konnten sie einschätzen, wie man sie dort empfangen würde.

~

Sie waren nun schon über eine Stunde unterwegs, kamen aber kaum voran, denn in diesem Gelände war an Eile nicht zu denken. Immer wieder mussten sie durch morastige Tümpel waten, in denen ihnen das Wasser bis zur Hüfte stand. Einmal tat Angie einen falschen Schritt und schrie auf, als sie spürte, wie der Boden unter ihren Füßen zu saugen begann und sie nicht mehr loskam. Bruder Fernando und Joel packten die Flinte am Lauf, und sie kämpfte sich mit beiden Händen am Kolben zurück auf sicheren Grund. In der Aufregung ließ sie ihren Beutel los.

»Meine Tasche!« Aber sie versank bereits unwiederbringlich im Morast.

»Macht nichts, meine Liebe, Hauptsache, Sie sind gerettet«, behauptete Bruder Fernando.

»Von wegen, macht nichts! Da sind meine Zigarren und mein Lippenstift drin!«

Kate fiel ein Stein vom Herzen: Wenigstens würde sie Angies duftenden Tabak nicht mehr riechen müssen, diese Verlockung war sie los.

An einem Wasserloch hielten sie an, weil sie sich den gröbsten Schmutz abwaschen wollten, auch wenn sie sich mit dem Schlamm in den Stiefeln abfinden mussten. Außerdem hatten sie schon eine Weile das unangenehme Gefühl, dass jemand sie aus dem Dickicht heraus beobachtete.

»Irgendwer ist da«, sagte Kate, als sie die Spannung nicht länger aushielt.

Rücken an Rücken stellte die kleine Schar sich im Kreis auf, ihre spärlichen Waffen in der Hand: der Revolver und die Flinte, ein Buschmesser und zwei Taschenmesser.

»Gott steh uns bei«, flüsterte Bruder Fernando, ein Stoßgebet, das ihm letzthin recht häufig entfuhr.

Sie mussten nicht lange warten: Aus dem Unterholz traten zögernd etwa ein Dutzend Männer, klein wie Kinder. Der größte maß keine ein Meter fünfzig. Ihre Haut war gelblich braun, die Beine waren kurz, Arme und Rumpf dagegen lang, die Augen saßen weit auseinander, die Nasen waren platt und das kurze Haar zu Noppen gezwirbelt.

»Das müssen Pygmäen sein, die berühmten Menschen des Waldes«, sagte Angie erleichtert und hob grüßend eine Hand.

Die Männer waren bis auf einen Lendenschurz nackt, nur einer trug ein zerschlissenes gelbes T-Shirt, das ihm bis über die Knie fiel. Sie hatten Speere dabei, drohten aber nicht damit, sondern hielten sie in der Hand wie Wanderstäbe. Zweien lag ein langer Stock über der Schulter, um den ein Netz gewickelt war. Nadia sah, dass es genau so ein Netz war wie das, in dem sich das Gorillaweibchen verfangen hatte, aber die Falle war doch viele Meilen entfernt. Die Pygmäen erwiderten Angies Gruß mit einem freundlichen Lächeln, einer sagte etwas auf Französisch, und gleich darauf redeten alle durcheinander auf die Freunde ein, die kein Wort verstanden.

»Könnt ihr uns nach Ngoubé bringen?«, unterbrach sie Bruder Fernando.

»Ngoubé? Non ... non!«

»Wir müssen nach Ngoubé«, beharrte der Missionar.

Nach einigem Hin und Her war klar, dass sie sich mit dem Mann im T-Shirt am besten verständigen konnten, denn er sprach außer etwas Französisch auch ein paar Worte Englisch. Er sagte, er heiße Beyé-Dokou. Ein anderer zeigte mit dem Finger auf ihn und sagte: »Tuma«. Beyé-Dokou brachte ihn zwar durch einen freundschaftlichen Knuff zum Schweigen, übersetzte aber doch mit Stolz in der Miene, das bedeute, dass er der beste Jäger seiner Gruppe sei. Daraufhin lachten die anderen laut los und machten sich über ihn lustig. Offensichtlich war Eitelkeit unter den Pygmäen nicht gut angesehen. Beschämt zog Beyé-Dokou die Schultern hoch. Mit einiger Mühe erklärte er Bruder Fernando und den anderen, sie dürften nicht in das Dorf gehen, das sei sehr gefährlich, sie sollten schnell umkehren.

»Kosongo, Mbembelé, Sombe, Soldaten ...«, sagte er wieder und wieder und verzog dabei das Gesicht zu Grimassen der Furcht.

Als sie weiter darauf bestanden, dass sie nach Ngoubé mussten, und sagten, die Kanus würden erst in vier Tagen wiederkommen, um sie abzuholen, sah er sehr besorgt drein, beriet sich lange mit seinen Gefährten und bot schließlich an, sie auf einem verborgenen Pfad durch den Wald zurück zu ihrem Flugzeug zu bringen.

»Die müssen die Falle gebaut haben«, sagte Nadia und deutete auf das Netz.

»Offenbar halten sie es für keine gute Idee, wenn wir nach Ngoubé gehen«, sagte Alex.

»Wenn es stimmt, was man hört, sind sie die Einzigen, die in diesen Sumpfwäldern überleben können«, sagte Angie. »Sie kennen sich aus und verirren sich nicht. Wir sollten ihr Angebot annehmen, ehe es zu spät ist.«

»Jetzt sind wir schon hier und gehen weiter nach Ngoubé. So war es abgemacht, oder?«, sagte Kate.

»Nach Ngoubé«, wandte sich Bruder Fernando wieder an Beyé-Dokou.

Die erschrockenen Gesichter und fuchtelnden Arme der Pygmäen machte überdeutlich, was sie von diesem wahnwitzigen Vorhaben hielten, aber dann boten sie doch an, die Freunde zu führen. Sie luden das Netz unter einem Baum ab, befreiten die sechs ohne Federlesens von ihren Taschen und Rucksäcken, warfen sich das Gepäck über die Schulter und eilten so geschwind zwischen dem Farnkraut voraus, dass die anderen Mühe hatten, ihnen zu folgen. Sie waren sehr kräftig und behände, und das schwere Gepäck schien sie nicht weiter zu stören, als wären ihre Beine und Arme mit Stahltrossen verstärkt. Während Kate und die anderen benommen hinter ihnen herkeuchten, liefen sie ohne sichtbare Anstrengung mit kurzen Schritten in einem watschelnden Trab und unterhielten sich dabei ohne Unterlass.

～

Beyé-Dokou lief zwischen Kate und den anderen und erklärte ihnen etwas über Kosongo, Mbembelé und Sombe, die drei Namen, die er vorhin schon genannt hatte. Sombe sei ein grausamer Zauberer, sagte er.

König Kosongo berühre nie mit den Füßen den Boden, weil sonst die Erde bebte. Sein Gesicht war immer verdeckt, damit niemand seine Augen sah, denn sein Blick war tödlich, auch wenn er einen nur streifte. Er richtete niemals selbst laut das Wort an jemanden, denn seine Stimme war wie Donner: Die Menschen wurden taub, und die Tiere nahmen Reißaus. Zum Sprechen benutzte er den *Königlichen Mund*, das war einer seiner Diener, der dazu ausgebildet war, die gewaltige Stimme zu ertragen. Außerdem musste der Königliche Mund Kosongos Essen vorkosten, damit niemand den König vergiftete oder durch die Speisen verhexte. Beyé-Dokou sagte, sie dürften niemals den Kopf auf die Höhe des Königs heben. Hinfallen lassen müssten sie sich vor ihm und kriechen.

Mbembelé beschrieb Beyé-Dokou, indem er eine unsichtbare Waffe aus dem flatternden gelben T-Shirt zog, sie sich an den Kopf hielt und wie tot zusammenbrach. Er sprang wieder auf, lief weiter, stieß seinen Speer in die Luft und tat, als hackte er sich mit einem Buschmesser oder einer Axt Hände und Füße ab. Es war auch ohne Worte klar, was er meinte. Sie dürften dem Kommandanten niemals widersprechen, sagte er. Kate fragte, wer Sombe war, aber da begann Beyé-Dokou am ganzen Körper zu schlottern, wand sich wie in Krämpfen und wollte nichts sagen, als hätte er plötzlich Furcht, auch nur den Namen auszusprechen.

Ein Pfad war noch immer nicht zu sehen, aber die

Pygmäen liefen unbeirrt und schienen die Markierung an den Bäumen nicht zu brauchen. Sie erreichten eine Lichtung, auf der ähnliche Voodoo-Figuren standen wie am Flussufer, diese jedoch rötlich gefärbt, wie mit Rost überzogen. Als sie näher kamen, sahen sie, dass es getrocknetes Blut war. Um die Figuren herum lagen Abfälle, Tierkadaver, faulende Früchte und Maniokwurzeln, außerdem Kalebassen mit etwas Flüssigem darin, Palmwein vielleicht oder anderer Alkohol. Es stank fürchterlich. Bruder Fernando bekreuzigte sich, und Kate musste den fahl gewordenen Joel daran erinnern, dass er zum Fotografieren hier war.

»Hoffentlich stammt das Blut von Opfertieren und nicht von Menschen«, flüsterte er.

»Das Dorf der Ahnen«, sagte Beyé-Dokou und deutete auf einen schmalen Pfad, der an einer der Figuren begann und sich im Wald verlor.

Nach Ngoubé müssten sie einen Umweg machen, weil sie die Gefilde der Ahnen nicht durchqueren durften, wo die Geister der Toten umgingen. Es klang wie eine Grundregel für die eigene Sicherheit: Nur Unbelehrbare oder Narren wagten sich dorthin.

»Wessen Ahnen sind das denn?«, wollte Nadia wissen.

Beyé-Dokou sah Nadia verständnislos an, aber als Bruder Fernando die Frage wiederholte, begriff er.

»Unsere Ahnen.« Er zeigte auf sich und seine Gefährten.

121

»Und Kosongo und Membelé gehen auch nicht in euer Geisterdorf?«, fragte Nadia weiter.

»Niemand geht dorthin. Wenn die Geister gestört werden, rächen sie sich. Sie ergreifen Besitz von den Lebenden, man hat keinen Willen mehr, wird krank und erleidet Qualen, manchmal auch den Tod«, sagte Beyé-Dokou und hielt sie zur Eile an, weil mit der Dunkelheit auch die Geister der Tiere erwachten und auf die Jagd gingen.

»Woher weiß man, ob ein Tier echt ist oder ein Geist?«, fragte Nadia nach.

»Der Geist riecht wie ein anderes Tier. Ein Leopard, der nach Antilope riecht, oder eine Schlange, die nach Elefant riecht, ist ein Geist.«

»Du brauchst eine gute Nase und musst nah rangehen, wenn du sie auseinander halten willst ...«, raunte Alex mit einem breiten Grinsen.

Beyé-Dokou erzählte, früher hätten sie die Dunkelheit und die Geister der Tiere nicht gefürchtet, weil sie vom Ipemba-Afua beschützt worden seien. Kate wollte wissen, was für eine Gottheit das war, aber Beyé-Dokou befreite sie von ihrem Irrtum: Es war ein heiliges Amulett, das dem Stamm seit undenklichen Zeiten gehörte. Aus seiner Beschreibung verstanden sie so viel, dass es ein Menschenknochen war mit einem unerschöpflichen Pulver darinnen, das viele Gebrechen heilen konnte. Von Generation zu Generation hatten sie dieses Pulver unzählige Male benutzt, und doch war es nie zur Neige gegangen. Wer den Knochen öffnete, fand ihn gefüllt mit dem magischen Staub. Das Ipemba-Afua stellte die Seele seines Stammes dar, sagte Beyé-Dokou, es schenkte ihnen Gesundheit, Stärke und Jagdglück.

»Und was ist damit?«, fragte Alex.

Beyé-Dokou traten die Tränen in die Augen, als er sagte, Mbembelé habe ihnen das Amulett gestohlen, und nun sei es in der Hand Kosongos. Mit dem Ipemba-Afua besaß der König ihre Seele, sie waren ihm ausgeliefert.

Sie erreichten Ngoubé mit dem letzten Licht des Tages, als die Bewohner bereits die ersten Fackeln und Feuer entzündeten, um ihr Dorf zu beleuchten. Sie folgten einem Pfad, vorbei an kümmerlichen Pflanzungen mit Maniok, Kaffee und Bananen, an zwei hohen Holzpalisaden – hinter denen vielleicht Vieh gehalten wurde – und an einer Reihe fensterloser Hütten mit schiefen Wänden und eingestürzten Dächern. Hier und da suchten Rinder mit langen Hörnern den Boden nach Halmen ab, und überall liefen halb gerupfte Hühner, klapperdürre Hunde und wilde Affen herum. Nach etwa hundert Metern weitete sich der Pfad und ging in einen langgestreckten Dorfplatz über, den weniger schäbige, mit Wellblech oder Palmstroh gedeckte Lehmhütten säumten.

Die Ankunft der Fremden sorgte für Aufregung, und im Nu kamen die Bewohner des Dorfes angelaufen, um zu sehen, was vorging. Sie ähnelten den Männern in den Kanus und waren wohl ebenfalls Bantus. Frauen in Lumpen und nackte Kinder drängten sich an einer Seite des Platzes, und durch diese dichte Menschenschar bahnten sich nun vier Männer einen Weg, die zweifellos zu einer anderen Volksgruppe gehörten, denn sie waren erheblich höher gewachsen als der Rest der Leute hier. Sie trugen abgewetzte Uniformhosen, Patronengurte um die Hüfte und waren mit museumsreifen Gewehren bewaffnet. Einer hatte zudem einen Tropenhelm auf dem Kopf, an dem ein paar Federn steckten, und trug ein T-Shirt und Badeschlappen, die anderen hatten nackte Oberkörper und waren barfuß. Alle vier hatten Riemen aus Leopardenfell um die Oberarme oder den Kopf geschlungen, und ihre Wangen und Arme waren mit rituellen Narben verziert, mit genoppten Linien, die aussahen, als steckten Steinchen oder Perlen unter der Haut.

Mit dem Auftauchen der Soldaten waren die Pygmäen auf einen Schlag wie ausgewechselt, nichts war mehr zu spüren von ihrer Selbstgewissheit und von dem unbekümmerten Miteinander, das sie im Wald gezeigt hatten. Sie warfen das Gepäck auf den Boden, senkten den Blick und wichen zurück wie geprügelte Hunde. Nur Beyé-Dokou wagte es, sich mit einem kurzen Wink von Kate und den anderen zu verabschieden.

Mit ihren Gewehren im Anschlag traten die Soldaten näher und bellten den Neuankömmlingen etwas auf Französisch entgegen.

»Good evening«, grüßte Kate verdattert, weil sie ganz vorne stand und ihr nichts Besseres einfiel.

Die vier übersahen Kates zum Gruß ausgestreckte Hand und drängten die ganze Gruppe unter den neugierigen Blicken der Umstehenden mit den Gewehrläufen gegen die Wand einer Hütte.

»Kosongo, Mbembelé, Sombe!«, rief Kate.

Das schien die vier Männer zu verunsichern, sie redeten in ihrer Sprache aufeinander ein, und schließlich verschwand einer, wohl auf der Suche nach Anweisungen. Sie mussten warten – eine Ewigkeit, wie ihnen schien.

Alex fiel auf, dass einigen Dorfbewohnern eine Hand oder die Ohren fehlten. Außerdem hatten viele der Kinder, die aus einiger Entfernung zu ihnen herschauten, scheußliche Geschwüre im Gesicht. Auf seinen fragenden Blick hin flüsterte Bruder Fernando ihm zu, diese Wucherungen kämen von einem Virus, das von Fliegen übertragen wurde. Er hatte das in Flüchtlingslagern in Ruanda gesehen.

»Wasser und Seife helfen dagegen, aber offenbar gibt es noch nicht einmal das hier.«

»Und was ist mit der Krankenstation, die Missionare müssen doch Seife haben?«

»Diese Geschwüre sind ein sehr schlechtes Zeichen,

mein Junge. Sie bedeuten, dass meine Brüder nicht hier sind, sonst hätten sie längst etwas dagegen getan.« Der Missionar klang tief besorgt.

Endlich, mittlerweile war es stockdunkel geworden, kam der Bote wieder und sagte auf Französisch, sie würden zum »Baum der Wörter« gebracht, wo die Regierungsangelegenheiten entschieden wurden. Sie sollten ihr Gepäck nehmen und mitkommen.

~

Die Umstehenden bildeten eine Gasse, und die Gruppe überquerte den langgestreckten Platz, der das Dorf teilte. Am anderen Ende ragte ein gewaltiger Baum und spannte seine Krone wie einen Schirm über die ganze Breite des Platzes. Sein Stamm musste an die drei Meter dick sein, und wie Tentakel hingen mächtige Luftwurzeln von seinen Ästen herab und gruben sich in die Erde. Zu Füßen des Baumes erwartete sie Kosongo in seiner ganzen Pracht.

Der König thronte auf einem Podest in einem Sessel, der mit seinem roten Samtbezug und den geschwungenen, vergoldeten Beinen aussah, als hätte er sich aus einem französischen Schloss hierher verirrt. Zwei Elefantenstoßzähne waren rechts und links davon aufgepflanzt, und Leopardenfelle bedeckten den Boden. Darauf waren einige Holzfiguren mit grausig verzerrten Mienen und kleinere Puppen gruppiert, wie sie für

Hexereien benutzt wurden. Drei Musiker, oben in blauen Uniformjacken, unten im Lendenschurz und barfuß, schlugen Stöcke aufeinander. Im Schein der rußenden Fackeln und zweier Feuer sah die Szenerie gespenstisch aus.

Kosongo war mit einem Umhang angetan, der über und über mit Muscheln, Federn und einigen erstaunlichen Gegenständen wie Kronkorken, Filmrollen und Patronen bestickt war. Dieses Kleidungsstück wog sicher allein vierzig Kilo, und zusätzlich saß auf dem Kopf des Königs ein hohes Ungetüm von einem Hut, aus dem vier goldene Hörner ragten, ein Symbol für Manneskraft und Mut. Um Kosongos Hals hingen Ketten aus Löwenzähnen und verschiedene Amulette, und unter dem klaffenden Umhang sah man die Haut einer Pythonschlange, die er um die Hüfte geschlungen hatte. Sein Gesicht war verborgen von einem Vorhang aus Glasperlen und Goldplättchen. In einer Hand hielt er ein Zepter aus Gold mit einem getrockneten Affenkopf als Knauf. Daran baumelte ein mit zarten Mustern verzierter Knochen, der nach Größe und Form der Schienbeinknochen eines Menschen hätte sein können. Womöglich war das das Amulett Ipemba-Afua, von dem Beyé-Dokou gesprochen hatte. An den Fingern des Königs steckten massige Goldringe in Tierform, und seine Arme verschwanden bis hinauf zu den Ellbogen unter breiten Reifen aus dem gleichen Metall. Wie er da thronte, war Kosongo beeindruckend wie ein englischer Monarch bei den Krönungsfeierlichkeiten, auch wenn er einen anderen Stil zu lieben schien.

In einem Halbkreis um den Thron standen seine Wachen und Diener. Wie der Rest der Dorfbewohner schienen es Bantus zu sein, wohingegen der König wohl zur selben Volksgruppe gehörte wie die vier hochgewachsenen Soldaten. Wie groß er tatsächlich war, ließ sich zwar im Sitzen schlecht sagen, aber er wirkte wie ein Koloss, was durch die pompöse Kopfbedeckung noch unterstrichen wurde. Kommandant Maurice Mbembelé und der Zauberer Sombe waren nirgends zu sehen.

Frauen oder Pygmäen gehörten nicht zur Dienerschar des Königs, aber hinter den Männern seines Hofstaats drängten sich ungefähr zwanzig junge Mädchen, die deutlich anders aussahen als die übrigen Bewohner Ngoubés, denn sie waren in farbenprächtige Stoffe gehüllt und trugen schweren Goldschmuck. Im unruhigen Licht der Fackeln blitzte das gelbe Metall auf ihrer dunklen Haut. Ein paar von ihnen hielten Säuglinge im Arm, und einige kleine Kinder spielten zwischen ihren Füßen. Das musste die Familie des Königs sein, auch wenn es sonderbar war, dass diese Frauen genauso verschüchtert wirkten wie zuvor die Pygmäen. Offensichtlich waren sie nicht stolz auf ihre herausgehobene Stellung, sondern hatten Angst.

Bruder Fernando hatte davon gesprochen, dass Vielweiberei in Afrika nach wie vor weit verbreitet war und die Zahl der Frauen und Kinder häufig als Maßstab für wirtschaftliche Macht und gesellschaftliches Ansehen galt. Für einen König hieß das, je mehr Kinder er hatte, desto mehr gedieh sein Reich. Das Christentum und die westliche Lebensart hatten diese Tradition, wie viele andere auch, kaum verändert. Der Missionar raunte ihnen zu, dass Kosongos Frauen ihr Schicksal vielleicht nicht selbst gewählt hatten, sondern zur Heirat mit dem König gezwungen worden seien.

Die vier Soldaten stießen die Neuankömmlinge unsanft nach vorn, damit sie sich vor dem König zu Boden warfen. Als Kate den Blick heben wollte, traf sie ein Schlag am Hinterkopf, und sie versuchte es kein zweites Mal. In dieser unbequemen, entwürdigenden Haltung, die Stirn gegen den lehmigen Boden gedrückt und zitternd vor Angst, harrten sie aus, bis das Schlagen der Stöcke verstummte und ein helles Bimmeln zu hören war. Vorsichtig sahen sie zum Thron auf: Der seltsame Monarch schwang in der Rechten ein goldenes Glöckchen.

Als Kosongo die Hand um das Glöckchen schloss, trat einer seiner Diener zu ihm, und der König flüsterte ihm etwas ins Ohr. In einem Mischmasch aus Französisch, Englisch und Bantu wandte sich der Mann daraufhin an die Fremden und sagte, Kosongo sei von Gott ausersehen und regiere in göttlichem Auftrag. Kate und die anderen drückten die Nasen wieder in den Lehm, denn es sollte nicht aussehen, als zweifelten sie an dieser Eröffnung. Der Mann, der sie angesprochen hatte, musste der Königliche Mund sein, von dem Beyé-Dokou erzählt hatte. Jetzt fragte er, weshalb sie in das Hoheitsgebiet des hochwohlgeborenen Königs Kosongo gekommen seien. Es klang wie eine Drohung. Keiner antwortete. Verstanden hatten die Frage sowieso nur Kate und Bruder Fernando, aber die beiden waren wie benebelt, kannten das Protokoll nicht und fürchteten, etwas Falsches zu tun. Womöglich war die Frage gar nicht als echte Frage gemeint, und Kosongo erwartete keine Antwort.

Es war mucksmäuschenstill auf dem Platz, bis der König erneut sein Glöckchen schwenkte, was die Dorfbewohner wohl als Befehl verstanden. Alle begannen zu schreien, nur die Pygmäen hielten sich im Hintergrund, die anderen Leute ballten die Fäuste und drängten auf die Besucher zu. Komischerweise hatte dieses Spektakel aber nichts von einem allgemeinen Wutausbruch, sondern erinnerte eher an ein Theaterstück mit miserablen Schauspielern. Das Krakeelen klang nicht erbost, und man sah sogar hier und da einen, der sich das Lachen verkniff. Die Soldaten dachten wohl, sie müssten etwas nachhelfen, und gaben ohne Vorwarnung eine Salve in die Luft ab, was eine kopflose Rennerei auslöste. Erwachsene, Kinder, Affen, Hunde und Hühner stoben davon, und unter dem Baum blieben einzig der König, sein kleiner Hofstaat, der verschreckte Harem und die sechs Besucher, die mit den Armen über dem Kopf am Boden kauerten und sicher waren, dass ihr Schicksal besiegelt war.

~

Nach und nach kehrte wieder Ruhe ein im Dorf. Die Schüsse waren verhallt und die angstvollen Schreie verstummt, da stellte der Königliche Mund seine Frage aufs Neue. Diesmal rappelte sich Kate mit dem bisschen Würde, das ihre alten Knochen ihr gestatteten, auf die Knie hoch, hielt also den Kopf, genau wie Beyé-Dokou geraten hatte, deutlich tiefer als der reizbare König und sagte zu dem Sprecher mit fester Stimme, jedoch darauf bedacht, nicht unverschämt zu klingen:

»Wir sind Reporter und Fotografen.« Und dabei deutete sie vage auf die anderen.

Der König zischte seinem Diener etwas zu, und der wandte sich wieder an Kate:

»Alle?«

»Nein, Eure Durchlauchtigste Majestät, dieser Dame hier gehört das Flugzeug, das uns hergebracht hat, und der Herr mit der Brille ist Missionar.« Sie zeigte auf Angie und Bruder Fernando. Und ehe der König nach Alexander und Nadia fragen konnte, fuhr sie hastig fort: »Wir sind von weit her gekommen für ein Interview mit Eurer Erlauchtesten Majestät, denn Euer Ruhm hat sich über die Grenzen hinaus in der ganzen Welt verbreitet.«

Kosongo, der offensichtlich besser Französisch verstand als der Königliche Mund, horchte auf. Misstrauisch beugte er sich nach vorn und starrte Kate durch seinen Perlenvorhang an.

»Was soll das heißen, alte Frau?«, ließ er seinen Sprecher fragen.

»Das Ausland hat großes Interesse an Eurer Person, Erhabenste Majestät.«

»Wie das?«, sagte der Königliche Mund.

»Euch ist es zu verdanken, dass in dieser Gegend Friede, Wohlstand und Ordnung Einzug gehalten haben. Man rühmt Eure Unerschrockenheit im Kampf, Eure Herrscherqualität und Weisheit und Euren Reichtum. Es heißt, Ihr seid mächtig wie einst König Salomo.«

Kate redete drauflos, verknotete sich die Zunge mit ihrem seit zwanzig Jahren brachliegenden Französisch und die Gedanken mit einem Plan, an den sie selbst kaum glaubte. Im Mittelalter mochte es Könige beeindruckt haben, wenn man ihnen eine Sonnenfinsternis vorhersagte, aber im einundzwanzigsten Jahrhundert musste man sich etwas anderes einfallen lassen. Kosongo war zwar nicht ganz auf der Höhe der Zeit, doch ein Trottel war er sicher nicht: Um ihn zu überzeugen, würde es mehr brauchen als eine plötzliche Verdunkelung der Sonne. Lobhudelei, dachte Kate. Die meisten Menschen waren empfänglich für Lobhudelei, umso mehr, wenn sie Macht besaßen. Es widerstrebte ihr zwar, Süßholz zu raspeln, aber in ihrem langen Leben hatte sie gelernt, dass die Leute die abwegigsten Dinge glauben, solange sie schmeichelhaft sind. Sie konnte nur hoffen, dass Kosongo diesen plumpen Köder schlucken würde.

Im Nu waren ihre Zweifel verflogen. Kosongo war offenbar von seinem göttlichen Auftrag überzeugt. Seit Jahren herrschte er unangefochten und konnte nach Gutdünken über Leben und Tod seiner Untertanen entscheiden. Es lag doch auf der Hand, dass Journalisten die halbe Welt umrundeten, weil sie ein Interview mit ihm führen wollten, erstaunlich war nur, dass nicht längst welche hier gewesen waren. Er beschloss, ihnen einen würdigen Empfang zu bereiten.

Kate nahm sich vor herauszufinden, wo all das Gold herkam, denn das Dorf gehörte zu den ärmsten, die sie je gesehen hatte. Welche Reichtümer besaß der König wohl sonst noch? Wie standen Kosongo und Kommandant Mbembelé zueinander? Vielleicht plünderten die beiden gemeinsam die Gegend, um ihr Vermögen dann an einem erfreulicheren Ort als in diesem unwegsamen sumpfigen Dschungel zu verjubeln. Die Bewohner Ngoubés hätten sicher nie etwas davon und würden weiter im Elend leben, ohne Kontakt zur Außenwelt, ohne Strom, sauberes Wasser, Schulen und ärztliche Versorgung.

### SIEBTES KAPITEL
## In der Gewalt Kosongos

*I*n der Rechten schwenkte Kosongo das Glöckchen, und mit der Linken winkte er die Bewohner des Dorfes herbei, die sich noch zwischen den Hütten und Bäumen verborgen hielten. Die Soldaten wurden mit einem Mal zuvorkommend, sie halfen den Besuchern vom Boden auf und brachten sogar für jeden einen dreibeinigen Hocker. Zögernd wagten sich die Dorfbewohner näher.

»Ein Fest! Musik! Essen!«, ordnete Kosongo durch den Königlichen Mund an und bedeutete seinen eingeschüchterten Gästen, dass sie sich auf die Hocker setzen durften.

Das Gesicht hinter dem Perlenvorhang wandte sich Angie zu. Sie fühlte, wie der König sie musterte, und wäre gern hinter ihren Gefährten verschwunden, was aber angesichts ihrer Leibesfülle aussichtslos war.

»Ich glaube, er sieht mich an«, flüstere sie Kate zu. »Sein Blick tötet zwar nicht, aber ich merke, wie er mich auszieht.«

»Vielleicht will er dich für seinen Harem haben«, gluckste Kate.

»Nur über meine Leiche!«

Kate dachte bei sich, dass Angie schön genug war,

um jeder von Kosongos Ehefrauen den Rang abzulaufen, auch wenn sie nicht mehr so jung war. In weiten Teilen Afrikas heirateten die Mädchen sehr früh, und die Pilotin galt hier wahrscheinlich als reife Frau, aber ihr hoher Wuchs und die üppigen Kurven, ihre strahlend weißen Zähne und die schimmernde Haut machten sie unwiderstehlich. Kate zog eine ihrer kostbaren Wodkaflaschen aus dem Rucksack und legte sie dem Monarchen zu Füßen, der allerdings nicht beeindruckt schien. Mit abfälliger Geste gestattete er, dass seine Leibgarde sich an dem armseligen Geschenk gütlich tat. Kate musste mit ansehen, wie die Soldaten die Flasche herumreichten. Dann holte der König eine Stange Zigaretten unter seinem Umhang hervor, und die vier Soldaten verteilten den Inhalt einzeln an die Männer des Dorfes. Die Frauen wurden vielleicht für eine andere Lebensform gehalten, jedenfalls bekamen sie nichts. Begierig sah Angie, wie ringsum die Zigaretten angezündet wurden, aber zu ihrem Leidwesen gingen auch die Besucher bei der Verteilung leer aus.

Die Haremsdamen wurden nicht besser behandelt als die übrige weibliche Bevölkerung Ngoubés. Im Gegenteil, ein herrischer Alter beaufsichtigte sie und schlug ihnen nach Lust und Laune mit einem dünnen Bambusrohr auf die Beine. Anscheinend hatte niemand etwas dagegen, wenn die Frauen des Königs in der Öffentlichkeit gezüchtigt wurden.

Bruder Fernando wagte es schließlich, den Königlichen Mund nach den Missionaren zu fragen, und bekam zur Antwort, es habe niemals Missionare in Ngoubé gegeben. Seit Jahren seien keine Fremden im Dorf gewesen, außer einem bleichen Mann mit Tropenhelm, der den Kopfumfang der Pygmäen hatte vermessen wollen und nach wenigen Tagen die Flucht ergriff, weil er das Klima und die Stechmücken nicht aushielt.

»Das muss Ludovic Leblanc gewesen sein.« Kate seufzte.

Sie erinnerte sich, dass der Anthropologe, der ihr liebster Feind war und ebenfalls für die Diamantenstiftung arbeitete, ihr einmal einen Artikel über die Pygmäen in den Wäldern Äquatorialafrikas geschickt hatte, der in einer wissenschaftlichen Zeitschrift erschienen war. Leblanc behauptete darin, dass die Pygmäen so frei und gleichberechtigt miteinander lebten wie keine zweite menschliche Gemeinschaft. Männer und Frauen teilten sich alle Aufgaben, sie jagten zusammen und kümmerten sich gemeinsam um die Kinder. Alle hatten gleiche Rechte, und wenn einer einen Ehrentitel wie »Chef«, »Heiler« oder »bester Jäger« trug, erwuchsen ihm daraus nicht etwa Vorteile, sondern nur zusätzliche Pflichten. Ansonsten wurde kein Unterschied gemacht, weder zwischen Mann und Frau noch zwischen Alt und Jung, und die Kinder schuldeten ihren Eltern keinen Gehorsam. Gewalt innerhalb der Familienverbände gab es nicht. Man lebte von der Hand in den Mund, und niemand besaß mehr als die anderen. Besitztümer anzuhäufen lohnte auch nicht, denn wenn jemand etwas ergatterte, durfte seine Familie es ihm wegnehmen. Alles wurde geteilt. Die Pygmäen war immer unabhängig gewesen, selbst die europäischen Kolonialherren hatten sie nicht unterjochen können, aber in letzter Zeit waren immer mehr Sippen zu Sklaven der Bantus geworden.

Kate wusste nie genau, wie viel von Leblancs wissenschaftlicher Arbeit man für bare Münze nehmen konnte, aber ihr Gefühl sagte ihr, dass der überkandidelte Professor mit dem, was er über die Pygmäen geschrieben hatte, einigermaßen richtig lag. Zum ersten Mal in ihrem Leben vermisste sie ihn. Die Auseinandersetzungen mit ihm gaben ihrem Leben Würze und stachelten ihre Kampfeslust an. Wenn sie zu lange keinen Kontakt mit ihm hatte, würde sie womöglich verweichlichen. Ihr grauste bei dem Gedanken, zu einem harmlosen alten Mütterchen zu werden.

Bruder Fernando war überzeugt, dass der Königliche Mund über den Verbleib der Missionare die Unwahrheit sagte, und stellte weiter Fragen, bis Kate und Angie ihn an das Protokoll erinnerten. Dem König war das Thema offensichtlich lästig, und wer wusste, ob er hinter seiner Maske nicht drauf und dran war zu explodieren.

Den Besuchern zu Ehren wurden Kalebassen voller Palmwein gebracht, außerdem Blätter, die aussahen wie Spinat, und eine Art Pudding aus Maniok. Auch einen Korb voller gegrillter Ratten reichte man ihnen, die mit Spritzern eines orangeroten Öls aus Palmsamen gewürzt waren. Alex schloss die Augen und dachte sehnsüchtig an die Sardinenbüchsen in seinem Rucksack, aber Kate brachte ihn mit einem Tritt gegen das Schienbein zurück in die Wirklichkeit. Es war nicht ratsam, das Festessen des Königs zurückzuweisen.

»Kate, das sind riesige Ratten!« Alex spürte die Übelkeit in sich aufsteigen.

»Hab dich nicht so. Die schmecken wie Huhn«, zischte sie.

»Das hast du am Amazonas dauernd behauptet, und gestimmt hat es fast nie.«

Der Palmwein entpuppte sich als viel zu süßes und widerwärtiges Gebräu, und die Freunde nippten zwar aus Höflichkeit daran, brachten ihn jedoch kaum hinunter. Die Soldaten und die anderen Männer des Dorfes tranken dagegen in großen Schlucken, und bald war keiner mehr nüchtern. Dadurch ließ die Wachsamkeit der Soldaten deutlich nach, aber an Flucht war nicht zu denken, denn ringsum wartete nichts als Dschungel, modrige Sümpfe und wilde Tiere. Die gegrillten Ratten und die spinatähnlichen Blätter schmeckten besser, als sie aussahen, der Maniokpudding erinnerte allerdings stark an Weißbrot in Seifenlauge, aber sie waren hungrig und aßen, ohne sich weiter zu zieren. Nadia nahm nur von den bitteren Blättern, während Alexander sich dabei ertappte, wie er genüsslich einen Rattenschenkel abnagte. Seine Großmutter hatte Recht: Es schmeckte wie Huhn. Besser gesagt, wie geräuchertes Huhn.

Wieder schwenkte Kosongo sein goldenes Glöckchen.

»Bringt meine Pygmäen!«, schrie der Königliche Mund den Soldaten zu.

Trommeln wurden auf den Platz getragen, manche davon so groß, dass zwei Männer mit anpacken mussten, aber auch kleine, lederbespannte Kalebassen waren dabei und ölverschmierte Benzinkanister. Einer der Soldaten gab einen Befehl, und mehrere Männer mit Buschmessern stießen das kleine Grüppchen Pygmäen, das Kate und die anderen nach Ngoubé geführt und sich seither abseits gehalten hatte, zu den Instrumenten. Stumm, mit gesenktem Blick stellten sich die Männer an die Trommeln.

»Sie müssen trommeln und singen und tanzen, damit ihre Vorfahren einen Elefanten in die Netze treiben. Morgen ziehen sie aus zur Jagd, und sie dürfen nicht mit leeren Händen zurückkehren«, ließ Kosongo den Königlichen Mund verkünden. An die Besucher gewandt, fuhr der Sprecher fort: »Die leben wie die Affen im Wald und taugen nur als Sklaven.«

Als wollte er seine Beklemmung abschütteln und

den Rhythmus finden, tat Beyé-Dokou einige prüfende Schläge, dann schlossen die anderen sich an. Der Ausdruck auf ihren Gesichtern veränderte sich, ihr Blick schien nach innen gerichtet, ihre Augen blitzten auf, sie wiegten sich im Rhythmus ihrer Hände, die immer lauter und schneller die Trommeln schlugen. Es war, als könnten sie der Musik nicht widerstehen, die sie doch selbst erzeugten. Jetzt begannen sie zu singen, und die Melodie glitt wie eine Schlange in Wellen auf und ab und verstummte jäh, um gleich darauf gegen den Takt erneut einzusetzen. Die Trommeln waren wie lebendig, sie rangen miteinander, verbündeten sich, pulsierten, gaben der Nacht einen Herzschlag. Alex dachte, dass selbst ein halbes Dutzend Percussionbands mit Verstärkern nicht mit diesen Trommeln hätte mithalten können. Die Pygmäen entlockten ihren plumpen Instrumenten Stimmen der Natur, manche davon sanft wie das Plätschern von Wasser über Steine oder das Springen einer Gazelle im Unterholz, andere dröhnend wie das Stampfen eines Elefanten, wie Donner oder galoppierende Büffel, dazu Liebesklagen, Kriegsgeheul, schmerzvolles Wimmern. Schneller und eindringlicher klangen die Trommeln, bis die Spannung mit einem Mal abfiel und die Musik zu einem kaum mehr vernehmbaren Seufzen wurde. Damit schloss sich ein Kreis, und ein neuer begann, der dem vorherigen in nichts glich und doch genauso reich war, voller Anmut und Gefühl.

Wieder gab Kosongo ein Zeichen, und nun wurden Frauen gebracht, die Kate und die anderen bisher nicht gesehen hatten. Man holte sie aus den palisadenumzäunten Pferchen am Eingang des Dorfes, hinter denen die Neuankömmlinge Vieh vermutet hatten. Es waren junge Pygmäinnen, nur in Baströcke gekleidet. Sie hielten die Köpfe gesenkt und schleppten die Füße nach beim Gehen, während zwei Wachmänner sie anbrüllten und mit Holzknüppeln bedrohten. Bei ihrem Anblick hielten die Musiker wie gelähmt inne, das Trommeln brach ab, und nur noch der Nachhall erfüllte für einen Moment die Nacht.

Die beiden Wachmänner schwangen die Knüppel, und die Frauen duckten sich und schlangen schützend die Arme umeinander. Sofort setzte das Trommeln wieder ein, mit unbekanntem Drängen. Unter den ohnmächtigen Blicken der Besucher entspann sich ein wortloses und verzweifeltes Zwiegespräch zwischen den Frauen und den trommelnden Männern. Während die einen auf ihre Trommeln hieben und ihnen alle erdenklichen menschlichen Gefühle entlockten, von Zorn und Schmerz bis zu Liebe und Sehnsucht, tanzten die Frauen im Kreis, ließen ihre Baströcke wippen, reckten die Arme, stampften mit ihren bloßen Füßen die Erde und antworteten mit jeder Bewegung und mit ihrem Gesang auf den angstvollen Ruf ihrer Gefährten. In anderen Zeiten mochte dieser Tanz ein Ritual zur Beschwörung des Jagdglücks gewesen sein, hier jedoch missbrauchte Kosongo diese Menschen und ihre Tradition zu seiner eigenen Belustigung. Ihr Schauspiel war beklemmend und voller Pein, und es war unerträglich.

Nadia barg das Gesicht in den Händen, und Alexander legte die Arme um sie und hielt sie fest, weil er fürchtete, sie werde in den Kreis springen, um diesem erniedrigenden Spektakel ein Ende zu machen. Kate beugte sich zu ihnen her und warnte sie, sich ja ruhig zu verhalten, weil jede falsche Bewegung ihre letzte sein konnte. Ein Blick auf Kosongo genügte, und man wusste, was sie meinte: Er sah aus wie besessen. Er saß noch immer auf seinem französischen Sessel, der ihm als Thron diente, aber jetzt zuckte er im Rhythmus der Trommeln wie unter Stromstößen. Der Flitter an seinem Umhang und seinem Hut klimperte, seine Füße stampften im Takt, er schwang die Arme, und die Goldreifen klirrten. Einige Diener aus seinem Hofstaat und selbst die berauschten Soldaten schlossen sich seinem Tanz an, und schließlich gab es kein Halten mehr. Im Handumdrehen war der Dorfplatz ein Gewirr zappelnder und springender Leiber.

～

Das erbarmungswürdige Schauspiel war so plötzlich vorüber, wie es begonnen hatte. Auf ein Zeichen, das nur sie gewahrten, hielten die Trommler inne, und der

Tanz ihrer Gefährtinnen war zu Ende. Die Frauen scharten sich und wurden zurück in den Pferch getrieben. Kaum schwiegen die Trommeln, rührte sich auch Kosongo nicht mehr, und die übrigen Bewohner des Dorfes folgten seinem Beispiel. Einzig der Schweiß, der die entblößten Arme des Königs hinabrann, erinnerte an seinen Tanz auf dem Thron. Unter dem verrutschten Umgang konnten Kate und die anderen erkennen, dass Kosongos Arme von den gleichen rituellen Narben gezeichnet waren wie die der vier Soldaten und dass auch er Riemen aus Leopardenfell um die Oberarme geschlungen hatte. Eilig rückten seine Diener ihm den schweren Umhang und den Hut zurecht.

Der Königliche Mund erklärte den Besuchern, falls sie nicht schleunigst wieder verschwänden, müssten sie *Ezenji* erleben, den Tanz der Toten, der Bestattungen und Hinrichtungen begleitete. Ezenji sei auch der Name des Großen Geistes. Das klang nicht verlockend, aber ehe jemand nachzufragen wagte, verkündete ihnen der Sprecher im Namen des Königs, sie würden nun zu ihren Gemächern geführt.

Vier Männer hoben das Podest mit dem Thron an und trugen Kosongo davon, gefolgt von seinen Frauen, die ihre Kinder an der Hand nahmen und die beiden Elefantenstoßzähne schulterten. Die Podestträger hatten zu viel getrunken, und der Thron mitsamt König schwankte bedenklich.

Kate und die anderen nahmen ihr Gepäck und folgten zwei Männern, die Buschmesser am Gürtel trugen und ihnen mit Fackeln den Weg wiesen. Einer der Soldaten mit Leopardenarmband und Gewehr war bei ihnen. Durch den Palmwein und den entfesselten Tanz waren die drei bester Laune, sie scherzten und lachten und schlugen einander kumpelhaft auf die Schulter, aber den Gefährten war mulmig zumute, denn eines stand fest: Sie wurden abgeführt wie Gefangene.

Die so genannten »Gemächer« waren eine rechteckige Lehmhütte mit Strohdach, die größer war als die anderen Hütten des Dorfes und etwas abseits lag, am Rand des Dschungels. Zwei schmale Löcher in der Wand dienten als Fenster, und ein drittes, türloses, als Eingang. Die Männer mit den Fackeln leuchteten ins Innere, und unter dem angewiderten Blick derjenigen, die die Nacht hier verbringen sollten, huschten Unmengen von Kakerlaken in die dunklen Ecken.

»Kakerlaken sind die ältesten Tiere der Erde, die gibt es seit dreihundert Millionen Jahren«, sagte Alex mit einem beherzten Schritt in die Hütte.

»Das macht sie mir auch nicht sympathischer«, bemerkte Angie.

»Sie tun nichts«, behauptete Alex, obwohl er sich nicht sicher war.

»Ob es hier Schlangen gibt?« Joel klang kläglich.

»Pythons jagen doch nicht im Dunkeln«, sagte Kate.

»Was stinkt hier so fürchterlich?«, wollte Alex wissen.

»Rattenurin oder Fledermauskot«, antwortete Bruder Fernando ungerührt, denn er hatte in Ruanda Ähnliches erlebt.

»Mit dir zu verreisen ist immer wieder ein Vergnügen, Oma.«

»Nenn mich nicht Oma. Wenn dir die Unterkunft nicht zusagt, kannst du ja ein Zimmer im Sheraton nehmen.«

»Ich will rauchen!«, jammerte Angie.

»Hier hast du beste Chancen, es dir abzugewöhnen«, sagte Kate wenig überzeugt und streichelte verstohlen ihre alte Pfeife in der Westentasche.

Einer der Männer entzündete die Fackeln, die an den Wänden der Hütte befestigt waren, und der Soldat sagte, sie sollten bis zum Morgen hier drin bleiben. Die drohende Geste mit dem Gewehr zerstreute jeden Zweifel daran, dass das ein Befehl war.

Bruder Fernando fragte nach, ob es draußen eine Latrine gebe, und der Soldat lachte, als hätte er einen Witz gemacht. Aber als der Missionar nicht locker ließ, wurde es dem anderen zu bunt, er holte aus und schlug dem Missionar mit dem Kolben seines Gewehrs gegen die Schulter, dass der strauchelte und hinfiel. Kate, die wusste, wie man sich Gehör verschafft, pflanzte sich entschlossen vor dem Angreifer auf, und ehe der auch auf sie losgehen konnte, drückte sie ihm eine Dose mit eingelegten Pfirsichen in die Hand. Der Soldat warf einen Blick darauf und verließ die Hütte. Wenig später kehrte er mit einem Plastikeimer zurück und stellte ihn Kate wortlos vor die Füße. Dieses schäbige Etwas würde bis auf weiteres die einzige sanitäre Einrichtung der Hütte sein.

»Was haben wohl diese Riemen aus Leopardenfell und die Narben zu bedeuten?«, fragte Alex, als der Soldat draußen war. »Alle vier Soldaten haben sie, und Kosongo auch.«

»Zu schade, dass wir Leblanc nicht fragen können, der wüsste bestimmt eine Antwort«, sagte Kate.

»Ich glaube, diese Männer gehören zur Bruderschaft des Leoparden«, sagte Angie. »Das ist ein Geheimbund, den es in einigen afrikanischen Ländern gibt. Die Mitglieder werden als Jugendliche angeworben und mit diesen Narben gezeichnet. So können sie einander überall erkennen. Sie arbeiten als Söldner, kämpfen und töten für Geld. Es heißt, sie sind sehr brutal. Sie leisten einen Schwur, dass sie einander ein Leben lang helfen und jeden töten, der einem von ihnen ein Haar krümmt. Sie haben keine Familie und außer der Bruderschaft keinerlei Bindungen.«

»Kadavertreue.« Bruder Fernando nickte düster. »Alles, was einer aus der Gemeinschaft tut, wird verteidigt, einerlei, wie grauenhaft es ist. Mit echtem Zusammenhalt hat das nichts zu tun. Man baut nicht gemeinsam etwas auf oder bestellt die Felder gemeinsam oder sorgt für Nahrung oder schützt die Schwachen oder verbessert die Lebensbedingungen für alle. Wer sich auf diese Art Treue schwört, dem ist jedes Mittel recht, auch Verbrechen und Krieg.«

»Ich seh schon, wir sind in den besten Händen …«, sagte Kate und gähnte.

Vor dem Eingang saßen die beiden Männer mit den Buschmessern, und drinnen suchte sich jeder einen Platz für eine unbequeme Nacht. Der Soldat war gegangen. Sie hatten sich kaum auf den Boden gelegt und sich einen Rucksack oder eine Tasche unter den Kopf geschoben, als die Kakerlaken wieder aus ihren Ritzen krochen und auf ihnen herumkrabbelten. Sie spürten die kleinen Füßchen in den Ohren, auf den Wimpern, unter den Kleidern. Also kramten sie trotz der drückenden Wärme ihre Schlafsäcke hervor und packten sich bis zum Hals ein. Angie und Nadia schlangen sich zusätzlich Tücher um den Kopf, damit sich das Ungeziefer in ihren langen Haaren nicht häuslich einrichtete.

»Wo Kakerlaken sind, da sind keine Schlangen«, sagte Nadia.

Das war ihr gerade eingefallen und wirkte wie ein Zauberspruch: Joel, der dauernd aufgeschreckt war und sich nervös umgeblickt hatte, drehte sich auf die Seite und lächelte still, als freute er sich an der Gesellschaft der Kakerlaken.

~

Noch in derselben Nacht, als ihren Gefährten trotz der Kakerlaken, der Ratten und der bedrohlichen Nähe von Kosongos Männern die Augen zugefallen waren, entschloss sich Nadia zum Handeln. Erschöpft, wie sie waren, würden die anderen sicher einige Stunden schlafen, sie dagegen konnte die Gedanken an die Pygmäen nicht abschütteln: Sie musste herausfinden, was hinter diesen Palisaden vorging, wo sie die Frauen hatte verschwinden sehen. Sie zog ihre Stiefel aus und griff nach einer Taschenlampe. Rechts und links der Tür saßen die beiden Wachen mit ihren Buschmessern, aber darüber machte sie sich keine Sorgen, denn nicht umsonst übte sie seit drei Jahren das Unsichtbarwerden. Gelernt hatte sie das bei den Nebelmenschen, einem Indianerstamm am Amazonas. Die Nebelmenschen konnten ganz mit dem Wald verschwimmen, was nicht nur mit ihrer Tarnbemalung zu tun hatte. Sie bewegten sich stumm und schwerelos in einem Zustand äußerster Konzentration, den man nur für kurze Zeit aufrechterhalten konnte. Diese Kunst hatte Nadia schon manches Mal aus der Klemme geholfen, deshalb übte sie fleißig. Zuweilen verschwand sie aus dem Klassenraum, ohne dass ihre Lehrer oder Mitschüler es merkten, und später wusste niemand mit Sicherheit zu sagen, ob sie eigentlich am Unterricht teilgenommen hatte. Sie fuhr ungesehen in vollbesetzten U-Bahnen durch New York und stellte sich manchmal probehalber ganz dicht vor einen Mitreisenden, dem sie ins Gesicht schaute, ohne dass er die leiseste Regung zeigte. Aber am meisten hatte Kate unter ihrem beharrlichen Training zu leiden, weil sie nie sicher sein konnte, ob Nadia in der Wohnung war oder sie sich das nur eingebildet hatte.

Nadia wisperte Borobá zu, er solle in der Hütte bleiben, denn sie konnte ihn nicht mitnehmen, dann atmete sie einige Male tief durch, bis alle Anspannung von ihr abfiel, und konzentrierte sich darauf zu verschwinden. Als es so weit war, bewegte sie sich fast wie hypnotisiert. Sie stieg über ihre schlafenden Gefährten hinweg, ohne sie zu berühren, und glitt auf die Tür zu. Den beiden vom Palmwein benebelten Männern war die Wache wohl langweilig geworden, und sie hatten beschlossen, sich abzuwechseln. Der eine lehnte schnarchend an der Wand, während der andere etwas ängstlich in die Schwärze des Dschungels spähte, als könnte dort jederzeit eine Spukgestalt auftauchen. Nadia trat in die Tür, der Mann wandte den Kopf zu ihr um, und für einen kurzen Moment trafen sich ihre Blicke. Der Wachmann blinzelte, als hätte er Nadias Gegenwart gespürt, schüttelte aber gleich darauf den Kopf, reckte sich und gähnte. Er hatte Mühe, die Augen offen zu halten, und griff nicht nach dem Buschmesser, das neben ihm lag, als Nadia an ihm vorbei- und davonhuschte.

Ungesehen von den wenigen Leuten, die um diese Zeit noch wach waren, durchquerte Nadia das Dorf. Sie glitt dicht an den mit Fackeln beleuchteten Lehmbauten vorbei, in denen der König seine Wohnräume hatte. Ein schlafloser Affe sprang von einem Baum und landete vor ihren Füßen, für einen Moment war sie abgelenkt und hätte entdeckt werden können, aber schnell hatte sie sich wieder gefasst und eilte weiter. Sie fühlte sich schwerelos, als würde sie schweben. Endlich kam sie bei den beiden Pferchen an, hoch ragten die Palisaden aus Holzstämmen, die man in den Boden getrieben und mit Lianen und Lederriemen zusammengebunden hatte. Ein Teil der rechteckigen Pferche war mit Palmstroh gedeckt, der Rest lag unter freiem Himmel. Es gab jeweils ein Gatter mit einem dicken Querbalken aus Holz, das sich nur von außen öffnen ließ. Keine Wachen.

Nadia ging um die Pferche herum und tastete die Umzäunung mit der Hand ab, weil sie es nicht wagte, ihre Taschenlampe anzuknipsen. Die Palisade war stabil und hoch, aber wer es darauf anlegte, hätte die Unregelmäßigkeiten im Holz und die Knoten der Lianen und Riemen nutzen und darüber klettern können. Warum flohen die Frauen nicht? Als Nadia die Pferche zweimal umrundet und nahebei niemanden gesehen hatte, fasste sie sich ein Herz und trat an eines der Gatter. Solange sie unsichtbar war, konnte sie sich nur sehr behutsam bewegen und würde den Balken nicht zurückschieben können. Sie musste ihre Tarnung aufgeben.

Die Geräusche des Waldes belebten die Nacht: Stimmen von Vögeln und anderen Tieren, ein Flüstern in den Bäumen und Seufzen am Boden. Nadia dachte bei sich, dass die Leute ganz Recht hatten, wenn sie nachts das Dorf nicht verließen, denn es hörte sich wirklich so an, als stammten diese Laute von Geisterwesen. Nadia schaffte es nicht, das Gatter leise zu öffnen. Das Holz knarrte. Vom Dorfplatz kamen bellend Hunde angelaufen, aber sie redete in der Sprache der Hunde auf sie ein, und sofort waren sie wieder still. Ihr war, als hörte sie ein Kind weinen, sie lauschte, aber das Geräusch war schon verstummt. Dann stemmte sie erneut die Schulter unter den Balken, der viel schwerer war, als sie gedacht hatte. Endlich bewegte er sich in der Führung, sie schob ihn nach hinten, öffnete das Gatter einen Spaltbreit und glitt hinein.

Ihre Augen hatten sich mittlerweile etwas an die Dunkelheit gewöhnt, und sie konnte sehen, dass der offene Teil des Pferchs leer war. Mit pochendem Herzen schlich sie auf die Überdachung zu und warf immer wieder Blicke über die Schulter, um notfalls die Flucht zu ergreifen. Doch weiter ins Dunkel wagte sie sich nicht, sie zögerte kurz, dann knipste sie die Taschenlampe an. Als der Lichtkegel auf den hinteren Teil des Schuppens traf, fuhr Nadia zusammen, schrie leise auf und hätte um ein Haar die Taschenlampe fallen gelassen. Wenige Schritte vor ihr drängten sich zwölf oder fünfzehn kleine Gestalten mit dem Rücken gegen die Palisade. Kinder, zuckte es ihr durch den Kopf, aber dann erkannte sie die Frauen, die für Kosongo getanzt hatten. Sie schienen ebenso erschrocken wie sie selbst, gaben aber keinen Laut von sich, sondern starrten sie nur mit großen Augen an.

»Schhh …«, machte Nadia mit dem Finger an den Lippen. »Ich tue euch nichts, ich will euch helfen«, flüsterte sie erst auf Portugiesisch, dann auf Spanisch, auf Englisch und Französisch.

Auch wenn die Frauen die Wörter nicht verstanden, den Sinn schienen sie doch zu erfassen. Eine von ihnen trat einen Schritt auf Nadia zu und streckte zaghaft, mit hochgezogenen Schultern und gesenktem Blick, den Arm nach ihr aus. Nadia berührte ihre Hand. Die andere wich zurück, hob aber nun den Kopf, sah Nadia unverwandt an und war wohl erleichtert, denn sie lächelte. Sie nahm Nadias Hand, und diese Berührung sagte mehr, als Worte hätten ausdrücken können.

»Nadia, Nadia«, sagte Nadia und klopfte sich mit der flachen Hand an die Brust.

»Jena«, sagte die andere.

Nun kamen auch die anderen Frauen näher, betasteten neugierig Nadias Schultern, vergruben ihre Finger in ihrem Haar, tuschelten und lachten. Im Handumdrehen hatten sie in der Berührung, in Mimik und Gestik eine gemeinsame Sprache gefunden, und der Rest war einfach. Die Pygmäinnen spielten Nadia vor, was mit ihnen geschehen war, und sie begriff, dass die

Frauen von ihren Männern getrennt worden waren, dass die Männer für Kosongo Elefanten jagen mussten, nicht wegen des Fleisches, sondern wegen der Stoßzähne, die er wahrscheinlich an Schmuggler verkaufte. Wenn sie es richtig deutete, gab es noch eine zweite Gruppe Männer, die für den König in einer Mine weiter im Norden Diamanten schürften. Daher stammte sein Reichtum. Die Männer bekamen für ihre Arbeit Zigaretten und etwas zu essen und durften hin und wieder ihre Frauen sehen. Lieferten sie nicht genug Elfenbein oder Diamanten, trat Kommandant Mbembelé auf den Plan. Es gab viele Strafen, Leute wurden umgebracht, aber am meisten fürchteten die Frauen, dass man ihnen ihre Kinder wegnahm, die als Sklaven verkauft wurden. Jena machte Nadia klar, dass es kaum noch Elefanten in den Wäldern gab, die Jäger mussten immer weiter wandern, um welche aufzuspüren. Die Jäger waren zu wenige, und die Frauen konnten ihnen nicht wie früher bei der Jagd helfen. Was würde mit ihren Kindern geschehen, wenn es eines Tages keine Elefanten mehr gäbe?

Nadia war sich nicht sicher, ob sie alles richtig begriffen hatte. Sie hatte immer gedacht, die Sklaverei sei lange abgeschafft, aber die Pantomime der Frauen war sehr deutlich. Kate sollte ihr später bestätigen, dass es in vielen Ländern noch immer Sklaven gab. Und die Pygmäen galten als sonderbare Geschöpfe, man kaufte sie für entwürdigende Arbeiten oder, wenn sie Glück hatten, zur Belustigung der Reichen oder als Attraktion für den Zirkus.

In Ngoubé mussten die Pygmäinnen die schweren Arbeiten verrichten, mussten die Felder bestellen, Wasser schleppen, putzen und sogar die Hütten bauen. Sie wollten mit ihren Familien zurück in die Wälder und wie früher in Freiheit leben. Nadia trat an die Holzpalisade und kletterte ein Stück daran hinauf, um den Frauen zu zeigen, dass sie fliehen konnten, aber sie wehrten ab und machten ihr deutlich, dass ihre Kinder mit ein paar Alten zusammen in dem anderen Pferch gefangen gehalten wurden, und ohne sie kam eine Flucht nicht in Frage.

Nadia wollte wissen, wo die Männer jetzt waren.

Jena erklärte ihr, die Männer lebten in den Wäldern und dürften nur ins Dorf kommen, wenn sie Fleisch, Felle oder Elfenbein brachten. Oder wenn sie, wie am Abend, für Kosongo Musik machen mussten.

ACHTES KAPITEL
## Das heilige Amulett

Nadia versprach den gefangenen Frauen, dass sie ihnen helfen würde, und schlich unsichtbar wie zuvor zu ihrer Schlafhütte zurück. Vor dem Eingang saß nur noch ein Wächter, und der schlief dort friedlich gurgelnd seinen Rausch aus. Nadia sah sich um. Der andere war verschwunden. Das war ihre Chance. Sie schlüpfte in die Hütte und weckte Alex, legte ihm die Hand über den Mund, und als er die Augen aufschlug, erzählte sie ihm hastig, was sie von den Frauen im Pferch erfahren hatte.

»Es ist furchtbar, Jaguar. Wir müssen was tun.«

»Was denn?«

»Keine Ahnung. Aber früher haben die Pygmäen mit den Leuten hier ganz normal gelebt. Sie waren im Wald und sind bloß manchmal ins Dorf gekommen. Es gab eine Königin. Nana-Asante. Wenn ich es richtig verstanden habe, war sie nicht aus Ngoubé und auch keine von den Pygmäen. Sie muss von weit her gekommen sein. Die Frauen haben gesagt, die Götter hätten sie geschickt, und sie sei eine große Heilerin gewesen. Früher muss es hier auch sehr viele Elefanten gegeben haben, die breite Wege durch den Wald getrampelt haben, aber jetzt gibt es kaum noch welche, und die Wege sind zugewuchert. Angefangen hat alles damit, dass Mbembelé den Pygmäen dieses Amulett weggenommen hat, von dem Beyé-Dokou uns erzählt hat, das Ipemba-Afua. Dadurch sind sie zu Sklaven geworden.«

»Weißt du, wo es jetzt ist?«

»Es ist der geschnitzte Knochen an Kosongos Zepter.«

Eine ganze Weile besprachen die beiden wispernd, was zu tun sei, und verstiegen sich zu immer waghalsigeren Plänen. Aber schließlich beschlossen sie, dass sie zuerst das Amulett wiederbeschaffen und es Beyé-Dokou und den anderen zurückbringen mussten. Bestimmt würde ihnen das neue Hoffnung und Mut machen, und dann würden die Männer vielleicht auch einen Weg finden, um ihre Frauen und Kinder zu befreien.

»Wenn wir das Amulett haben, gehe ich in den Wald und suche sie«, sagte Alexander.

»Du verläufst dich.«

»Der schwarze Jaguar ist mein Totemtier. Der verläuft sich nicht und kann im Dunkeln sehen.«

»Ich komme mit.«

»Das ist viel zu gefährlich, Aguila. Und allein bin ich schneller.«

»Wir dürfen uns nicht trennen. Denk dran, was Má Bangesé gesagt hat: Wenn wir uns trennen, sterben wir.«

»Glaubst du das etwa?«

»Ja. Was wir gesehen haben, war eine Warnung: Irgendwo wartet ein Monster mit drei Köpfen auf uns.«

»Es gibt keine Monster mit drei Köpfen.«

»Walimai würde sagen: Kann sein, kann auch nicht sein.«

»Wie kommen wir an das Amulett?«

»Das machen Borobá und ich.« Nadia klang, als sei das die einfachste Sache der Welt.

Als Dieb hatte es der Affe faustdick hinter den Ohren, und in New York hatte er Nadia schon reichlich Ärger gemacht. In einem fort musste sie Leuten Dinge zurückgeben, die der Affe ihr als Geschenk anschleppte, aber dieses eine Mal würde seine Marotte ein Segen sein. Borobá war klein, unauffällig und überaus geschickt mit den Fingern. Sie mussten bloß herausfinden, wo der König das Amulett verwahrte, und sich irgendwie an den Wachen vorbeistehlen. Jena hatte gesagt, das Amulett sei in den Wohnräumen des Königs, wo sie es einmal gesehen hatte, als sie dort putzte. Im Moment war kaum jemand nüchtern im Dorf, und Nadia hatte fast keine Wachen gesehen. Gewehre hatten nur die vier Soldaten der Bruderschaft gehabt, aber vielleicht waren das nicht die einzigen. Nadia und Alex wussten nicht, wie viele Männer Mbembelé unter seinem Kommando hatte, aber er war am Abend nicht aufgetaucht, also hielt er sich vielleicht nicht in Ngoubé auf. Sie mussten sofort handeln.

»Kate wird das nicht gefallen, Jaguar. Wir haben ihr versprochen, dass wir keinen Ärger machen.«

»Wir sind schon mitten drin im dicksten Ärger. Ich schreibe ihr einen Zettel, damit sie weiß, wo wir sind. Hast du Angst?«

»Ich habe Angst, mit dir in den Urwald zu gehen, aber wenn ich hier bleibe, habe ich noch mehr Angst.«

»Zieh deine Stiefel an. Wir brauchen eine Taschenlampe und Ersatzbatterien. In diesem Wald wimmelt es von Schlangen, vielleicht sollten wir eine Ampulle mit Gegengift einpacken. Meinst du, wir können Angies Revolver ausleihen?«

»Willst du jemanden umbringen?«

»Natürlich nicht!«

»Also?«

»Okay, Aguila«, sagte Alex lahm. »Wir lassen ihn hier.«

Leise packten sich die beiden das Nötigste in einen Rucksack. Als sie in Angies Erste-Hilfe-Kasten nach dem Mittel gegen Schlangenbisse suchten, fiel Alexanders Blick auf das Betäubungsmittel für Tiere, und unwillkürlich steckte er es ein.

»Was willst du denn damit?«, flüsterte Nadia.

»Keine Ahnung, vielleicht können wir es brauchen.«

Nadia verließ als Erste die Hütte, glitt ungesehen durch den Lichtfleck der Fackel am Eingang und duckte sich in den Schatten. Es war ausgemacht, dass sie von draußen die Wachen ablenken sollte, damit Alex und Borobá unbemerkt nachkommen konnten, aber nun sah sie, dass der eine Wächter noch immer schlief und der andere nicht wieder auf seinen Posten zurückgekehrt war. Im Nu waren Alex und Borobá bei ihr.

~

Die Residenz des Königs bestand aus mehreren strohgedeckten Lehmbauten, die nicht für die Ewigkeit gemacht schienen. Dafür, dass der Monarch von Kopf bis Fuß mit Gold behängt war, einen vielköpfigen Harem hatte und angeblich über göttliche Macht verfügte, wirkte sein »Palast« verdächtig bescheiden. Bestimmt wollte Kosongo in Ngoubé nicht alt werden, sonst hätte er sich etwas schicker und komfortabler eingerichtet. Sobald es hier kein Elfenbein und keine Diamanten mehr gab, würde er wahrscheinlich das Weite suchen und seine Reichtümer anderswo verprassen.

Der Bereich des Harems war von einer Palisade umgeben, auf der im Abstand von etwa zehn Metern Holzstöcke mit brennenden, harzgetränkten Lappen steckten. Diese Fackeln beleuchteten alles, qualmten aber stark und verbreiteten einen beißenden Geruch. Vor der Palisade stand ein etwas größeres Gebäude, das mit geometrischen schwarzen Mustern verziert war und eine sehr breite und hohe Eingangstür hatte. Dort musste der König wohnen, jedenfalls konnte man durch dieses Portal das Podest ins Innere schaffen, auf dem Kosongo sich herumtragen ließ. War er erst einmal drinnen, kümmerte es ihn gewiss nicht, ob seine Füße den Boden berührten. In seinen eigenen vier Wänden benutzte er vermutlich seine Füße, zeigte sein Gesicht und redete ohne einen Sprecher wie jeder andere Normalsterbliche auch. Kaum einen Steinwurf weiter erstreckte sich ein zweites langes und geducktes Gebäude ohne Fenster, das durch einen strohgedeckten Gang mit dem Wohnhaus des Königs verbunden war und eine Art Kaserne für die Soldaten sein konnte.

Zwei ziemlich junge Wachen mit Gewehren patrouillierten um die Gebäude herum. Alexander und Nadia beobachteten sie eine Weile aus der Entfernung und kamen zu dem Schluss, dass Kosongo sich nicht vor einem Angriff fürchten konnte, denn diese Wache war ein Witz. Wohl noch vom Palmwein beschwipst, drehten die beiden Männer leicht schwankend ihre Runden, und wenn sich ihre Wege kreuzten, blieben sie stehen, um zu rauchen oder ein paar Worte miteinander zu wechseln. Hin und wieder tranken sie sogar aus einer Flasche, die wahrscheinlich Schnaps enthielt. Von den Soldaten der Bruderschaft war weit und breit nichts zu sehen, und das beruhigte Nadia und Alex etwas, denn die waren weit furchteinflößender als diese beiden Wachposten. Dennoch war es tollkühn, in das Gebäude einzudringen, ohne zu wissen, was einen drinnen erwartete.

»Du bleibst hier, Jaguar, ich gehe zuerst. Wenn du

den Ruf einer Eule hörst, schickst du Borobá los«, sagte Nadia.

Alex war von dem Vorschlag nicht begeistert, hatte aber keinen besseren. Nadia konnte sich ungesehen bewegen, und Borobá würde sowieso nicht auffallen, denn im Dorf wimmelte es von Affen. Mit einem Kloß im Hals nickte er Nadia zu, und schon war sie verschwunden. Alex blinzelte und konnte sie noch für einen kurzen Moment als Schemen erhaschen, der durchs Dunkel schwebte. Obwohl ihm das Herz bis zum Hals schlug, musste er darüber schmunzeln, wie gut sie das Unsichtbarwerden inzwischen beherrschte.

Nadia wartete, bis die Wachposten zusammenstanden und rauchten, und huschte dann zu einer der Fensteröffnungen, die keine Scheiben oder Jalousien hatten. Mit einem Schwung war sie auf der Fensterbank und spähte ins Innere. Drinnen brannte kein Licht, aber der Schein des Mondes und der Fackeln draußen genügte, um etwas zu erkennen. Der Raum war leer, und sie glitt ohne einen Laut hinein.

Die beiden Wachen rauchten ihre Zigaretten auf und drehten eine weitere vollständige Runde um die Gebäude des Königs. Alex zählte die Sekunden, und endlich, endlich zerriss der Schrei einer Eule die Nacht. Er ließ Borobá los, und der flitzte auf das Fensterloch zu, aus dem der Schrei gedrungen war. Minuten, lang wie Stunden, vergingen, und nichts geschah. Plötzlich stand Nadia wie aus dem Nichts vor ihm.

»Hat es geklappt?« Alex hätte sie vor Erleichterung am liebsten in den Arme genommen.

»Kinderspiel. Borobá weiß, was zu tun ist.«

»Also hast du das Amulett gefunden?«

»Kosongo muss bei einer seiner Frauen sein. Ich habe nur ein paar Männer gesehen, die auf dem Boden geschlafen haben, und welche, die Karten spielen. Der Thron, das Podest, der Umhang, der Hut, das Zepter und die beiden Stoßzähne, alles da. Außerdem Truhen, wahrscheinlich ist dort der Goldschmuck drin.«

»Das Amulett, Aguila, was ist mit dem Amulett?«

»Das hängt am Zepter, aber ich konnte es nicht nehmen, sonst wäre ich aufgefallen. Borobá macht das schon.«

»Wie?«

Nadia deutete auf das Fenster, und Alex sah schwarze Rauchschwaden daraus hervorquellen.

»Ich habe den Umhang des Königs angesteckt.«

Fast im selben Moment hörten sie aufgeregte Rufe, die Wachen, die drinnen gewesen waren, stürzten ins Freie, aus der Kaserne kamen mehrere Soldaten angelaufen, und bald war das ganze Dorf auf den Beinen und mit Eimern voller Wasser dabei, den Brand zu löschen. Borobá nutzte das Durcheinander, schnappte sich das Amulett und sprang durch ein Fenster nach draußen. In Windeseile war er bei Nadia und Alex, und zu dritt brachen sie auf in den Wald.

Unter der Kuppel der Bäume war die Finsternis fast vollkommen. Auch die Nachtaugen des Jaguars, den Alex heraufbeschwor, halfen ihnen nur wenig. Sie hörten es zischeln und sirren und dachten an die Raubtiere, die um diese Stunde auf Beutejagd gingen. Vor allem aber fürchteten sie sich vor den Moorlöchern. Ein falscher Schritt, und sie wären verloren.

Alex hatte die Taschenlampe angeknipst und suchte mit ihrem Lichtkegel die Umgebung ab. Er hatte keine Angst, dass man sie vom Dorf aus entdecken könnte, denn das wuchernde Farnkraut versperrte die Sicht, aber er würde sparsam mit den Batterien umgehen müssen. Sie kämpften sich an Wurzeln und Lianen vorbei weiter ins Dickicht, wichen den Wasserlöchern aus, stolperten über unsichtbare Hindernisse und lauschten angespannt auf das beständige Getuschel des Urwalds.

»Wie jetzt weiter?« Alex war stehen geblieben.

»So geht das nicht, lass uns warten, bis es hell wird. Wie spät ist es?«

Alex sah auf die Uhr: »Fast vier.«

»Bald geht die Sonne auf, dann wird es leichter. Ich habe Hunger, die Ratten habe ich gestern nicht runtergekriegt.«

»Wenn Bruder Fernando hier wäre, würde er sagen, dass Gott es schon richten wird«, sagte Alex düster.

Sie machten es sich zwischen dem Farnkraut, so gut es ging, bequem. Die Feuchtigkeit kroch ihnen in die

Kleider, Dornen pieksten sie, etwas krabbelte über ihre Arme, kitzelte im Nacken. Nahebei raschelte es im Unterholz, sie hörten Flügelrauschen, spürten den schweren Atem der Erde. Alex kramte sein Feuerzeug aus der Hosentasche. Am Amazonas hatte er feststellen können, dass Steine aufeinander zu schlagen nicht die schnellste Methode ist, um ein Feuer zu entfachen, seither hatte er das Feuerzeug bei jedem Ausflug dabei. Aber sosehr sie sich auch abmühten, das Holz hier war zu nass, und so mussten sie auf den Schutz und die Wärme eines Feuers verzichten.

»Hier gibt es jede Menge Geister«, sagte Nadia.

»Glaubst du das im Ernst?«

»Ja, aber ich glaube nicht, dass sie uns was tun. Walimais Frau zum Beispiel. Die ist doch auch ein Geist, und sehr freundlich.«

»Am Amazonas. Vielleicht sind die Geister hier anders. Immerhin haben die Leute hier Angst vor ihnen.«

»Willst du, dass ich mich fürchte? Dann hast du es geschafft.«

Alex legte Nadia einen Arm um die Schulter und zog sie an sich. Das hatte er früher oft getan, um sie zu wärmen oder damit sie sich nicht fürchtete, aber diesmal war es etwas anderes.

»Walimai und seine Frau sind jetzt endlich zusammen«, sagte Nadia.

»Ist er tot?«

»Ja, jetzt sind sie in derselben Welt.«

»Woher weißt du das?«

»Von ihm. Weißt du noch, als ich im Verbotenen Reich in diese Schlucht gestürzt bin und mir die Schulter ausgekugelt habe? Er war die ganze Zeit bei mir, bis du mit Tensing und Dil Bahadur gekommen bist. Es war klar, dass er ein Geist ist und von einer Welt in die andere reisen kann.«

»Wenn du ihn gerufen hast, ist er immer gekommen. Er war wirklich ein guter Freund«, sagte Alex betrübt.

»Er kommt immer noch, wenn ich ihn brauche. Geister reisen weit.«

~

Obwohl ihnen bang war und sie unbequem auf dem feuchten Boden kauerten, nickten sie wenig später vor Erschöpfung ein. Sie hatten fast vierundzwanzig Stunden nicht geschlafen und waren seit der Bruchlandung in Angies Flugzeug von einer Aufregung in die nächste geraten. Nun vergaßen sie für einige Minuten die Schlangen und die anderen Tiere um sie her. Doch plötzlich schreckten sie hoch, Borobá kreischte und zerrte mit beiden Händen an ihren Haaren. Sie sahen nichts. Alex knipste die Taschenlampe an, und ihr Lichtstrahl traf mitten in ein schwarzes Gesicht, das fast über ihm hing. Er und das Gesicht schrien gleichzeitig auf und fuhren zurück. Alex ließ die Lampe los, und es dauerte einen Moment, bis er sie zwischen dem

Farn wieder zu fassen bekam. Doch da hielt Nadia schon seinen Arm fest und raunte ihm zu, es solle sich ruhig verhalten. Sie spürten eine Pranke, die blind nach ihnen tastete. Plötzlich wurde Alex am Hemd gepackt und kräftig geschüttelt. Er knipste die Taschenlampe wieder an, zielte aber diesmal mit ihrem Strahl nicht direkt auf seinen Angreifer. Im Zwielicht sahen sie, dass es ein Gorilla war.

»Tampo kachi …«

Die Begrüßungsformel, mit der man im Verbotenen Reich jemandem Glück wünscht, war das Erste und Einzige, was Alex zu sagen einfiel, dessen Kopf vor Schreck wie leergefegt war. Nadia dagegen grüßte in der Sprache der Affen, denn sie hatte den Gorilla schon im Dunkeln an seiner Wärme und dem Geruch nach frisch geschnittenem Heu erkannt. Es war das Gorillaweibchen, das sie vor ein paar Tagen aus der Falle befreit hatten, und auch jetzt klammerte sich das Kleine an den struppigen Bauch seiner Mutter. Diese sah Alex und Nadia aus ihren klugen und neugierigen Augen an. Nadia fragte sich, wie sie hierher gekommen war, sie musste viele Meilen durch den Wald gelaufen sein, und Nadia hatte eigentlich gedacht, dass Gorillas so etwas nicht tun.

Der Affe ließ Alex los, legte Nadia eine Hand aufs Gesicht und schubste sie sehr sanft, es war mehr eine Liebkosung. Mit einem Lächeln gab Nadia den Schubs zurück, was den Gorilla zwar keinen Millimeter vom

Fleck bewegte, als Antwort jedoch zu wirken schien. Der Affe drehte sich um und tat ein paar Schritte, kam zurück, reckte ihnen wieder das Gesicht entgegen, knurrte gutmütig und schnappte dann plötzlich ohne Vorwarnung mit den Lippen nach Alexanders linkem Ohr und knabberte daran.

»Was will sie?«, fragte Alex erschrocken.

»Wir sollen mitkommen, sie will uns etwas zeigen.«

Sie mussten nicht weit laufen. Das Gorillaweibchen machte plötzlich einen Satz und war mit wenigen Sprüngen auf einem Baum und in einer Art Nest zwischen den Ästen. Alex leuchtete nach oben und bekam ein wenig vertrauenerweckendes, vielstimmiges Knurren zur Antwort. Sofort ließ er die Taschenlampe sinken.

»Auf dem Baum sitzen jede Menge Gorillas, bestimmt eine Familie«, sagte Nadia.

»Dann ist auch ein Männchen dabei und wahrscheinlich etliche Weibchen mit Nachwuchs. Das Männchen könnte gefährlich werden.«

»Unsere Freundin hat uns hergeführt, also sind wir wohl willkommen.«

»Und was sollen wir jetzt tun? Ich habe keine Ahnung, was das Protokoll für Begegnungen zwischen Mensch und Gorilla vorsieht.« Alex trat unruhig von einem Bein auf das andere.

Lange Minuten warteten die beiden unter dem mächtigen Baum. Das Knurren verstummte. Borobá saß der Schreck noch in den Gliedern, und er klammerte sich an Nadias T-Shirt, aber schließlich gaben Alex und Nadia ihrer Müdigkeit nach und suchten sich eine Mulde zwischen den Wurzeln des Urwaldriesen.

»Hier können wir in Ruhe schlafen, die Gorillas passen auf. Unsere Freundin wollte sich bedanken«, sagte Nadia, als sie sah, dass Alex noch immer unruhig nach oben linste.

»Glaubst du, Tiere können so etwas wie Dankbarkeit empfinden?«

»Warum nicht? Tiere reden miteinander, sie gründen Familien, lieben ihre Kinder, bilden Gemeinschaften, haben ein Gedächtnis. Nimm Borobá zum Beispiel, der hat mehr Grips als die meisten Leute, die ich kenne.«

»Mein Hund dagegen ist ein ziemlicher Trottel.«

»Nicht jeder hat ein Hirn wie Einstein, Jaguar.«

»Da besteht bei Poncho keine Gefahr.«

»Aber er ist trotzdem einer deiner besten Freunde. Und unter Tieren gibt es auch Freundschaften.«

Es dauerte nicht lange, da schliefen die beiden tief und friedlich wie zwischen Daunen, behütet von den großen Affen. Bessere Beschützer konnten sie sich nicht wünschen.

Als sie Stunden später erwachten, wussten sie erst nicht, wo sie waren. Alex sah auf die Uhr, es war schon nach sieben: Sie hatten den Sonnenaufgang verschlafen. Warmer Morgendunst stieg vom Boden auf, der Wald war ein grünes Dampfbad. Sie sprangen auf die Füße und blickten sich um. Der Baum der Gorillas war verlassen, und für einen Moment zweifelten sie an dem, was sie in dieser Nacht erlebt hatten. War es ein Traum gewesen? Aber dort zwischen den Ästen waren die Nester, und wie ein Frühstücksgeschenk lagen frische Bambussprossen neben ihnen am Boden, die Lieblingsspeise der Gorillas. Und ein paar Schritte weiter erspähten sie mehrere schwarze Augenpaare, die sie beobachteten. Die Gorillas waren zum Greifen nah, und auch wenn sie sie nicht genau sehen konnten, spürten sie doch, dass ihre Blicke auf ihnen ruhten.

»Tampo kachi«, verabschiedete sich Alex.

»Danke«, sagte Nadia in Borobás Sprache.

Ein gedehntes und heiseres Brüllen antwortete aus dem grünen Dickicht.

»Ich glaube, das heißt, wir sind gute Freunde«, lachte Nadia.

~

In Ngoubé begann der Tag mit qualmdichtem Nebel, der durch die Tür und die Fensterlöcher der Schlafhütte ins Innere drang. Der unbehaglichen Unterkunft zum Trotz hatten Kate, Joel, Angie und Bruder Fernando tief geschlafen und nichts von dem beginnenden Brand in den Wohnräumen des Königs mitbekommen. Kosongo hatte wenig Verluste zu beklagen, denn das Feuer war schnell gelöscht worden. Als der Rauch sich legte, sah man, dass das Feuer am Umhang des Königs begonnen hatte, ein Unheil verheißendes Omen. Danach hatten die Flammen auf einige Leopardenfelle übergegriffen, die in Windeseile schwelten und die königlichen Wohnräume mit dickem Qualm erfüllten. Doch von alldem sollten Kosongos Gefangene erst viele Stunden später erfahren.

Durch das Palmdach fielen die ersten dünnen Sonnenstrahlen. Im Morgenlicht konnten sich Kate und Bruder Fernando, die schon aus ihren Schlafsäcken gekrochen waren, die Hütte nun genauer ansehen, einen einzigen langgestreckten, schmalen Raum mit dicken Wänden aus dunklem Lehm. In eine der Wände hatte jemand, wohl mit einem Messer, einen Kalender geritzt. Er war vom Vorjahr. An der gegenüberliegenden Wand sahen sie Verse aus dem Neuen Testament und ein grob gezimmertes Holzkreuz.

»Das ist die Missionsstation«, sagte Bruder Fernando atemlos. »Ganz bestimmt.«

»Woher wollen Sie das so genau wissen?« Kate rieb sich den Schlaf aus den Augen.

»Ich weiß es. Sehen Sie hier ...«

Er zog ein klein zusammengefaltetes Blatt Papier aus seinem Rucksack und klappte es sorgsam aus. Es war eine Bleistiftskizze, die von den verschollenen Missionaren angefertigt worden war. Deutlich erkannte man den Platz in der Mitte des Dorfes, den Baum der Wörter mit Kosongos Thron, die Hütten, die Pferche, ein größeres Gebäude, das als Wohnhaus des Königs gekennzeichnet war, und ein zweites daneben, an dem »Kaserne« stand. Genau dort, wo sie jetzt waren, war auf der Skizze die Missionsstation eingezeichnet.

»Der Raum muss als Schule und Krankenstation gedient haben«, sagte Bruder Fernando mit gedämpfter Stimme, um die Schlafenden nicht zu wecken. »Ganz in der Nähe müsste ein Gemüsegarten sein, den sie angelegt haben, und ein Brunnen.«

»Wozu braucht man einen Brunnen, wenn es hier ständig regnet? An Wasser ist nun wahrlich kein Mangel«, sagte Kate.

»Den Brunnen haben sie nicht angelegt, den gab es schon. Sie haben über ihn immer in Anführungszeichen geschrieben, als wäre irgendetwas Besonderes damit. Das war sehr merkwürdig ...«

»Was kann nur mit ihnen geschehen sein?«

»Ich gehe hier nicht weg, ehe ich es weiß. Ich muss mit Kommandant Mbembelé sprechen.«

Die Wachen brachten ihnen zum Frühstück ein Büschel Bananen und einen Krug mit Milch, auf der tote Fliegen trieben, dann gingen sie zurück auf ihren Posten vor dem Eingang, was wohl heißen sollte, dass die anderen bis auf weiteres in der Hütte zu bleiben hatten. Kate brach eine Banane ab, wandte sich um und wollte sie Borobá geben. Aber das Äffchen war nir-

gends. Und erst jetzt sah sie, dass Alexander und Nadia
nicht in ihren Schlafsäcken lagen.

~

Als Kate klar wurde, dass ihr Enkel und Nadia nicht in
der Hütte waren und niemand sie seit dem Schlafenge-
hen gesehen hatte, verlor sie die Fassung.

»Vielleicht sind sie nur kurz spazieren gegangen …«, sagte Bruder Fernando wenig überzeugt.

Aber Kate war schon an der Tür und draußen, ehe
die Wachposten sie zurückhalten konnten. Das Dorf
erwachte eben, Kate sah Kinder und einige Frauen,
aber keine Männer, denn die arbeiteten nicht. Von weitem erkannte sie die Pygmäinnen, die am Vorabend
getanzt hatten. Einige von ihnen waren unterwegs
zum Fluss, um Wasser zu holen, die anderen gingen zu
den Hütten rund um den Platz oder zu den Pflanzungen. Kate lief von einer zur anderen und fragte nach
Alexander und Nadia, aber sie verstanden nicht oder
wollten nicht antworten. Sie lief das ganze Dorf ab und
rief lauthals nach den beiden, fand sie aber nirgends.
Ihr Geschrei weckte nur die Hühner und zog die Aufmerksamkeit zweier Soldaten von Kosongos Leibwa-
che auf sich, die eben ihre Patrouille begannen. Ohne
lange zu fackeln, packten die beiden Kate an den Armen und trugen sie zu den Wohngebäuden des Königs.

»Sie nehmen Kate mit!«, rief Angie, die die Szene durch ein Fenster beobachtete.

Sie wandte sich zur Tür und winkte Joel und Bruder Fernando, ihr zu folgen. Sie sollten nicht untätig rumstehen wie Gefangene, angeblich seien sie doch Gäste. Die drei stießen die Wachen am Eingang zur Seite und rannten los.

Die Soldaten hatten Kate in einem der Kasernenräume zu Boden gestoßen und wollten eben auf sie einprügeln, als Angie, Bruder Fernando und Joel sie wegzerrten und dabei auf Spanisch, Englisch und Französisch anschrien. Die beiden Soldaten waren sprachlos, dass jemand die Frechheit besaß, ihnen in die Quere zu kommen. In Ngoubé galt ein Gesetz: Ein Soldat Mbembelés durfte nicht berührt werden. Tat es doch einmal jemand aus Zufall oder Versehen, wurde er ausgepeitscht, tat er es absichtlich, war er tot. Aber diese Fremden wirkten kein bisschen eingeschüchtert, und während die beiden Soldaten noch darüber nachdachten, was sie mit ihnen anstellen sollten, forderte Angie bereits lauthals: »Wir wollen den König sehen!«, wie im Chor unterstützt von Bruder Fernando und Joel.

Bruder Fernando half Kate vom Boden auf. Sie krümmte sich unter einem stechenden Schmerz in den Rippen. Mehrmals schlug sie sich selbst mit der Faust auf die Stelle, bis sie wieder Luft bekam.

Der Raum, in dem sie standen, hatte einen gestampften Lehmboden, war sehr groß und fast leer. Es hingen nur zwei ausgestopfte Leopardenköpfe an der Wand, und in einer Ecke war eine Art Voodoo-Altar aufgebaut. An der gegenüberliegenden Seite lag ein roter Teppich, auf dem ein Kühlschrank und ein Fernseher standen, Symbole von Reichtum und Modernität, die in Ngoubé zu nichts zu gebrauchen waren, weil es keinen Strom gab. Der Raum hatte zwei Türen und mehrere Fensterlöcher, durch die etwas Tageslicht ins Innere fiel.

Draußen wurden jetzt Stimmen laut, und sofort nahmen die Soldaten Haltung an. Kate und die anderen drehten sich um: Durch eine der Türen trat ein Mann, der aussah wie eine Kampfmaschine. Kein Zweifel, das war Maurice Mbembelé persönlich. Er war ein Hüne, mit Muskeln bepackt wie ein Gewichtheber, der Hals massig, die Schultern ausladend, die Wangenknochen markant, die Lippen dick und klar umrissen, eine Nase wie ein Preisboxer und der Schädel kahl rasiert. Den letzten Schliff gab dieser fiesen Erscheinung eine Sonnenbrille mit verspiegelten Gläsern, die seine Augen verbarg. Mbembelé trug eine Armeehose mit einem breiten schwarzen Ledergürtel und Stiefel, sein Oberkörper war nackt. Auf seinen Armen prangten die Narben der Bruderschaft des Leoparden, und um die Oberarme hatte er Riemen aus Leopardenfell geschlungen. Zwei Soldaten, fast ebenso groß wie er, waren bei ihm.

Mit offenem Mund starrte Angie den Muskelprotz an, nichts war mehr zu sehen von ihrem Zorn, sie schluckte verlegen wie ein Schulmädchen. Kate begriff, dass ihre wichtigste Verbündete drauf und dran war, die Seite zu wechseln, und trat einen Schritt vor.

»Kommandant Mbembelé, nehme ich an?«

Der Mann antwortete nicht und sah sie nur mit versteinerter Miene an, als trüge er eine Maske.

»Herr Kommandant, zwei Mitglieder unseres Teams sind verschwunden.«

Eisiges Schweigen.

»Es handelt sich um die beiden Jugendlichen, um meinen Enkel Alexander und seine Freundin Nadia.«

»Wir möchten wissen, wo sie sind«, sagte Angie, die sich von diesem jähen Anflug der Leidenschaft erholt und die Sprache wiedergefunden hatte.

»Sie können nicht weit sein, vielleicht sind sie noch im Dorf ...«, stammelte Kate.

Ihr war, als versinke sie in einem Morast, da war kein Boden mehr unter ihren Füßen, ihre Stimme zitterte. Das Schweigen des anderen war unerträglich. Endlich, als sie schon nicht mehr daran geglaubt hatten, hörten sie den Kommandanten mit fester Stimme sagen:

»Die beiden verantwortlichen Wachen werden bestraft.«

Das war alles. Er drehte sich um und verschwand durch die Tür, durch die er gekommen war, gefolgt von seinen beiden Begleitern und den zwei Soldaten, die Kate so rüde hergeschleift hatten. Die beiden sagten etwas zueinander und lachten. Bruder Fernando und Angie schnappten Bruchstücke von dem auf, was sie so erheiterte: Diese weißen Kinder waren grenzenlos dumm. Sie waren in den Wald abgehauen, also waren sie tot, gefressen von den Raubtieren oder den Geistern.

~

Da niemand sie mehr überwachte oder auch nur an ihnen interessiert schien, kehrten Kate und die anderen in ihre Schlafhütte zurück.

»Die beiden haben sich in Luft aufgelöst! Immer machen sie Ärger! Ich schwöre, dafür werden sie mir büßen!« Kate vergrub die Hände in ihren kurzen grauen Strubbelhaaren.

»Schwören Sie nicht. Lassen Sie uns beten«, sagte Bruder Fernando.

Er kniete sich zwischen die Kakerlaken, die seelenruhig über den Boden marschierten, und faltete die Hände. Die anderen achteten nicht auf ihn, sie mussten reden und nachdenken, was sie jetzt tun sollten.

Angie war der Meinung, sie müssten mit dem König verhandeln, damit er ihnen ein Boot gab, denn anders würden sie hier nicht wegkommen. Joel glaubte, dass der König im Dorf nichts zu sagen hatte, sondern Mbembelé die Befehle gab, und der schien nicht gewillt, ihnen zu helfen, also sollten sie sich besser an die Pygmäen halten und sich von ihnen auf den geheimen Wegen durch den Wald führen lassen, die sonst niemand kannte. Kate dachte nicht daran, sich ohne Alexander und Nadia von der Stelle zu rühren.

Noch immer auf den Knien, wandte sich Bruder Fernando zu ihnen um und hielt ihnen einen Zettel hin, der auf einem der Rucksäcke gelegen hatte. Kate riss ihm das Stück Papier aus der Hand und trat an eins der Fensterlöcher.

»Von Alexander!«

Mit brüchiger Stimme las sie vor, was ihr Enkel geschrieben hatte: *Nadia und ich versuchen den Pygmäen zu helfen. Lenkt Kosongo ab. Keine Sorge, wir sind bald zurück.*

»Die sind verrückt geworden«, sagte Joel.

»Nein, das ist ihr Normalzustand«, stöhnte Kate. »Was machen wir jetzt?«

»Sagen Sie bloß nicht, wir sollen beten«, kam Angie Bruder Fernando zuvor. »Es muss etwas Handfesteres geben, was wir tun können.«

»Ich weiß nicht, was Sie tun werden, meine Liebe. Ich jedenfalls vertraue darauf, dass die beiden zurückkommen. Und bis dahin finde ich heraus, was mit meinen Brüdern geschehen ist.« Der Missionar stand auf und schüttelte sich die Kakerlaken von den Hosenbeinen.

NEUNTES KAPITEL
## Die Jäger

Ziellos streiften sie durch den Wald. Alex entdeckte einen vollgesogenen Blutegel an seinem linken Bein und pflückte ihn ohne Getue ab. Er hatte schon am Amazonas welche gehabt und keine Angst mehr vor ihnen, auch wenn er sie nach wie vor widerlich fand. Wohin Nadia und er auch blickten, überall wucherte das Grün, alles sah gleich aus. Die einzigen Farbkleckse waren Orchideen und zuweilen ein Vogel mit buntem Gefieder, der vor ihnen aufflatterte. Die Erde glänzte rötlich unter ihren Füßen, weich und getränkt vom Regen und gespickt mit Tücken, so dass sie jeden Schritt wägen mussten. Manchmal verbargen sich sumpfige Löcher unter einer Decke schwimmender Blätter. Sie kämpften sich zwischen den Lianen hindurch, die an einigen Stellen dicht wie ein Vorhang von den Bäumen hingen, und zwängten sich vorbei an wehrhaft bestachelten Büschen. Und doch war der Wald nicht so undurchdringlich, wie sie zunächst geglaubt hatten, es gab Lücken zwischen den Baumkronen, durch die das Licht der Sonne fiel.

Alex hielt sein Taschenmesser in der Hand und wartete auf das erstbeste essbare Tier, das in seine Nähe käme, aber diesen Gefallen tat ihm keins. Zwar huschten bisweilen Ratten zwischen seinen Füßen hindurch, aber die waren zu flink für ihn. So begnügten sich die beiden mit Früchten, die sie nicht kannten und die bitter schmeckten. Borobá aß sie, also schadeten sie wohl nicht, und sie griffen zu. Sie fürchteten, sich zu verlaufen, ja, sie hatten sich schon verlaufen, denn sie wussten weder, wie sie nach Ngoubé zurückfinden noch wie sie die Pygmäen treffen sollten. Ihre einzige Hoffnung war, dass die Pygmäen sie finden würden.

Seit Stunden irrten sie nun schon so verloren und verzagt durchs Dickicht, als Borobá plötzlich zu kreischen begann. Wie so oft hockte der Affe auf Alexanders Kopf, hatte seinen Schwanz um Alexanders Hals geringelt und klammerte sich an seinen Ohren fest, denn von dort oben hatte er eine bessere Aussicht als von Nadias Schulter. Zwar klaubte Alex ihn wieder und wieder herunter, doch ehe er sich's versah, hatte der Affe seinen Lieblingsplatz zurückerobert. Und diesmal war es ihr Glück, denn von dort oben entdeckte er die Spuren. Obwohl nur wenige Schritte entfernt, waren sie kaum zu erkennen. Es waren Spuren von großen Füßen, die das Unterholz knickten und eine Art Pfad durch das Dickicht bahnten. Alex und Nadia hatten solche Spuren bei ihren Ausflügen mit Michael Mushaha gesehen und erkannten sie sofort.

»Ein Elefant!« Alex spürte, wie seine Lebensgeister zurückkehrten. »Wenn hier ein Elefant unterwegs ist, dann sind auch die Pygmäen nicht weit.«

Der Elefant war seit Tagen gehetzt worden. Die Pygmäen verfolgten ihre Beute, bis sie restlos erschöpft war, trieben sie immer weiter in die Enge und schließlich hinein in die Netze. Dann griffen sie an. Diesem Elefanten war am Vorabend eine kurze Atempause vergönnt gewesen, als Beyé-Dokou und die Seinen die Jagd unterbrachen, um die Fremden nach Ngoubé zu führen. Während dieses Abends und der ersten Nachtstunden hatte der Elefant in sein angestammtes Revier zu entkommen versucht, aber er war entkräftet und verwirrt. Die Jäger hatten ihn weit hinein in unbekanntes Gebiet gedrängt, er fand nicht zurück und lief im Kreis. Die Menschen mit ihren Netzen und Speeren kündeten von seinem Ende. Instinktiv wusste er es, aber er lief weiter, denn noch war er nicht bereit zu sterben.

Seit unvordenklichen Zeiten stehen Elefant und Jäger einander gegenüber. Das Ritual dieser Jagd auf Leben und Tod ist in beider Dasein eingebrannt. Der Taumel der Gefahr schlägt sie in seinen Bann. Im Moment der Entscheidung ist es, als halte die Natur den Atem an, der Wald verstummt, selbst der Wind schweigt, und endlich, wenn das Schicksal von einem der beiden besiegelt wird, schlägt das Herz von Mensch und Tier im selben Takt. Der Elefant ist der König des Urwalds, er ist groß, er ist massig und ehrfurchtgebietend, und kein Tier des Waldes stellt sich ihm in den Weg. Sein einziger Feind ist der Mensch, ein kleines, zerbrechliches Geschöpf ohne Krallen und Reißzähne, das er zertreten kann wie eine Eidechse. Wie kann dieses Nichts es wagen, ihm die Stirn zu bieten? Doch hat die Jagd erst begonnen, bleibt nicht die Zeit, diesen ungleichen Kampf zu belächeln, denn Jäger und Beute wissen, dieser Tanz wird erst mit dem Tod enden.

Die Jäger hatten lange vor Nadia und Alex gesehen, wo das Unterholz niedergetrampelt und die Zweige der Bäume wie Reisig geknickt waren. Seit Stunden folgten sie dem Elefanten in sicherer Entfernung und trieben ihn gekonnt immer weiter in die Enge. Es war ein alter, einzelgängerischer Bulle mit zwei mächtigen Stoßzähnen. Die Pygmäen waren nur zu zwölft und hatten nichts als ihre armseligen Speere, aber diese Beute würde ihnen nicht entkommen.

Vor Jahren, als sie noch frei gewesen waren, hatten ihre Frauen die Beute gehetzt und zu den Fallen getrieben, wo sie warteten. Damals war jeder Jagd eine Zeremonie vorausgegangen, in der sie ihre Ahnen um Beistand baten und dem Tier dafür dankten, dass es zu sterben bereit war, aber seit Kosongo seine Schreckensherrschaft errichtet hatte, war nichts mehr wie zuvor. Selbst die Jagd, die von jeher ihr Überleben gesichert hatte, war von einer heiligen Handlung zu einem Abschlachten verkommen.

Alexander und Nadia hörten gedehntes Trompeten und spürten, wie der Boden unter den schweren

Schritten erzitterte. Der letzte Akt des Dramas hatte bereits begonnen: Der Elefant war in den Netzen gefangen, und die ersten Speere bohrten sich in seine Flanken.

~

Nadia schrie, und die Jäger mit den Speeren stockten, während der Elefant tobte und sich mit letzter Kraft zu befreien versuchte.

»Nicht! Nicht!«, schrie Nadia wieder und wieder.

Sie rannte zwischen den Männern und dem Tier hin und her und riss die Arme hoch. Aber die Pygmäen waren aus ihrer Erstarrung erwacht und wollten sie wegstoßen, da ging Alexander dazwischen.

»Schluss! Hört auf!«, rief er und hielt das Amulett in die Höhe.

»Ipemba-Afua!« Die Jäger sanken auf die Knie.

Da erst begriff Alex, welche Bedeutung dieser geschnitzte Knochen für sie haben musste. Er hatte geglaubt, sie verehrten ihn wegen des Pulvers, das er enthielt, aber wäre er leer gewesen, es hätte an ihrer Reaktion nichts geändert. Für sie musste dieses Amulett eine tiefe magische Macht besitzen. Sie würden alles für ihn und Nadia tun, weil sie ihnen das Ipemba-Afua zurückbrachten, es war ihre Seele.

Er wollte sie um das Leben des Elefanten bitten und wandte sich an Beyé-Dokou:

»Es gibt kaum noch Elefanten hier, und bald ist der

letzte getötet. Was wollt ihr dann machen? Ohne Elfenbein könnt ihr eure Kinder nicht vor der Sklaverei retten. Ihr müsst etwas gegen Kosongo unternehmen und eure Familien ein für alle Mal befreien.«

Zusammen mit Nadia redete er auf die Jäger ein, dass Kosongo ein Mensch sei wie jeder andere, dass die Erde nicht unter seinen Füßen bebte und sein Blick und seine Stimme nicht töten konnten. All seine Macht hatten andere ihm gegeben. Wenn sie keine Angst mehr vor ihm hätten, würde er in sich zusammenschrumpfen.

»Und Mbembelé? Und die Soldaten?«

Alex musste zugeben, dass sie den Kommandanten nicht gesehen hatten und die Soldaten der Bruderschaft des Leoparden eine ernste Gefahr waren.

»Aber ihr jagt Elefanten mit Speeren, also könnt ihr es auch mit Mbembelé und seinen Soldaten aufnehmen.«

»Lasst uns ins Dorf gehen«, sagte Beyé-Dokou schließlich zu den anderen. »Wenn wir das Ipemba-Afua haben und unsere Frauen uns helfen, können wir den König und den Kommandanten besiegen.«

Als Tuma wurde Beyé-Dokou von allen geschätzt, aber vorschreiben konnte er niemandem etwas. Die Jäger redeten miteinander, und bald lachten sie. Alex wurde ungeduldig, sie mussten doch eine wichtige Entscheidung treffen und vergeudeten kostbare Zeit.

»Wir befreien eure Frauen, damit sie mit euch

kämpfen können. Unsere Freunde helfen auch. Meine Großmutter weiß bestimmt Rat, ihr fällt immer etwas ein.«

Beyé-Dokou übersetzte den anderen, was er gesagt hatte, aber sie waren nicht überzeugt. Welche Hilfe konnten ihnen diese hilflosen Fremden denn sein, wenn es zum Kampf kam? Was konnte die alte Frau mit den struppigen Haaren und dem Blick einer Verrückten schon tun? Sie waren nur wenige und hatten nichts als ihre Speere und Netze gegen Feinde, die zahlreich waren und mächtig.

»Eure Frauen haben gesagt, ihr habt mit dem Dorf in Frieden gelebt, als Nana-Asante Königin war«, sagte Nadia.

»Das stimmt«, sagte Beyé-Dokou.

»Jetzt lebt das ganze Dorf in Angst und Schrecken. Mbembelé misshandelt und tötet die Leute, wenn sie nicht tun, was er sagt. Sie würden Kosongo und den Kommandanten verjagen, wenn sie könnten. Vielleicht helfen sie uns«, überlegte Nadia.

»Selbst wenn sie uns helfen und wir die Soldaten besiegen, ist da immer noch Sombe, der Zauberer«, widersprach ihr Beyé-Dokou.

»Mit dem werden wir auch fertig!«, tönte Alex.

Aber als Beye-Dokou übersetzte, redeten die Jäger wild durcheinander und versuchten, Alex mit Händen und Füßen begreiflich zu machen, dass niemand Sombe herausfordern konnte, weil er über schreckliche Mächte verfügte: Er schluckte Feuer, lief durch die Luft und über glühende Holzscheite, er wurde zu einer Kröte, die tödlichen Geifer spie. Allerdings gelangte die Pantomime an ihre Grenzen, denn Alex verstand, dass der Zauberer auf allen vieren kroch und sich übergab, und das beeindruckte ihn wenig.

»Macht euch keine Sorgen, um Sombe kümmern wir uns«, behauptete er vollmundig.

Er gab den Jägern das heilige Amulett, und sie weinten und lachten. Viele Jahre hatten sie auf diesen Augenblick gewartet.

~

Während Alex noch mit den Jägern sprach, war Nadia zu dem verletzten Elefanten getreten und redete beruhigend auf ihn ein in der Sprache, die sie von Kobi gelernt hatte. Der große Bulle war am Ende seiner Kräfte: Wo die Speere ihn verletzt hatten, rann Blut an seinen Flanken hinab und an seinem Rüssel, der den Boden peitschte. Ihm war, als käme die Stimme des Mädchens, das in seiner Sprache mit ihm redete, von weit her, als träumte er sie. Er hatte niemals mit Menschen zu tun gehabt und nicht erwartet, dass sie redeten wie er. Aus reiner Erschöpfung hörte er zu. Langsam, aber stetig durchdrang der Klang dieser Stimme die Mauer aus Verzweiflung, Schmerz und Todesangst und erreichte sein Bewusstsein. Er wurde ruhiger und warf sich nicht mehr gegen die Netze. Schwer atmend, den

Blick starr auf Nadia gerichtet, stand er da, nur seine großen Ohren wedelten vor und zurück. Ein starker Geruch nach Angst schlug Nadia entgegen, aber sie redete weiter auf den Elefanten ein und war sich nun sicher, dass er sie verstand. Die Jäger glaubten ihren Ohren nicht zu trauen, als der Elefant plötzlich antwortete: Kein Zweifel, die beiden verständigten sich miteinander.

Nadia wandte sich an Beyé-Dokou: »Dafür, dass wir euch das Ipemba-Afua zurückgebracht haben, bitten wir um das Leben des Elefanten.«

Für die Pygmäen war das Amulett weit wertvoller als das Elfenbein des Elefanten, aber sie wussten nicht, wie sie den Bullen aus den Netzen befreien sollten, ohne dass er sie niedertrampelte oder mit eben den Stoßzähnen aufspießte, die sie Kosongo hätten bringen sollen. Nadia versprach, dass er ihnen nichts tun würde. Mittlerweile war Alexander dicht herangetreten und besah sich die Wunden, die die Speere in die dicke Haut geschlagen hatten.

»Er hat viel Blut verloren, braucht dringend Wasser, und die Wunden könnten sich entzünden. Ich fürchte, er geht langsam und elend zugrunde.«

Da nahm Beyé-Dokou das Amulett und ging auf das Tier zu. Er streifte einen kleinen Pfropfen von einem Ende des Knochens, neigte ihn und schüttelte wie aus einem Salzstreuer ein grünliches Pulver in die ausgestreckten Handflächen eines zweiten Jägers. Die beiden bedeuteten Nadia, dass sie die Wunden des Elefanten damit einreiben sollte, denn sie selbst wagten nicht, das Tier anzufassen. Nadia erklärte dem Elefanten, dass sie etwas gegen seine Schmerzen tun werde, und als sie glaubte, er habe verstanden, strich sie das Pulver in die tiefen Wunden.

Sie hatte gehofft, die Schnitte würden sich unverzüglich wie von Zauberhand schließen, das taten sie zwar nicht, hörten jedoch fast sofort auf zu bluten. Der Elefant drehte den Kopf und wollte mit dem Rüssel seine Flanken abtasten, aber Nadia mahnte ihn, die verletzten Stellen nicht zu berühren.

Nun fassten sich die Pygmäen ein Herz und machten sich an den Netzen zu schaffen, die wegzunehmen weit schwieriger war, als sie zwischen die Bäume zu spannen, aber schließlich war der alte Elefantenbulle befreit. Er hatte schon aufgegeben, womöglich bereits einen Fuß über die Schwelle zwischen Leben und Tod gesetzt, und nun war er unverhofft und wie durch ein Wunder frei. Zögernd tat er einen Schritt, noch einen, dann lief er wankend hinein ins Dickicht. Im letzten Augenblick, ehe er sich im Unterholz verlor, drehte er sich nach Nadia um, sah sie aus einem Auge ungläubig an, hob den Rüssel und trompetete.

»Was sagt er?«, wollte Alex wissen.

»Falls wir ihn brauchen, sollen wir ihn rufen«, übersetzte Nadia.

Bald würde es dunkel sein. Nadia hatte in den letzten Tagen kaum gegessen, und Alex war ebenso hungrig wie sie. Die Jäger entdeckten die Spur eines Büffels, folgten ihr jedoch nicht, denn Büffel waren gefährlich und immer in Gruppen unterwegs. Ihre Zungen seien so rau, sie könnten einem Menschen die Haut von den Knochen lecken, sagte Beyé-Dokou. Ohne die Hilfe ihrer Frauen konnten sie keinen Büffel erlegen. Im Laufschritt führten die Pygmäen Nadia und Alex zu ein paar winzigen Behausungen aus Ästen und Blättern. Es war unvorstellbar, dass in diesen erbärmlichen Unterschlüpfen Menschen wohnen sollten. Die Jäger bauten keine stabileren Hütten, weil sie selten lange an einem Ort verweilten, von ihren Frauen und Kindern getrennt waren und immer weitere Wege zurücklegen mussten auf der Suche nach Elefanten. Sie besaßen nur so viel, wie sie tragen konnten, und stellten nur Werkzeug her, das für ihr Überleben und die Jagd unabdingbar war. Brauchten sie darüber hinaus etwas, tauschten sie es im Dorf gegen Fleisch ein. Weil sie nicht leben wollten wie die Menschen im Dorf, glaubten diese, dass die Pygmäen wie Affen waren.

Aus einem Loch im Boden zogen die Jäger eine halbe Antilope, die mit Erde und Ungeziefer bedeckt war. Sie hatten sie vor einigen Tagen erlegt, einen Teil gegessen und den Rest vergraben, um ihn vor Tieren zu schützen. Als sie nun sahen, dass das Fleisch noch da war, sangen und tanzten sie. Alex und Nadia fragten sich, wie diese Menschen, die doch so viel zu leiden hatten, dennoch so guter Dinge sein konnten. Hier im Wald wirkten sie glücklich, alles gab Anlass zu Scherzen, sie erzählten sich Geschichten und lachten viel. Das Fleisch verströmte einen fauligen Geruch und war leicht grünlich, aber die Jäger hatten im Nu trockenes Brennmaterial gefunden und mit Alexanders Feuerzeug ein kleines Feuer entfacht, über dem sie es grillten. Die Larven, Maden, Würmer und Ameisen, die daran klebten, wurden mitgegessen, den Pygmäen galten sie als Delikatesse, und als Beilage gab es wilde Früchte, Nüsse und Pfützenwasser.

»Kate hat uns gewarnt, dass wir von dem dreckigen Wasser Cholera kriegen«, sagte Alexander, wobei er mit beiden Händen aus einer Pfütze schöpfte, weil der Durst ihm die Kehle versengte.

»Du vielleicht, du Mimose«, lachte Nadia. »Ich bin am Amazonas aufgewachsen. Gegen Tropenkrankheiten bin ich immun.«

Sie fragten Beyé-Dokou, wie weit es nach Ngoubé sei, aber so genau konnte er das nicht sagen, denn die Pygmäen maßen die Entfernung in Stunden, und es kam darauf an, wie schnell man war. Fünf Stunden gehen entsprach zwei Stunden rennen. Auch bei der Richtung blieb er vage, denn er hatte noch nie einen Kompass oder eine Karte gebraucht. Er orientierte sich an der Natur, kannte hier in der Gegend jeden Baum. Nur sie hätten für alle Gewächse einen Namen, sagte er, für jeden Baum und jedes Tier. Für die anderen Menschen hier war der Wald nichts als ein eintönig grünes, sumpfiges Gestrüpp. Mbembelés Soldaten und die anderen Bewohner von Ngoubé wagten sich nur vom Dorf bis zur Gabelung des Flusses, hielten über den Fluss Kontakt zu anderen Dörfern und trieben Handel mit den Schmugglern.

»Elfenbeinhandel ist auf der ganzen Welt verboten. Wie schaffen sie die Stoßzähne hier weg?«, wunderte sich Alex.

Beyé-Dokou erklärte ihm, Mbembelé besteche die Behörden und habe überall am Fluss Helfershelfer. Die Stoßzähne wurden unter die Boote gebunden und konnten so, vom Wasser verborgen, am helllichten Tag flussabwärts gebracht werden. Die Diamanten reisten in den Mägen der Schmuggler. Sie schluckten sie mit einem Löffel Honig oder Maniokpudding, und wenn sie sich einige Tage später auf sicherem Gebiet befanden, kam die Ware am anderen Ende wieder heraus, eine zwar etwas unappetitliche, aber sichere Methode.

Die Jäger erzählten von den Zeiten vor Kosongo, als Nana-Asante noch Königin in Ngoubé war. Damals hatte es keine Diamanten gegeben und keinen Handel mit Elfenbein, die Dorfbewohner bauten Kaffee an, den sie über den Fluss in die Städte brachten, und die Pygmäen waren die meiste Zeit des Jahres im Wald auf der Jagd. Manchmal gingen sie ins Dorf, um Fleisch gegen Maniok und Gemüse einzutauschen. Auch gemeinsame Feste hatten sie mit den Dorfbewohnern ge- feiert. Arm waren alle gewesen, aber wenigstens hatte niemand über ihr Leben bestimmt. Hin und wieder waren Boote mit Sachen aus der Stadt gekommen, aber die Leute aus dem Dorf kauften wenig, denn sie waren sehr arm, und die Pygmäen interessierten sich nicht für diese Dinge. Die Regierung hatte sie verges- sen, auch wenn manchmal eine Krankenschwester mit Impfstoffen nach Ngoubé geschickt wurde oder ein Lehrer, der eine Schule aufbauen sollte, oder ein Be- amter, der versprach, für Strom zu sorgen. Alle waren schnell wieder gegangen. Sie ertrugen das Leben hier nicht, wurden krank, verloren den Verstand. Nur Mbembelé und seine Soldaten waren geblieben.

»Und die Missionare?«, fragte Nadia.

»Die waren zäh und sind auch geblieben. Als sie ka- men, war Nana-Asante schon nicht mehr da. Mbem- belé wollte sie verjagen, aber sie sind nicht gegangen. Sie wollten uns helfen. Dann sind sie verschwunden.«

»Genau wie die Königin.« Alex nickte.

»Nein, nicht wie die Königin …«, sagte Beyé- Dokou, aber dann schwieg er und wollte nichts mehr erklären.

ZEHNTES KAPITEL
## Das Dorf der Ahnen

Für Nadia und Alexander war es die erste vollständige Nacht im Wald. Am Abend ihrer Ankunft im Dorf hatte Kosongos Fest stattgefunden, Nadia war zu den Frauen im Pferch geschlichen, sie hatten das Amulett gestohlen und den Brand in den Wohnräumen des Königs gelegt, ehe sie Ngoubé verließen, und so waren die Stunden der Dunkelheit schnell vergangen. Jetzt hingegen wollten sie kein Ende nehmen. Unter dem Blätterdach verlosch das Licht des Tages rasch und kam lange nicht wieder. Über zehn Stunden lagen die beiden zusammengekauert in einer der erbärmlichen Behausungen der Jäger, ertrugen die Feuchtigkeit, das Ungeziefer, lauschten auf das bedrohliche Rascheln ringsum, während die Jäger ungestört schliefen, denn sie fürchteten nur die Geister.

Der neue Tag fand Nadia, Alexander und Borobá wach und hungrig. Von der gegrillten Antilope waren nur verkohlte Knochen übrig, und Früchte mochten sie keine mehr essen, denn sie hatten schon Bauchschmerzen davon. Besser, sie vergaßen ihren Hunger. Bald waren auch die Pygmäen wach, setzten sich im Kreis auf die Erde und redeten. Da sie keinen Anführer hatten, brauchte es stundenlange Beratungen, bis eine

Entscheidung fiel, dann jedoch handelten sie wie ein Mann. Nadia und Alex hörten dem lebhaften Gespräch zu, und Nadia verstand sogar manches, aber Alex schnappte nur hin und wieder einen Namen auf, den der kannte: Ngoubé, Ipemba-Afua, Nana-Asante. Schließlich war die Beratung beendet, und Beyé-Dokou erklärte ihnen den Plan.

Die Schmuggler würden in zwei Tagen wegen des Elfenbeins – oder der Kinder – ins Dorf kommen. Die Jäger würden Ngoubé also vorher angreifen. Dafür musste jedoch zunächst eine Zeremonie mit dem heiligen Amulett stattfinden, um Beistand zu erbitten von den Ahnen und von Ezenji, dem großen Geist des Waldes, des Lebens und des Todes.

»Sind wir nicht auf dem Weg nach Ngoubé am Dorf der Ahnen vorbeigekommen?«, fragte Nadia nach.

Ja, sagte Beyé-Dokou, die Ahnen lebten zwischen dem Fluss und dem Dorf. Bis dorthin seien es einige Stunden. Alexander dachte an seine Großmutter, die in ihrer Jugend mit dem Rucksack auf dem Rücken durch die Welt gereist war und oft auf Friedhöfen übernachtet hatte, weil das sichere Schlafplätze waren, wo sich nachts niemand hinwagte. Das Dorf der Ahnen wäre der ideale Ort, um den Angriff vorzubereiten. Sie hätten es nicht weit bis nach Ngoubé und würden ungestört sein, denn Mbembelé und seine Soldaten hielten sich fern davon.

»Es ist ein wichtiger Kampf, der wichtigste, den ihr

je geführt habt. Vielleicht solltet ihr die Ahnen in ihrem Dorf um Beistand bitten …«, schlug er vor.

Die Jäger machten große Augen über die Unbedarftheit dieses jungen Fremden und wollten wissen, ob man bei ihm zu Hause denn keine Achtung vor den Ahnen habe. Alex musste ihnen in einfachen Worten erklären, dass die Ahnen im sozialen Gefüge der Vereinigten Staaten keine tragende Rolle spielen. Beyé-Dokou wiederum erklärte ihm, das Dorf der Ahnen sei ein verbotener Ort, wer dort eindringe, finde den sicheren Tod. Sie selbst näherten sich dem Dorf nur, um ihre Toten zu bestatten. Wenn jemand starb, gab es eine Zeremonie, die einen Tag und eine Nacht dauerte, dann hüllten die ältesten Frauen den Leichnam in Stoffe und Blätter, verschnürten ihn mit Seilen aus Baumrinde, aus der auch die Netze gefertigt waren, und betteten ihn zur letzten Ruhe zu den Ahnen. In aller Eile trugen sie den Toten in das Geisterdorf, legten ihn dort ab und rannten davon, so schnell sie konnten. Viele Opfer musste man bringen vor einer solchen Bestattung, und sie musste vormittags geschehen, wenn die Sonne hoch am Himmel stand. Nur dann war man sicher, denn die Geister schliefen am Tage und erwachten des Nachts zum Leben. Wurden die Ahnen mit Achtung behandelt, ließen sie die Lebenden in Frieden, wurden sie jedoch erzürnt, waren sie unversöhnlich. Sie seien gefährlicher als Götter, sagte Beyé-Dokou, sie seien ganz nah.

Nadia und Alex mussten daran denken, dass Angie erzählt hatte, in Afrika gebe es eine enge Verbindung zwischen Menschen und Geistern.

»Unsere Götter sind verständnisvoller und vernünftiger als die Götter anderswo«, hatte sie gesagt. »Sie strafen nicht wie der Gott der Christen. Sie haben auch keine Hölle, in der man bis in alle Ewigkeit schmort. Das Schlimmste, was einer afrikanischen Seele passieren kann, ist, dass sie verloren und einsam umherstreifen muss. Ein afrikanischer Gott würde niemals seinen einzigen Sohn in die Welt schicken und kreuzigen lassen, um die Menschen von Sünden zu erlösen, die er mit einem Handstreich wegwischen kann. Die afrikanischen Götter haben die Menschen nicht nach ihrem Ebenbild erschaffen und lieben sie auch nicht, aber wenigstens lassen sie sie in Ruhe. Mit Geistern ist es etwas anderes, die können gefährlich werden, weil sie dieselben Fehler haben wie Menschen, sie sind gierig, grausam und eifersüchtig. Um sie ruhig zu halten, muss man ihnen Geschenke machen. Viel brauchen sie allerdings nicht, sie begnügen sich mit einem Spritzer Schnaps, einer Zigarre, dem Blut von einem Hahn …«

Jetzt erzählten die Jäger, ihre Ahnen seien sehr erzürnt und deshalb müssten sie unter Kosongos Grausamkeit büßen. Zwar wussten sie nicht, womit sie die Ahnen beleidigt hatten oder wie sie es wieder gutmachen sollten, aber vielleicht würden sie sich milde stimmen lassen, und dann würde das Los ihrer Sippe sich ändern.

»Warum gehen wir nicht einfach in ihr Dorf und fragen sie, was sie erzürnt hat und was sie von euch erwarten«, schlug Alex vor.

»Es sind Gespenster!«, wehrte Beyé-Dokou entsetzt ab.

»Nadia und ich fürchten sie nicht. Wir reden mit ihnen, vielleicht helfen sie uns. Eigentlich seid ihr doch ihre Kinder und Kindeskinder, also liegt ihr ihnen bestimmt ein bisschen am Herzen, oder?«

Erst wurde die Idee rundheraus abgelehnt, aber als Alex nicht locker ließ, berieten sich die Jäger wieder lange miteinander und sagten dann, sie würden bis in die Nähe des Dorfs der Ahnen gehen. Dort wollten sie sich im Wald verbergen, ihre Waffen vorbereiten und die Zeremonie abhalten, während Nadia und Alexander versuchen sollten, mit den Ahnen zu verhandeln.

~

Seit Stunden waren sie nun unterwegs. Nadia und Alexander stellten keine Fragen, auch wenn es ihnen häufig schien, als wären sie an einer bestimmten Stelle schon mehrmals vorbeigekommen. Guten Mutes trabten die Jäger voraus, aßen nicht, tranken nicht, wurden nicht müde, als hielte der schwarze Tabak aus ihren Bambuspfeifen sie in Schwung. Eine solche Pfeife besaß jeder Jäger, und außerdem hatten sie Netze und Speere dabei, und einer trug auch ein Blasrohr. Benommen vor Erschöpfung und Hitze stolperten Nadia und Alex hinterher, bis sie irgendwann zu Boden sackten und sich weigerten weiterzugehen. Sie mussten sich ausruhen und etwas essen.

Der Jäger mit dem Blasrohr schoss auf einen Affen, und der fiel ihnen wie ein Stein vor die Füße. Er wurde gehäutet und zerteilt, und die Pygmäen gruben ihre Zähne in das rohe Fleisch. Alex entfachte ein kleines Feuer und garte das Stück, das für Nadia und ihn bestimmt war, während Borobá das Gesicht in den Händen barg und wimmerte. Wie konnten sie nur so grausam sein? Nadia bot ihm Bambussprossen an und wollte ihm erklären, dass sie das Fleisch so, wie die Dinge standen, nicht ablehnen konnten, aber Borobá kehrte ihr angewidert den Rücken zu und ließ sich nicht anfassen.

»Stell dir vor, eine Horde Affen würde vor unseren Augen einen Menschen fressen«, sagte Nadia.

»Er hat ja Recht, Aguila, es ist barbarisch, aber wir müssen essen, sonst können wir nicht weiter.«

Beyé-Dokou unterbrach ihre beklommene Mahlzeit und erklärte ihnen, wie sie vorgehen wollten. Sie würden sich am folgenden Tag vor Sonnenuntergang in Ngoubé einfinden, wenn Kosongo seinen Tribut an Elfenbein erwartete. Zweifellos würde er wütend sein, wenn sie mit leeren Händen kamen. Ein Teil der Gruppe sollte ihn mit Entschuldigungen und Versprechen hinhalten, während die anderen den Pferch der Frauen öffneten und die Waffen verteilten. Sie würden um ihr Leben kämpfen und ihre Kinder befreien.

»Das klingt zwar sehr mutig, aber es ist Selbstmord. Es würde ein Massaker geben, die Soldaten haben Gewehre«, sagte Nadia.

»Völlig veraltete«, wandte Alex ein.

»Schon, aber sie töten trotzdem aus der Entfernung. Man kann unmöglich mit Speeren gegen Schusswaffen kämpfen.«

»Wir müssten an die Munition herankommen.«

»Ausgeschlossen. Die Gewehre sind geladen, und die Soldaten haben Patronengürtel. Können wir nicht irgendwas tun, damit die Gewehre nicht funktionieren?«

»Damit kenne ich mich nicht aus, Aguila, aber Kate war als Berichterstatterin in mehreren Kriegen und hat monatelang bei einer Guerrillagruppe in Mittelamerika gelebt. Sie weiß bestimmt, wie man das macht. Wir müssen vor den Pygmäen in Ngoubé sein und alles vorbereiten.«

»Wie kommen wir hin, ohne dass die Soldaten uns sehen?«

»Wir gehen heute Nacht. Das Dorf der Ahnen liegt doch ganz nah an Ngoubé.«

»Warum willst du unbedingt in dieses verbotene Dorf, Jaguar?«

»Der Glaube versetzt bekanntlich Berge, oder? Wenn wir den Pygmäen weismachen können, dass ihre Ahnen sie beschützen, fühlen sie sich unbesiegbar. Und dass sie das Ipemba-Afua wiederhaben, gibt ihnen zusätzlich Mut.«

»Und wenn die Ahnen nicht helfen wollen?«

»Die Ahnen gibt es nicht, Aguila! Ihr Dorf ist bloß ein Friedhof. Wir verbringen dort in aller Ruhe ein paar Stunden und erzählen dann, die Ahnen hätten uns versprochen, dass sie beim Kampf gegen Mbembelé helfen. So denke ich mir das.«

»Das gefällt mir nicht. Aus einer Lüge kann nichts Gutes entstehen …«

»Wenn du willst, gehe ich allein.«

»Du weißt, dass wir uns nicht trennen dürfen. Ich komme mit«, entschied Nadia.

~

Noch war es hell, als sie die Lichtung mit den blutverkrusteten Voodoo-Figuren erreichten, die sie bereits kannten. Die Pygmäen würden nicht weitergehen, denn dahinter lagen die Gefilde der hungrigen Geister, sagte Beyé-Dokou.

»Haben Gespenster denn Hunger? Ich dachte, sie hätten keinen Magen«, sagte Alex.

Beyé-Dokou deutete auf die Abfallhaufen ringsum. Sie würden zu Füßen der Figuren Tiere opfern und

Früchte, Honig, Nüsse und Kalebassen mit Schnaps hier abstellen. Über Nacht verschwand fast alles, wurde verschlungen von den unersättlichen Geistern. Deshalb konnten die Jäger ruhig schlafen, denn wenn die Geister ernährt wurden, wie es ihnen gebührte, griffen sie nicht an. Alex wandte ein, die Opfergaben könnten auch von Ratten gefressen werden, aber die Jäger wiesen das gekränkt zurück. Die Greisinnen, die während der Bestattung die Toten zum Eingang des Dorfes trugen, könnten versichern, dass die Opfergaben bis dorthin geschleppt wurden. Auch hatten sie manchmal grausige Schreie gehört, so entsetzlich, dass einem das Haar auf dem Kopf in wenigen Stunden grau wurde.

»Nadia, Borobá und ich gehen hin, aber jemand muss hier auf uns warten und uns vor Tagesanbruch nach Ngoubé bringen«, sagte Alex.

Für die Pygmäen konnte das nur heißen, dass die beiden jungen Fremden den Verstand verloren hatten, aber da man ihnen die Idee offensichtlich nicht ausreden konnte, musste man sie wohl gewähren lassen. Beyé-Dokou zeigte ihnen einen schmalen Weg im Dickicht und verabschiedete sich sehr herzlich und betrübt, denn er war sicher, die beiden nicht wiederzusehen, auch wenn er ihnen aus Höflichkeit versprach, bis Sonnenaufgang bei den Figuren auf sie zu warten.

～

Sonderbar, dass in diesem alles verschlingenden Dschungel, in dem nur Elefanten eine sichtbare Spur hinterließen, ein Pfad zu diesem Friedhof führte. Das hieß doch, dass jemand diesen Weg häufig benutzte.

»Die Ahnen gehen hier entlang …«, flüsterte Nadia.

»Wenn es die gäbe, würden sie keine Spuren hinterlassen und keinen Weg brauchen, Aguila.«

»Woher willst du das wissen?«

»Das ist eine Frage der Logik.«

»Die Pygmäen und die Dorfbewohner kommen für nichts in der Welt hierher, und Mbembelés Soldaten haben noch mehr Angst vor Geistern und wagen sich gar nicht erst in den Wald. Erklär mir, wer diesen Pfad ausgetreten hat.«

»Keine Ahnung, aber wir finden es heraus.«

Etwa eine halbe Stunde folgten sie dem Pfad, der unvermittelt in eine Lichtung mündete. Vor ihnen erhob sich eine hohe und dicke Rundmauer aus Steinen, Baumstämmen, Stroh und Lehm. Schrumpfköpfe von Tieren hingen daran herab, außerdem Schädel und Knochen, Masken, geschnitzte Holzfiguren, Tongefäße und Amulette. Eine Tür war nirgends zu sehen, aber in einiger Höhe über dem Boden entdeckten sie ein rundes, etwa achtzig Zentimeter großes Loch.

»Bestimmt schieben die Frauen die Toten da durch. Auf der anderen Seite liegt sicher ein Berg von Knochen«, sagte Alex.

Nadia war zu klein und konnte nicht über den Rand

sehen, aber Alex stellte sich auf die Zehenspitzen und steckte den Kopf ein Stück in das Loch.

»Und?«, fragte Nadia hinter ihm.

»Ich sehe nichts, die Mauer ist zu dick. Schick Borobá hinüber.«

»Kommt nicht in Frage! Borobá geht nicht allein. Wir gehen zusammen oder keiner.«

»Warte hier«, sagte Alex.

»Ich will lieber mitkommen.«

Alexander überlegte kurz: Wenn er sich durch das Loch zwängte, würde er auf der anderen Seite mit dem Kopf voran landen. Er wusste nicht, was ihn dort erwartete. Besser, er nahm den Weg über die Mauer, im Klettern war er geübt, es wäre ein Kinderspiel. Die Mauer bot viele Vorsprünge und Löcher, in denen er Halt fand, und im Handumdrehen hockte er rittlings oben, während Nadia nervös von einem Bein auf das andere trat und Borobá sein Gesicht in ihren Haaren versteckte.

»Sieht aus wie ein verlassenes Dorf, bestimmt uralt, so etwas habe ich noch nie gesehen«, meldete Alex.

»Liegen Skelette herum?«

»Nein. Es sieht sauber und verlassen aus. Vielleicht schieben sie die Toten doch nicht durch das Loch ...«

Alex half Nadia auf die Mauer und auf der anderen Seite wieder hinunter. Borobá wollte erst nicht, aber als er Nadia verschwinden sah, flitzte er hinterher.

Auf den ersten Blick glich das Dorf der Ahnen einer

Ansammlung kleiner Backhäuser aus Lehm und Steinen, die perfekt symmetrisch, in zur Mitte hin kleiner werdenden Kreisen angeordnet waren. Jedes dieser kugeligen Häuschen hatte ein Eingangsloch, das mit Stoffstreifen oder faseriger Baumrinde verhangen war. Statuen, Puppen oder Amulette gab es hier keine. Es war, als stehe das Leben im Innern der hohen Mauer still. Der Dschungel, ja selbst die Hitze schienen draußen geblieben zu sein. Eine merkwürdige Stille lag über allem, kein Kreischen von Affen oder Vögeln war zu hören, weder das Rinnen der Regentropfen noch das Wispern des Windes in den Blättern. Vollkommene Stille.

»Das müssen die Gräber sein, dort legen sie ihre Toten ab. Lass uns nachsehen«, fasste Alex sich ein Herz.

Sie schoben die Vorhänge an mehreren der Rundhäuschen beiseite und spähten hinein: fein säuberlich gestapelte Menschenknochen, Pyramiden aus Menschenknochen. Sie sahen trocken und brüchig aus, als lägen sie dort seit Jahrhunderten. Einige der Häuschen waren bis zur Decke gefüllt damit, andere nur halb, und manche waren ganz leer.

»Wie grausig!« Alex überlief es kalt.

»Ich verstehe das nicht, Jaguar … Wenn niemand hierher kommt, wieso ist dann alles so geordnet und sauber?«

»Sehr rätselhaft.« Dazu fiel auch Alex keine Erklärung mehr ein.

ELFTES KAPITEL
## Begegnung mit den Geistern

*D*as Licht begann zu schwinden. Als sie Ngoubé vor zwei Tagen verlassen hatten, waren Alex und Nadia eingetaucht in das gedämpfte Zwielicht des Waldes und hatten den Himmel nur durch die wenigen Lücken zwischen den Baumkronen sehen können, hier jedoch wölbte er sich über der Lichtung des Friedhofs und färbte sich langsam dunkelblau. Sie suchten sich einen Platz zwischen zwei Grabhäusern, wo sie einige Stunden in Einsamkeit verbringen wollten.

In den drei Jahren, die Alexander und Nadia sich jetzt kannten, war ihre Freundschaft gewachsen wie ein Baum und zum Wichtigsten in ihrem Leben geworden. Was zu Beginn eine Art kindlicher Zuneigung gewesen war, hatte sich gewandelt, aber darüber sprachen sie nicht. Sie wussten nicht, wie sie ihr Empfinden füreinander in Worte fassen sollten, und fürchteten, bei dem Versuch könnte es zerspringen wie Glas. Wenn sie ihr Gefühl benannten, würden sie es festlegen, ihm Grenzen setzen, es einengen. Sprachen sie nicht darüber, blieb es frei und ungetrübt. Im Stillen hatte sich ihre Zuneigung vertieft, fast unbemerkt von ihnen.

Alex hatte in der letzten Zeit mehr denn je unter

dem Hormondurcheinander des Erwachsenwerdens gelitten, das die meisten Jungen in seinem Alter schon fast überstanden hatten. Sein Körper war ein Feind, der keine Ruhe gab. In der Schule war er schlechter geworden, er hatte die Musik aufgegeben, und selbst die Klettertouren mit seinem Vater, die ihm früher so wichtig gewesen waren, langweilten ihn. Manchmal hatte er Anfälle von schlechter Laune, er stritt sich mit seinen Schwestern und seinen Eltern, und wenn es ihm hinterher leidtat, wusste er nicht, wie er sich aussöhnen sollte. Er fühlte sich unbeholfen, wie verheddert in einem Netz widerstreitender Empfindungen. Von einer Minute auf die andere konnte jeder Überschwang in tiefe Schwermut umschlagen, und dieses Auf und Ab war so heftig, dass er sich bisweilen fragte, ob das Weiterleben lohnte. War er düster gestimmt, empfand er die Welt als eine Kette aus Katastrophen und hielt die meisten ihrer Bewohner für Vollidioten. Obwohl er Bücher darüber gelesen und sie das Thema in der Schule erschöpfend behandelt hatten, litt er unter dieser Lebensphase wie unter einer Krankheit, für die man sich schämen muss. »Keine Sorge, das geht vorbei«, sagte sein Vater manchmal, als hätte er sich erkältet. Aber er war jetzt bald achtzehn, und es war immer noch nicht besser geworden. Mit seinen Eltern konnte er kaum noch reden, sie machten ihn wahnsinnig, alles, was sie sagten, klang nach Mottenkiste. Sie liebten ihn, das wusste er und war ihnen auch dankbar dafür, aber sie verstanden ihn nicht. Wirklich mitteilen konnte er sich nur Nadia. In ihren Mails hatten sie eine eigene Sprache gefunden, und er schrieb ihr, was mit ihm los war, ohne sich dafür zu genieren, aber geredet hatten sie noch nie darüber. Sie nahm ihn, wie er war, bildete sich keine Meinung, gab keine Ratschläge, vielleicht auch, weil ihre Nöte andere waren. Aber sie las seine Mails, und er fühlte sich verstanden.

Alex waren seine Schwärmereien für Mädchen peinlich, aber er fühlte sich machtlos dagegen. Ein Wort, eine Geste, eine flüchtige Berührung, und sein Kopf war voller Bilder, das Herz tat ihm weh. Dann musste er sich austoben: Winters wie sommers ging er surfen. Wenn die eisigen Pazifikwellen über ihm zusammenschlugen oder er auf ihnen dahinflog, fühlte er sich unbeschwert und glücklich wie als Kind, aber das hielt nie lange vor. Die Reisen mit seiner Großmutter brachten ihn dagegen für Wochen auf andere Gedanken. Ihr gegenüber hatte er auch seine Stimmungen besser im Griff, und das ließ ihn hoffen. Vielleicht hatte sein Vater Recht, und dieser Irrsinn würde irgendwann vorbei sein.

~

Seit ihrem Wiedersehen in New York vor Beginn der Reise betrachtete Alex Nadia mit anderen Augen, auch wenn er sie völlig aus seinen romantischen und erotischen Fantasien ausklammerte. Sie gehörte dort nicht hinein, er sah sie eher wie seine Schwestern: Seine Zuneigung war selbstverständlich und auch etwas besitzergreifend. Er wollte sie beschützen vor allem, was sie verletzen konnte, und dachte grimmig an andere Jungs. Nadia war hübsch – fand er jedenfalls –, und über kurz oder lang würde ein Schwarm von Verehrern um sie herumscharwenzeln. Allein der Gedanke machte ihn krank, er würde sie alle verscheuchen. Es gefiel ihm, dass Nadia nicht mehr so mager war, wie sie sich bewegte, wie aufmerksam sie alles beobachtete. Er mochte ihre Farben, das dunkelblonde Haar, die gebräunte Haut, die mandelbraunen Augen, er hätte sie mit einer Palette nur aus Gelb- und Brauntönen malen können. Sie war anders als er, und das fand er schön: dass sie zerbrechlich wirkte und doch eine starke Persönlichkeit war, dass sie so aufmerksam zuhörte, dass sie wie eins war mit der Natur. Zurückhaltend war sie immer gewesen, aber nun schien sie ihm voller Geheimnisse. Er war froh, bei ihr zu sein, sie ab und an berühren zu können, aber aus der Entfernung fiel es ihm leichter, ihr etwas von sich zu erzählen. Ihre Nähe machte ihn unsicher, er wusste nicht, was er sagen sollte, und begann seine Worte zu wägen, manchmal fand er seine Hände sehr plump, seine Füße sehr groß, seinen Tonfall sehr bestimmend.

Hier in der Dunkelheit, umgeben von Gräbern auf einem alten Pygmäenfriedhof, fühlte er sich Nadia so nah, dass es fast schmerzte. Er hatte sie lieber als irgendwen sonst auf der Welt, lieber als seine Eltern und alle seine Freunde zusammen, er hatte Angst, sie zu verlieren.

»Wie geht's dir in New York? Wohnst du eigentlich gern bei Kate?«, sagte er, um etwas zu sagen.

»Sie verhätschelt mich, aber mein Vater fehlt mir.«

»Geh nicht zurück an den Amazonas, Aguila, das ist so weit weg, und die Briefe brauchen ewig.«

»Komm doch mit.«

»Ich komme mit, wohin du willst, aber erst muss ich Medizin studieren.«

»Kate sagt, du schreibst über unsere Abenteuer am Amazonas und im Reich des Goldenen Drachen. Schreibst du auch über die Pygmäen?«

»Das sind bloß Notizen. Ich will nicht Schriftsteller werden, sondern Arzt. Das dachte ich schon, als meine Mutter krank geworden ist, und als ich gesehen habe, wie Tensing deine Schulter mit seinen Akupunkturnadeln und Gebeten geheilt hat, war ich mir sicher. Die moderne Medizin mit ihren vielen Geräten ist nicht alles. Ich würde gerne ganzheitliche Medizin machen, so heißt das, glaube ich.«

»Weißt du noch, was Walimai gesagt hat? Dass du die Gabe des Heilens hast und sie nutzen sollst? Ich glaube, du wirst der beste Arzt der Welt.«

»Und was willst du machen?«

»Tiersprachen studieren.«

»Es gibt keine Uni, an der man Tiersprachen studieren kann.« Alex lachte.

»Dann muss ich eben eine gründen.«

»Stell dir vor, wenn wir zusammen reisen könnten, ich als Arzt und du als Sprachforscherin.«

»Das machen wir, wenn wir verheiratet sind.«

Der Satz blieb in der Luft hängen, sichtbar wie eine Fahne. Alex fühlte das Blut durch seinen Körper kribbeln und sein Herz gegen die Rippen hämmern. Er war so überrumpelt, dass er nichts antworten konnte. Warum hatte er daran nie gedacht? Er war fast schon aus Gewohnheit in Cecilia Burns verschossen, und mit der hatte er nichts gemeinsam. Das letzte Jahr hatte er sie hartnäckig verfolgt und wie ein Esel ihre Missachtung und ihre Launen über sich ergehen lassen. Sie behandelte ihn, als wäre er zwölf, und fühlte sich haushoch überlegen, dabei waren sie in derselben Klasse. Aber sie sah höllisch gut aus, und er hatte die Hoffnung aufgegeben, dass sie sich je für ihn interessieren könnte. Sie träumte davon, Schauspielerin zu werden, schmachtete Filmstars an und wollte nach Hollywood, sobald sie achtzehn war. Was Nadia da eben gesagt hatte, war wie eine Offenbarung.

»Ich bin so ein Idiot, Aguila!«

»Was soll das heißen? Dass wir nicht heiraten?«

»Ich …«

»Hör zu, Jaguar, wir wissen nicht, ob wir aus diesem Wald jemals lebend herauskommen. Also haben wir vielleicht nicht viel Zeit«, sagte sie ernst. »Lass uns mit dem Herzen reden.«

»Natürlich heiraten wir, Aguila! Was sonst?« Jetzt war es heraus, seine Ohren glühten.

»Gut, in ein paar Jahren«, sagte Nadia und zuckte die Achseln.

Eine lange Weile schwiegen die beiden. In Alexanders Gedanken und Gefühlen ging es drunter und drüber, er starb fast vor Angst bei der Vorstellung, dass er Nadia bei Tageslicht wieder in die Augen sehen musste, und hatte zugleich das brennende Verlangen, sie zu küssen. Aber das würde er sich nie und nimmer trauen … Die Stille wurde unerträglich.

»Hast du Angst, Jaguar?«, fragte Nadia nach einer Ewigkeit.

Alex antwortete nicht und dachte, dass sie seine Gedanken erraten hatte und diese neue Furcht meinte, an der sie schuld war und die ihn gerade vollkommen lähmte. Es braucht eine zweite Frage, bis er begriff, dass sie von etwas sprach, das sehr nahe bevorstand und greifbar war:

»Morgen geht es gegen Kosongo, Mbembelé und vielleicht auch gegen Sombe … Wie schaffen wir das?«

»Das sehen wir dann, Aguila. Kate würde sagen: Wer Angst vor der Angst hat, hat schon verloren.«

Er war erleichtert, dass sie das Thema gewechselt hatte, und nahm sich vor, nicht mehr darauf zurückzukommen, jedenfalls nicht, ehe er wieder sicher in

Kalifornien war, durch die ganzen Vereinigten Staaten von ihr getrennt. Über E-Mail würde es ihm leichter fallen, von seinen Gefühlen zu sprechen, und sie würde seine roten Ohren nicht sehen.

»Hoffentlich kommen uns der Adler und der Jaguar zu Hilfe«, sagte er.

»Diesmal werden wir mehr brauchen als das.«

Als wäre das ein Stichwort gewesen, spürten sie plötzlich wenige Schritte neben sich ein stummes Etwas. Alex packte sein Messer und knipste die Taschenlampe an. Ein grausiger Schemen tauchte vor ihnen im Lichtkegel auf.

»Wer da?«, rief Alex auf Englisch und sprang auf die Füße.

Starr vor Schreck erkannten sie eine hexenhafte, in Lumpen gehüllte Gestalt, dürr wie ein Gerippe mit einer wirren und mächtigen weißen Mähne. Ein Gespenst, durchzuckte es beide, auch wenn Alex den Gedanken sofort von sich wies.

Stille. Alex wiederholte seine Frage und leuchtete der Gestalt mit der Taschenlampe ins Gesicht.

»Sind Sie ein Geist?«, fragte Nadia in einer Mischung aus Französisch und Bantu.

Die Gestalt murmelte etwas Unverständliches und wich zurück, geblendet vom Licht.

»Das ist eine alte Frau!«, rief Nadia.

Da endlich verstanden sie klar und deutlich, was das vermeintliche Gespenst sagte: Nana-Asante.

»Nana-Asante? Die Königin von Ngoubé? Lebendig oder tot?«, fragte Nadia vorsichtig.

Schnell war jeder Zweifel zerstreut: Die Frau war aus Fleisch und Blut, sie war die frühere Königin, die verschwunden war und totgeglaubt, ermordet von Kosongo, als er den Thron an sich riss. Über Jahre hatte sie sich auf dem Friedhof verborgen und sich mit den Opfergaben der Jäger am Leben gehalten. Sie pflegte diesen Ort, sie bettete die Toten in die Grabhäuser, wenn sie durch das Loch in der Mauer geschoben wurden. Nadia übersetzte für Alex, was die alte Frau sagte, dass sie nicht allein sei, sondern in sehr guter Gesellschaft mit den Geistern lebte und hoffte, bald ganz bei ihnen zu sein, weil sie es müde war, in ihrem Körper zu wohnen. Früher sei sie eine Nganga gewesen, eine Heilerin, die in die Welt der Geister reiste, wenn sie in Trance fiel. Damals hatte sie die Geister gesehen und sich vor ihnen gefürchtet, ihre Angst jedoch verloren, seit sie auf dem Friedhof lebte. Jetzt waren sie Freunde.

»Die Ärmste, sie hat den Verstand verloren«, raunte Alex Nadia zu.

Aber Nana-Asante hatte den Verstand keineswegs verloren, vielmehr war sie durch diese Jahre in der Abgeschiedenheit außerordentlich hellsichtig geworden. Sie war über alles im Bilde, was in Ngoubé vorging, sie wusste von Kosongo und seinen zwanzig Ehefrauen, von Mbembelé und seinen zehn Soldaten der Bruderschaft des Leoparden, von Sombe und seinen Dämonen. Sie wusste, dass die Dorfbewohner es nicht wagten, den dreien die Stirn zu bieten, weil jedes Zeichen von Widerstand mit grausamen Qualen geahndet wurde. Sie wusste, dass die Pygmäen versklavt waren, dass Kosongo ihnen das heilige Amulett gestohlen hatte und Mbembelé ihre Kinder verkaufte, wenn sie ihm kein Elfenbein lieferten. Und sie wusste schon seit Tagen, dass Ausländer auf der Suche nach den Missionaren nach Ngoubé gekommen waren, dass die beiden Jüngsten aus der Gruppe aus dem Dorf geflohen waren und kommen würden, um sie zu besuchen. Sie hatte Alex und Nadia erwartet.

»Wie hat sie das wissen können!« Alex sah Nadia fassungslos an, und sie übersetzte seine Frage.

»Die Ahnen haben es mir gesagt. Sie wissen viel. Sie sind nicht nur nachts unterwegs, wie alle glauben, sondern durchstreifen auch am Tag mit anderen Geistern der Natur die Welt der Lebenden und der Toten. Sie wissen, dass ihr sie um Hilfe bitten wollt«, antwortete Nana-Asante.

»Werden sie ihren Nachfahren beistehen?«

»Das weiß ich nicht. Ihr müsst selbst mit ihnen reden«, entschied die Königin.

Über den Saum der Lichtung schob sich gelb und strahlend ein großer voller Mond. Während er schien, geschah etwas Magisches auf dem Friedhof, etwas, das Alexander und Nadia für immer in Erinnerung bleiben sollte.

~

Als wäre der Friedhof vom Flutlicht eines Stadions erhellt, konnten Alex und Nadia plötzlich alles sehr klar erkennen. Zum ersten Mal, seit sie afrikanischen Boden betreten hatten, froren sie. Bibbernd vor Kälte und Furcht rückten sie nahe zusammen. Sie hörten ein anschwellendes Summen wie von Bienen, und unter ihren staunenden Blicken füllte sich der Friedhof mit durchsichtigen Schemen. Sie waren umringt von Geistern, von gestaltlosen Wesen, die zwar vage an Menschen erinnerten, sich aber unablässig wandelten, verwehten wie Schwaden aus Rauch. Sie waren nicht nackt und auch nicht bekleidet, sie hatten keine Farbe, und doch leuchteten sie.

Das alles durchdringende, melodische Bienengesumm schwang Nadia und Alex in den Ohren, und sie verstanden, dass es eine Sprache ohne Worte war, die Bilder in ihrem Kopf entstehen ließ. Nichts mussten sie den Geistern erklären, nichts ihnen berichten, um nichts mit Worten bitten. Diese luftgleichen Geschöpfe wussten, was geschehen war und was geschehen würde, denn in ihrer Sphäre gab es die Zeit nicht. Dort wandelten die Seelen der Verstorbenen und derer, die noch nicht geboren waren, Seelen, die für unbestimmte Dauer Geister bleiben, und andere, die bald schon greifbare Gestalt auf der Erde oder einem anderen Planeten annehmen würden, hier oder an einem anderen Ort.

Die Geister ließen Nadia und Alex wissen, dass sie nur selten in die Geschicke der fassbaren Welt eingriffen, auch wenn sie zuweilen Tieren durch Vorahnungen halfen und die Menschen durch Fantasie, durch Träume, schöpferische Anregung und spirituelle oder mystische Erkenntnisse unterstützten. Weil aber die meisten Menschen ohne Verbindung zu ihnen lebten, übersahen sie die Zeichen, Zufälle, Hinweise und kleinen Wunder des Alltags, in denen sich das Übernatürliche ausdrückt. Entgegen der landläufigen Meinung waren die Geister nicht für Krankheit, Unglück oder Tod verantwortlich, das Leid war die Folge der Schlechtigkeit und Unwissenheit der Lebenden. Auch zerstörten sie nicht diejenigen, die in ihre Gefilde vordrangen oder sie erzürnten, denn sie besaßen keine Gefilde und empfanden niemals Zorn. Opfergaben, Geschenke und Gebete erreichten sie nicht und dienten einzig dazu, den Menschen ihre Ängste zu nehmen.

Es ließ sich nicht ermessen, wie lange das stumme Zwiegespräch mit den Geistern währte. Kaum merklich wandelte sich das Licht, und alles öffnete sich einer höheren Sphäre. Die Mauer, über die Alex und Nadia geklettert waren, um auf den Friedhof zu gelangen, verschwand, und sie fanden sich mitten im Wald, der jedoch nicht derselbe schien wie zuvor. Nichts war wie zuvor, alles war durchdrungen von einer strahlenden Kraft. Die Bäume formten nicht länger eine dichte grüne Masse, jeder war etwas Einzelnes, besaß einen Namen, eine Erinnerung. Die höchsten, aus deren Samen neues Leben gesprossen war, erzählten ihre Geschichte. Alte Urwaldriesen erklärten ihren Wunsch, bald zu sterben und die Erde zu nähren, junge Schößlinge streckten ihre zarten Triebe und klammerten sich an das Leben. Ohne Unterlass wisperte die Natur in einem sanften Gespräch aller mit allen.

Unzählige Tiere umringten Nadia und Alex, viele hatten sie nie zuvor gesehen: Da waren seltsame Okapis mit langen Hälsen wie kleine Giraffen, da waren Moschushirsche und Zibetkatzen, Mungos, Flughörnchen, goldgelbe Wildkatzen und Antilopen mit einer Zeichnung wie Zebras, geschuppte Ameisenbären und eine Vielzahl von Affen, die im magischen Licht dieser Nacht hoch oben in den Bäumen wie Kinder miteinander tuschelten. Leoparden, Krokodile, Nashörner und andere gefährliche Tiere zogen einträchtig an ihnen vorbei. Der Wald hallte wider vom Gesang der Vögel, die mit ihrem strahlenden Gefieder die Nacht belebten. Tausende Insekten gaukelten in der Brise: schillernde Schmetterlinge, leuchtende Käfer, lärmende Grillen, zarte Glühwürmchen. Am Boden wimmelte es von Reptilien: von Schlangen, Schildkröten und

Riesenechsen, den Nachfahren der Dinosaurier, die aus Augen mit drei Lidern zu Alex und Nadia hinauflinsten.

Sie waren mitten im Wald der Geister, umgeben von Tausenden und Abertausenden von Pflanzen- und Tierseelen. Erneut war es, als öffnete sich etwas in ihrem Innern, und Alex und Nadia konnten die Verbindungen wahrnehmen, die zwischen allen Geschöpfen bestanden, alles Sein schien durch Ströme von Energie miteinander verknüpft zu einem kunstvollen Netz, das zart war wie Seide und doch unverbrüchlich. Sie verstanden, dass nichts für sich allein besteht, dass alles, sei es ein Gedanke oder ein Wirbelsturm, Einfluss nimmt auf alles andere. Sie spürten, wie die Erde atmete und pulste, ein großes Lebewesen, das in seinem Schoß alle Pflanzen und Tiere wiegte, die Berge, die Flüsse, den Wind über den Ebenen, die Lava der Vulkane, den ewigen Schnee auf den höchsten Gipfeln. Und dieser mütterliche Planet ist Teil eines größeren lebendigen Zusammenhangs, ist verbunden mit jedem Himmelskörper am unendlichen Firmament.

Wie auf einem wundersamen Gemälde, auf dem alles zugleich geschieht, sahen Alex und Nadia das unausweichliche Kommen und Gehen von Leben und Tod, sahen Wandel und Wiederkehr ohne Vergangenheit, Gegenwart oder Zukunft, jetzt, seit jeher und für immer.

Und schließlich, auf der letzten Etappe dieser fantastischen Reise, erkannten sie, dass jede der ungezählten Seelen und alles, was es gibt im Universum, Teil eines einzigen Geistes ist, wie Wassertropfen, die Teil eines einzigen Ozeans sind. Ein Geist atmet in allem Sein. Es gibt keine Trennung zwischen den Lebewesen, keine Grenze zwischen Leben und Tod.

~

Nicht einen Augenblick empfanden Nadia und Alexander Furcht auf dieser unglaublichen Reise. War ihnen zunächst, als schwebten sie in tiefer Ruhe durch die wattige Welt eines Traums, so wich diese Ruhe auf dem Weg durch die neue Weite der Wahrnehmung und Fantasie einer wachsenden Begeisterung, einem grenzenlosen Glück, einem Gefühl großer Stärke und Kraft.

Der Mond zog seine Bahn am Himmel, und der Wald verschwand. Für eine Weile flirrte das Licht der Geister noch um sie her, während das Summen verstummte und die Kühle nachließ. Alex und Nadia rieben sich die Augen und sahen sich um: Da waren die Gräber, da war Borobá, um Nadias Hüfte geringelt. Sie wollten den Zauber noch ein wenig festhalten, saßen reglos und sprachen nicht. Schließlich sahen sie sich verwirrt an, als zweifelten sie an dem, was gerade geschehen war, aber da trat Königin Nana-Asante aus dem Dunkel, und sie wussten, es war nicht nur ein Traum gewesen.

Die Königin strahlte in einer Aureole aus Licht. Nichts erinnerte mehr an die bedauernswerte, ausgemergelte Greisin, die in Lumpen gehüllt zwischen Gräbern hauste. Was Alex und Nadia sahen, war eine machtvolle Erscheinung, eine Kämpferin, eine alte Göttin des Waldes. Nana-Asante war durch diese Jahre der Meditation und Einsamkeit bei den Toten weise geworden. Sie hatte ihr Herz von Hass und Gier befreit, nichts konnte sie verlocken, nichts beunruhigen, nichts ängstigen. Sie war mutig, denn sie klammerte sich nicht an das Leben, sie war stark, denn sie war erfüllt von Mitgefühl, sie war gerecht, denn sie spürte die Wahrheit, sie war unbesiegbar, denn eine Heerschar von Geistern stand ihr bei.

»Die Menschen in Ngoubé leiden. Als Ihr Königin ward, lebten Dorfbewohner und Pygmäen in Frieden, und sie erinnern sich daran. Kommt mit uns, Nana-Asante, helft uns«, bat Nadia.

»Gehen wir«, sagte die Königin, ohne zu zögern, als habe sie sich lange Jahre auf diesen Moment vorbereitet.

ZWÖLFTES KAPITEL
## Herrschaft des Schreckens

Während der beiden Tage, die Nadia und Alexander im Wald zubrachten, spitzte sich die Lage im Dorf Ngoubé bedrohlich zu. Kate, Angie, Joel und Bruder Fernando sahen Kosongo nicht wieder und mussten sich mit Mbembelé verständigen, der ohne Zweifel erheblich kaltblütiger war als der König. Als er hörte, zwei seiner Gefangenen seien verschwunden, kümmerte sich der Kommandant ausschließlich darum, die beiden Wachen für ihre Nachlässigkeit zu bestrafen. Was aus den Verschwundenen würde, war ihm einerlei, er unternahm nicht nur selbst keine Anstrengung, sie zu finden, sondern verweigerte Kate jede Hilfe mit den Worten:

»Sie sind tot, ich werde meine Zeit nicht mit ihnen vergeuden. Niemand überlebt eine Nacht im Wald, außer den Pygmäen, und das sind keine Menschen.«

»Dann geben Sie mir ein paar Pygmäen, die mir bei der Suche helfen«, bat Kate.

Da Mbembelé aus Gewohnheit nicht auf Fragen, geschweige denn auf Bitten antwortete, wagte schon lange niemand mehr, so mit ihm zu sprechen. Über das unverfrorene Auftreten dieser alten Ausländerin war er zunächst eher verwirrt als erbost, er konnte nicht glauben, was er da hörte. Er schwieg und betrachtete Kate durch seine fiese verspiegelte Sonnenbrille, während ihm Schweißperlen über den kahl geschorenen Schädel und die nackten, von den rituellen Narben gezeichneten Arme liefen. Sie waren in seinem »Büro«, wohin er die Reporterin hatte bringen lassen.

Mbembelés »Büro« war ein Kerker, in dem ein rostfleckiger Schreibtisch aus Metall und zwei Stühle standen. Kate spürte die Panik in sich aufsteigen, als sie die Eisenstangen, Zangen und Stricke auf dem Tisch und dunkle Flecken wie von Blut an den gekalkten Lehmwänden sah. Zweifellos hatte der Kommandant sie einschüchtern wollen, indem er sie hierher bestellte, und das war ihm gelungen, aber Kate würde sich nichts anmerken lassen. Ihr einziger Schutz waren ihr amerikanischer Pass und ihr Presseausweis, aber falls Mbembelé klar wurde, wie viel Angst sie hatte, würden auch die ihr nichts nützen.

Anders als Kosongo schien der Kommandant die Geschichte von dem angeblichen Interview mit dem König nicht geschluckt zu haben. Bestimmt ahnte er, dass sie in Wahrheit etwas über das Schicksal der verschwundenen Missionare herausfinden wollten. Sie waren diesem Mann ausgeliefert, aber er würde sich nicht zu unüberlegten Gewalttaten hinreißen lassen, immerhin kamen sie aus dem Ausland, versuchte Kate sich Mut zu machen. Es war eine Sache, die armen Teufel zu tyrannisieren, die er hier in Ngoubé unter der Knute hatte, und eine ganz andere, Ausländern, noch dazu Weißen, etwas anzutun. Nachforschungen seitens der Behörden konnte Mbembelé sich nicht leisten. Er würde seine unliebsamen Besucher möglichst schnell loswerden wollen und wusste, dass sie ohne Alexander und Nadia nicht gehen würden. Dadurch wurde alles schwieriger. Wenn sie zu lange blieben und zu viel in Erfahrung brachten, würde er sie umbringen müssen. Sie mussten sehr vorsichtig sein, denn die eleganteste Lösung für den Kommandanten wäre es, wenn seine Gäste bei einem gut vorbereiteten Unfall ums Leben kamen. Nicht im Traum hätte Kate daran gedacht, dass zumindest eine Person aus ihrer Gruppe in Ngoubé mit Wohlwollen gesehen wurde.

»Wie heißt die andere Frau?«, brach Mbembelé schließlich sein langes Schweigen.

»Angie, Angie Ninderera. Sie hat uns mit dem Flugzeug hergebracht, aber ...«

»Seine Majestät König Kosongo ist gewillt, sie unter seine Frauen aufzunehmen.«

Kate spürte, wie ihr die Knie weich wurden. Was am Abend zuvor ein Scherz gewesen war, jetzt war es bitterer – und möglicherweise gefährlicher – Ernst. Was würde Angie zu Kosongos Gunstbezeigung sagen? Sie konnte bloß hoffen, dass Alexander sein Versprechen hielt, er und Nadia mussten schleunigst zurückkommen. Auch bei den zwei vorangegangenen Reisen hatte sie wegen der beiden schlimme Ängste ausgestanden, und doch waren sie damals wohlbehalten wieder aufgetaucht. Sie musste Vertrauen zu ihnen haben. Wenn sie erst wieder alle beisammen wären, würden sie darüber nachdenken, wie sie zurück in die Zivilisation gelangen konnten. Vielleicht ließe sich durch das unerwartete Interesse des Königs an Angie wenigstens ein bisschen Zeit gewinnen.

»Möchten Sie, dass ich Angie die Bitte des Königs überbringe?«, fragte Kate, als sie die Sprache wiedergefunden hatte.

»Es ist keine Bitte, sondern ein Befehl. Sprechen Sie mit ihr. Ich sehe sie morgen auf dem Turnier. Bis dahin dürfen Sie sich im Dorf frei bewegen, aber Sie halten sich von den Wohngebäuden des Königs, den Pferchen und dem Brunnen fern, dass das klar ist.«

Der Kommandant gab dem Soldat an der Tür einen Wink, und der nahm Kate unverzüglich am Arm und führte sie hinaus. Für einen Augenblick war sie geblendet vom Sonnenlicht.

～

Kate traf die anderen in der Schlafhütte und übermittelte Angie den Antrag des Königs, den diese, wie zu erwarten, recht übel aufnahm.

»Kosongo kriegt mich nie in seine Herde, niemals!«

»Natürlich nicht, Angie, aber du könntest ein paar Tage lang nett zu ihm sein und …«

»Nicht eine Minute! Also, wenn es nicht Kosongo wäre, sondern der Kommandant …«

»Mbembelé ist ein Tier!«, unterbrach Kate Angies Träumereien.

»Das war ein Witz, Kate. Ich will weder zu Kosongo nett sein noch zu Mbembelé, noch zu sonst jemandem. Ich will nichts weiter, als mein Flugzeug flottmachen und so schnell wie möglich dahin abhauen, wo diese Verbrecher nicht hinkommen.«

»Wenn Sie, wie Frau Cold vorschlägt, den König ablenken, gewinnen wir Zeit«, gab Bruder Fernando zu bedenken.

»Und wie soll ich das anstellen? Sehen Sie mich an! Meine Kleider sind verdreckt und durchgeweicht, ich habe meinen Lippenstift verloren, meine Frisur ist eine einzige Katastrophe: Ich sehe aus wie ein Stachelschwein!« Angie griff sich in die schlammverschmierten Haare, die nach allen Seiten abstanden.

»Die Leute hier im Dorf haben Angst«, wechselte der Missionar das Thema. »Niemand will auf meine Fragen antworten, aber ich habe zwei und zwei zusammengezählt. Ich weiß, meine Brüder waren hier und sind vor etlichen Monaten verschwunden. Sie können nirgends hingegangen sein. Wahrscheinlich sind sie Märtyrer.«

»Sie meinen, man hat die beiden umgebracht?«, fragte Kate leise.

»Ja. Ich glaube, sie haben ihr Leben gelassen für

Christus. Ich bete, dass sie nicht zu sehr leiden mussten …«

»Es tut mir so leid«, sagte Angie, die plötzlich sehr ernst war und Tränen in den Augen hatte. »Entschuldigen Sie, dass ich so eitel und ruppig gewesen bin. Sie können sich auf mich verlassen, ich werde alles tun, um Ihnen zu helfen. Ich halte Kosongo mit dem Tanz der Sieben Schleier hin, wenn Sie das wünschen.«

»Das erwarte ich gar nicht, Frau Ninderera«, sagte der Missionar traurig.

»Nennen Sie mich doch Angie.«

Der Rest des Tages verging mit dem bangen Warten auf Nadia und Alexander, mit dem Versuch, im Dorf etwas in Erfahrung zu bringen, mit dem Nachdenken darüber, wie sie fliehen konnten. Mehrere Soldaten hatten die beiden Wachen abgeführt, die in der Nacht zuvor unaufmerksam gewesen waren, und sie waren nicht ersetzt worden, so dass Kate, Angie, Joel und Bruder Fernando sich nun nach Belieben bewegen konnten. Sie fanden heraus, dass die Soldaten der Bruderschaft des Leoparden zu zehnt waren, dass sie aus der regulären Armee desertiert und mit dem Kommandanten nach Ngoubé gekommen waren und als Einzige Zugang zu den Schusswaffen hatten, die in der Kaserne aufbewahrt wurden. Die übrigen Wachleute waren Jugendliche aus dem Dorf, die mit Gewalt in diesen Dienst gepresst worden waren. Sie waren schlecht bewaffnet, hauptsächlich mit Macheten und

Messern, und gehorchten weniger aus Loyalität als aus Angst. Auf Geheiß von Mbembelés Soldaten mussten sie den Rest der Dorfbevölkerung niederhalten, also ihre eigenen Familien und Freunde. Es gab kein Entrinnen, wer sich widersetzte oder zu desertieren versuchte, wurde ohne langes Federlesen hingerichtet.

Die Frauen von Ngoubé, die früher ihr eigenes Leben geführt und sich an den Entscheidungen im Dorf beteiligt hatten, waren aller Rechte beraubt, mussten auf Kosongos Plantagen schuften und die Männer des Dorfes bedienen. Die hübschesten Mädchen waren für Kosongos Harem bestimmt. Kinder wurden von Kommandant Mbembelé dazu benutzt, ihre eigenen Familien auszuhorchen. Wenn jemand des Verrats bezichtigt wurde, brauchte es keine Beweise für ein Todesurteil. Zu Beginn der Herrschaft von Mbembelé und Kosongo waren viele Menschen ermordet worden, aber die Bevölkerung in der Gegend war nicht zahlreich, und als die beiden Gefahr liefen, Herrscher ohne Untertanen zu werden, mäßigten sie ihren Eifer.

Ihre Macht stützte sich auch auf Sombe, den Zauberer, den sie riefen, wann immer sie seiner bedurften. Die Menschen in der Gegend waren an Heiler oder Zauberer gewöhnt, die für eine Verbindung zur Welt der Geister sorgten, Krankheiten heilten, Unheil bannten und schützende Amulette herstellten. Man glaubte, dass der Tod eines Menschen normalerweise auf Magie zurückzuführen sei. Wenn jemand starb, brauchte man daher einen Zauberer, der herausfinden musste, wer diesen Tod verursacht hatte, den Fluch aufhob und den Schuldigen bestrafte oder dazu zwang, die Familie des Verstorbenen zu entschädigen. Darauf gründete die Macht der Zauberer. Wie vielerorts in Afrika, so hatte es auch in Ngoubé von jeher Zauberer gegeben, die mal mehr, mal weniger Achtung genossen, aber keiner war wie Sombe.

Man wusste nicht, wo dieser kaltherzige Zauberer lebte. Wie ein Dämon nahm er im Dorf Gestalt an, verschwand nach Erfüllen eines Auftrags spurlos, und dann sah man ihn wochen- oder monatelang nicht wieder. Er verbreitete solche Furcht, dass selbst Kosongo und Mbembelé ihm aus dem Weg gingen und sich in ihren Wohnhütten einschlossen, wenn er ins Dorf kam. Entsetzlich war seine Erscheinung. Er war riesig – großgewachsen wie Kommandant Mbembelé –, und wenn er in Trance fiel, erlangte er übermenschliche Kräfte und konnte Baumstämme anheben, die sechs Männer nicht zu bewegen vermochten. Er hatte einen Leopardenkopf, und um seinen Hals hing eine Kette aus Fingern, von denen es hieß, er habe sie seinen Opfern mit der Klinge seines Blicks abgetrennt, so wie er auch vor aller Augen Hähne köpfte, ohne sie anzufassen.

»Diesen Sombe würde ich zu gern kennen lernen«, sagte Kate, als die Freunde wieder zusammenkamen, um einander zu berichten, was sie herausgefunden hatten.

»Und ich würde zu gern seine Tricks fotografieren«, sagte Joel.

»Es sind vielleicht keine Tricks. Voodoo-Zauberer können sehr gefährlich sein.« Angie schauderte.

～

Während der zweiten nicht enden wollenden Nacht in der Schlafhütte ließen sie trotz des Gestanks nach verbranntem Harz und des schwarzen Qualms die Fackeln brennen, um die Kakerlaken und Ratten wenigstens sehen zu können. Kate tat stundenlang kein Auge zu, lauschte in die Stille und hoffte, Nadia und Alexander würden zurückkommen. Als ihr das Atmen drinnen schließlich unerträglich wurde, stand sie auf und trat vor die Hütte. Angie kam hinterher, und Schulter an Schulter setzten die massige Afrikanerin und die schmächtige Amerikanerin sich auf die Erde.

»Was würde ich geben für eine Zigarre«, flüsterte Angie.

»Hier kannst du deine Sucht loswerden, ich habe es auch geschafft. Man bekommt Lungenkrebs davon. Magst du einen Schluck Wodka?«

»Ist Alkohol etwa keine Sucht?« Angie lachte.

»Willst du behaupten, dass ich Alkoholikerin bin? Wag dich! Ich trinke hin und wieder ein Schlückchen, wenn mich die alten Knochen schmerzen, weiter nichts.«

»Wir müssen von hier weg, Kate.«

»Nicht ohne Alexander und Nadia.«

»Wie lange willst du warten? Die Boote kommen übermorgen.«

»Bis dahin sind die beiden zurück.«

»Und wenn nicht?«

»Dann fahrt ihr, ich bleibe.«

»Ich lasse dich hier nicht allein, Kate.«

»Du fährst mit den anderen und holst Hilfe. Du musst den International Geographic informieren und die amerikanische Botschaft. Niemand weiß, wo wir sind.«

»Wir können bloß hoffen, dass Michael einen meiner Funksprüche aufgefangen hat, aber darauf würde ich nicht setzen.«

Lange schwiegen die beiden. Trotz allem war diese Nacht im Licht des Mondes schön. Um diese Stunde brannten im Dorf kaum noch Fackeln, einzig die königlichen Wohngebäude und die Kaserne lagen in hellem Schein. Vom Wald wehte ein ununterbrochenes Raunen zu ihnen her, und es roch würzig nach feuchter Erde. Wenige Schritte weiter gab es eine fremde Welt voller Geschöpfe, die nie das Licht der Sonne sahen und nun aus dem Dunkel zu ihnen herspähten.

»Weißt du, was der Brunnen ist, Angie?«, brach Kate schließlich das Schweigen.

»Den die Missionare in ihren Briefen erwähnt haben?«

»Es ist nicht das, was wir dachten. Es ist kein Brunnen zum Wasserholen.«

»Nein? Was ist es dann?«

»Dort werden die Hinrichtungen vollstreckt.«

»Wie meinst du das!«

»So wie ich es sage, Angie. Er liegt hinter den Gebäuden des Königs und ist von einer Palisade umgeben. Niemand darf sich ihm nähern.«

»Ein Friedhof?«

»Nein. Es ist eine Art Wasserloch oder Tümpel mit Krokodilen …«

Angie fuhr hoch, rang nach Luft, hatte das Gefühl, eine Dampflok schnaufe in ihrer Brust. Kates Worte bestätigten all die schlimmen Vorahnungen, die sie nicht losgelassen hatten, seit ihr Flugzeug auf dem Strand zu Bruch gegangen war und sie in dieser menschenfeindlichen Gegend in der Falle saßen. Stunde um Stunde, Tag für Tag nagte der Gedanke an ihr, dass sie unwiderruflich ihrem Ende entgegenging. Sie hatte immer geglaubt, sie werde jung bei einem Flugzeugabsturz sterben, bis Má Bangesé, die Seherin, ihr die Krokodile weissagte. Erst hatte sie die Prophezeiung nicht weiter wichtig genommen, aber nachdem sie diesen Tieren mehrmals nur um Haaresbreite entronnen war, hatte sich die Vorstellung in ihrem Kopf eingenistet, und sie war wie besessen davon. Kate erriet, was ihre Freundin dachte:

»Sei nicht so abergläubisch, Angie. Dass Kosongo

sich Krokodile hält, heißt nicht, dass du ihr Abendessen wirst.«

»Das ist mein Schicksal, ich kann nicht davor weglaufen.«

»Wir kommen lebend hier raus, Angie, das verspreche ich dir.«

»Das kannst du nicht versprechen, Kate, weil du es nicht halten kannst. Was weißt du noch darüber?«

»In den Brunnen werfen sie alle, die sich Kosongo oder Mbembelé widersetzen. Die Pygmäinnen haben es mir gesagt. Ihre Männer müssen jagen, um die Krokodile mit Fleisch zu versorgen. Diese Frauen wissen alles, was im Dorf vorgeht. Sie sind Sklavinnen der Bantus, müssen die schwerste Arbeit tun und gehen in den Hütten ein und aus. Sie hören, was geredet wird, beobachten. Sie werden nur nachts eingesperrt, tagsüber dürfen sie sich frei bewegen. Keiner achtet auf sie, weil alle denken, dass sie nicht wie Menschen sind.«

»Glaubst du, man hat die Missionare auf die Art umgebracht, und deshalb gibt es keine Spur von ihnen?«, fragte Angie leise.

»Ja, aber ich bin mir nicht sicher, deshalb habe ich es Bruder Fernando noch nicht gesagt. Morgen will ich die Wahrheit herausfinden und wenn möglich einen Blick in diesen Brunnen werfen. Wir müssen ihn fotografieren, er ist wichtig für die Reportage, die ich schreiben werde«, sagte Kate fest.

Am nächsten Morgen sprach Kate noch einmal bei Kommandant Mbembelé vor und teilte ihm mit, dass Angie Ninderera sich sehr geschmeichelt fühle vom Antrag des Königs und gern bereit sei, es sich zu überlegen, allerdings brauche sie einige Tage Bedenkzeit, denn sie habe ihre Hand einem sehr mächtigen Zauberer in Botswana versprochen, und es sei ja allgemein bekannt, wie gefährlich es war, einen Zauberer zu hintergehen, selbst wenn der weit weg war.

»Wenn das so ist, hat Kosongo kein Interesse an der Frau«, sagte der Kommandant.

Kate ruderte unverzüglich zurück. Sie hatte nicht erwartet, dass Mbembelé diese Bedenken derart ernst nehmen würde.

»Sollten Sie nicht erst Seine Majestät fragen?«

»Nein.«

»Eigentlich hat Angie Ninderera dem Zauberer nicht ihr Wort gegeben, ich meine, sie hat sich nicht offiziell mit ihm verlobt, verstehen Sie? Ich habe gehört, hier in der Gegend lebt Sombe, und es heißt, er sei der mächtigste Zauberer Afrikas, vielleicht könnte er den Zauber dieses anderen Anwärters bannen ...«

»Vielleicht.«

»Wann kommt der berühmte Sombe denn nach Ngoubé?«

»Du stellst viele Fragen, alte Frau, du bist lästig wie die Mopani«, und dabei fuchtelte er mit der Hand, als wollte er eine Biene verscheuchen. »Ich spreche mit

König Kosongo. Wir werden sehen, wie die Frau frei-
zubekommen ist.«

»Da ist noch etwas, Herr Kommandant«, sagte Kate,
schon in der Tür.

»Was jetzt noch?«

»Die Gemächer, die uns zugewiesen wurden, sind
sehr angenehm, aber etwas verschmutzt vom Kot der
Ratten und Fledermäuse ...«

»Und?«

»Angie Ninderera ist sehr empfindlich, der Gestank
macht sie krank. Könnten wir eine Sklavin bekommen, die putzt und für uns kocht? Nur wenn es keine
Umstände macht.«

»In Ordnung.«

Die Frau, die ihnen geschickt wurde, war nur mit einem Bastrock bekleidet und sah aus wie ein Kind. Sie
maß kaum einen Meter vierzig, war sehr dünn, aber
kräftig. In atemberaubendem Tempo fegte sie mit ihrem Reisigbesen durch die Hütte. Je mehr Staub sie
aufwirbelte, desto ärger wurden der Gestank und der
Dreck. Kate unterbrach sie, denn in Wirklichkeit hatte
sie die Frau wegen etwas anderem in der Hütte haben
wollen: Sie brauchte eine Verbündete. Zunächst schien
die Pygmäin Kates Bemühen um Verständigung und
ihre Zeichensprache nicht zu begreifen und sah
stumpf drein wie ein Schaf, aber als Kate Beyé-Dokou
erwähnte, hellten ihre Züge sich auf. Kate begriff, dass
die Dummheit nur gespielt war und als Schutz diente.

Durch Gesten und einige Wörter auf Bantu und Französisch erklärte sie Kate, dass sie Jena hieß und Beyé-Dokous Frau war. Sie hatten zwei Kinder, die sie aber nur selten sah, denn sie waren in einem Pferch eingeschlossen, zur Zeit noch gemeinsam mit zwei alten Frauen, die sich gut um sie kümmerten. Aber am nächsten Abend mussten Beyé-Dokou und die anderen Jäger mit dem Elfenbein kommen, sonst würde sie ihre Kinder niemals wiedersehen, sagte Jena unter Tränen. Kate wusste nicht, was sie der weinenden Frau sagen sollte, aber Angie und Bruder Fernando redeten tröstend auf sie ein, Kosongo werde es nicht wagen, ihre Kinder zu verkaufen, wenn ausländische Journalisten als Zeugen im Dorf seien. Doch Jena schüttelte nur traurig den Kopf und meinte, nichts und niemand könne Kosongo abhalten.

~

Das unheilvolle Tamtam der Trommeln erfüllte die Nacht, erschreckte die Tiere im nahen Wald und Kate und ihre Gefährten, die in ihrer Schlafhütte angespannt lauschten, das Herz schwer von bösen Vorahnungen.

»Was hat das zu bedeuten?«, fragte Joel bang.

»Ich weiß nicht, aber sicher nichts Gutes«, antwortete Bruder Fernando.

»Ich habe es satt, mich fortwährend zu fürchten!«

Angie ballte die Fäuste. »Seit Tagen habe ich Schmerzen in der Brust, ich kann kaum noch atmen vor Angst! Ich will hier weg!«

»Lasst uns beten, Freunde!«

Der Missionar hatte das kaum ausgesprochen, als ein Soldat in der Tür auftauchte, der, nur an Angie gewandt, sagte, es finde ein Turnier statt, und Kommandant Mbembelé wünsche ihre Anwesenheit.

»Ich gehe nur, wenn die anderen mitkommen«, sagte Angie.

»Wie Sie möchten«, entgegnete der Bote.

»Warum werden die Trommeln geschlagen?«

»Ezenji«, kam die knappe Antwort.

»Der Tanz des Todes?«

Der Mann antwortete nicht, drehte sich um und ging. Kate, Bruder Fernando, Angie und Joel steckten die Köpfe zusammen. Joel war davon überzeugt, dass ihr eigener Tod gemeint war: Sie würden die Hauptfiguren in diesem Schauspiel sein. Kate fiel ihm ins Wort:

»Du machst mich nervös, Joel. Die werden uns schon nicht umbringen. Sie können sich keinen internationalen Skandal leisten.«

»Wer würde es mitkriegen, Kate?«, sagte Joel aufgebracht. »Wir sind diesen Wahnsinnigen ausgeliefert. Was kümmert die der Rest der Welt? Die machen doch, was sie wollen.«

Die ganze Bevölkerung des Dorfes hatte sich auf

dem Platz eingefunden. Jemand hatte mit Kalk ein Quadrat von der Größe eines Boxrings auf dem Boden markiert, rings herum steckten Fackeln. Unter dem Baum der Wörter saß der Kommandant auf einem Stuhl, dahinter standen seine »Offiziere«, die Soldaten der Bruderschaft des Leoparden. Mbembelé trug wieder seine Armeehose und Militärstiefeln und hatte trotz der Dunkelheit die Sonnenbrille nicht abgenommen. Einer der Soldaten kam Angie entgegen und führte sie zu einem Stuhl wenige Schritte neben dem Kommandanten; Kate, Joel und den Missionar behandelte er wie Luft. König Kosongo war nicht anwesend, aber seine Frauen drängten sich wie am ersten Abend hinter dem Baum, wieder beaufsichtigt von dem fiesen Alten mit dem Bambusrohr.

Neben den zehn Soldaten der Bruderschaft des Leoparden mit ihren Gewehren war auch das »militärische Fußvolk« vollzählig anwesend: die Wachleute mit ihren Macheten, Messern und Knüppeln. Diese Männer waren sehr jung und sahen genauso eingeschüchtert aus wie die übrigen Dorfbewohner. Kate und ihre Gefährten sollten bald erfahren, warum.

Die drei Männer mit den Uniformjacken und ohne Hosen, die am ersten Abend Stöcke aufeinander geschlagen hatten, standen nun an den Trommeln. Ihre Schläge klangen eintönig, düster, bedrohlich, kein Vergleich zur Musik der Pygmäen. Lange dröhnte das Tamtam, bis der Mond sein Licht zu dem der Fackeln gesellte. Unterdessen wurden Plastikkanister und Kalebassen mit Palmwein gebracht, die von Hand zu Hand die Runde machten. Diesmal wurde er auch den Frauen und Kindern angeboten. Der Kommandant bediente sich aus einer Flasche amerikanischen Whiskeys, den ihm die Schmuggler beschafft haben mussten. Er trank ein paar Schlucke und hielt die Flasche dann Angie hin, die dankend ablehnte, denn sie wollte sich mit dem Mann nicht gemein machen. Als er ihr jedoch eine Zigarette anbot, konnte sie nicht widerstehen: Sie hatte seit einer Ewigkeit nicht geraucht.

Auf einen Wink von Mbembelé spielten die Musiker einen Trommelwirbel, und die Vorstellung war eröffnet. Vom gegenüberliegenden Ende des Platzes wurden die beiden Wachen gebracht, vor deren Nase Alexander und Nadia entwischt waren. Sie wurden in den Ring gestoßen und fielen mit gesenkten Köpfen auf die Knie, am ganzen Leib zitternd. Die beiden waren sehr jung, etwa so alt wie Alexander, dachte Kate, siebzehn oder achtzehn. Eine Frau, vielleicht die Mutter von einem, schrie und wollte sich in den Ring stürzen, aber sofort waren andere Frauen bei ihr, die sie zurückhielten, sie umarmten und zu trösten versuchten.

Mbembelé erhob sich und stand breitbeinig da, die Hände in die Hüften gestemmt, den Unterkiefer vorgeschoben. Der Schweiß perlte auf seinem rasierten Schädel und dem nackten, muskelbepackten Oberkörper. Er bellte ein paar Sätze, die Kate nicht verstand, ließ sich wieder auf die Stuhlkante sinken, lehnte sich zurück und verschränkte die Arme vor der Brust. Einer seiner Soldaten drückte jedem der beiden Jungen im Ring ein Messer in die Hand.

Kate und ihre Freunde hatten die Regeln des Spiels rasch begriffen. Die beiden Wachen waren zu einem Kampf auf Leben und Tod verurteilt, und ihre Kameraden, ihre Familien und Freunde waren dazu verurteilt, sich diese grausige Bestrafung anzusehen. Ezenji, einst ein heiliger Tanz, mit dem die Pygmäen vor der Jagd den großen Geist des Waldes beschworen, war in Ngoubé zu einem Turnier des Todes verkommen.

~

Der Kampf währte nur kurz. Erst sah es aus, als tanzten die beiden verurteilten Jungen umeinander herum, während sie, das Messer in der Faust, auf einen Fehler des anderen warteten, um einen Stoß zu platzieren. Mbembelé und seine Soldaten feuerten die beiden mit Schreien und Pfiffen an, aber die Stille der übrigen Zuschauer hatte etwas Drohendes. Den Kameraden der beiden Kämpfenden war ihr Grauen anzusehen, sie wussten, jeder von ihnen konnte der Nächste sein. Ohnmächtig und voller Zorn nahm die Bevölkerung Ngoubés Abschied von den beiden Jungen. Wären sie nicht berauscht gewesen vom Palmwein und wäre die Angst vor Mbembelé nicht gewesen, es hätte einen Aufstand gegeben. Zwischen den Familien des Dorfes bestanden unzählige verwandtschaftliche Bande, alle kannten die beiden Kämpfenden von klein auf.

Als sie schließlich angriffen, blitzten die Klingen einen Augenblick im Schein der Fackeln, dann fuhren sie auf die Körper herab. Gleichzeitig zerrissen zwei Schreie die Nacht, die beiden Jungen stürzten zu Boden, der eine krümmte sich, der andere kauerte auf allen vieren, das Messer noch immer in der Faust. Es war, als stockte der Mond am Himmel, während die Menschen von Ngoubé den Atem anhielten. Der Junge am Boden wand sich und zuckte wieder und wieder, dann lag er reglos. Da warf der andere das Messer weg, drückte die Stirn gegen die Erde, schlang die Arme über den Kopf und schluchzte.

Mbembelé stand auf, trat betont langsam in den Ring und drehte den Liegenden mit der Spitze seines Stiefels um, dann zog er seine Pistole aus dem Gürtel und zielte auf den Kopf des anderen Jungen. Im selben Augenblick stürzte Angie vor und fiel ihm mit solcher Wucht in den Arm, dass ihm nicht die Zeit blieb zu reagieren. Die Kugel schlug knapp neben dem Kopf des Jungen im Schlamm ein. Ein entsetztes Raunen ging durch die Menge: Es war bei Todesstrafe verboten, den Kommandanten anzufassen. Niemand hatte je gewagt, ihm auf solche Art entgegenzutreten. Mbembelé selbst war so fassungslos, dass er einen Moment brauchte, bis er wieder zu sich kam, aber da stand Angie schon zwischen seiner Pistole und dem

Jungen und sagte, ohne mit der Wimper zu zucken:

»Sagen Sie König Kosongo, ich bin bereit, seine Frau zu werden, und möchte das Leben dieser beiden Jungen zum Hochzeitsgeschenk.«

Mbembelé und Angie starrten einander an, nahmen Maß wie zwei Boxer vor dem Kampf. Der Kommandant war einen halben Kopf größer als sie und weit stärker, außerdem hatte er die Pistole, aber Angies Selbstvertrauen brachte man so leicht nicht ins Wanken. Sie wusste, sie war schön, sie war klug und unwiderstehlich, und wenn sie es wirklich darauf anlegte, bekam sie, was sie wollte. Sie stützte beide Hände gegen die nackte Brust des Kommandanten – berührte ihn ein zweites Mal – und schob ihn sanft aus dem Ring. Dann schenkte sie ihm ein Lächeln, das noch den derbsten Rabauken entwaffnet hätte.

»Kommen Sie, Herr Kommandant, jetzt nehme ich gern etwas von Ihrem Whiskey«, sagte sie heiter, als hätten sie nicht ein Duell auf Leben und Tod, sondern eine Zirkusvorstellung gesehen.

Bruder Fernando, Kate und Joel waren näher getreten und hoben die beiden Jungen vom Boden auf. Der eine war blutüberströmt, konnte sich aber schwankend auf den Beinen halten, der andere war bewusstlos. Sie fassten die beiden unter und schleiften sie unter den entgeisterten Blicken der Bevölkerung von Ngoubé, der Wachleute und der Soldaten der Bruderschaft des Leoparden zu ihrer Schlafhütte.

### DREIZEHNTES KAPITEL
## David und Goliath

Zusammen mit Königin Nana-Asante folgten Nadia und Alexander dem schmalen Pfad durch den Wald, der vom Dorf der Ahnen zu den Figuren führte, an denen Beyé-Dokou wartete. Noch ging die Sonne nicht auf, und der Mond war verschwunden. Es war die schwärzeste Stunde der Nacht, aber Alexander hatte seine Taschenlampe angeschaltet, und Nana-Asante hätte den Weg mit geschlossenen Augen gefunden, so viele Male war sie ihn gegangen, um von dem Essen zu nehmen, das die Pygmäen ihren Ahnen darbrachten.

Was sie in der Welt der Geister erlebt hatten, wirkte in Alex und Nadia nach. Für einige Stunden hatte es keine Grenze gegeben zwischen ihnen und allem Sein um sie her. Jetzt fühlten sie sich durch eine neue Gewissheit gestärkt und selbstsicher. Sie konnten alles von einer höheren Warte aus betrachten und die Vielfalt erkennen. Alle Furcht war verschwunden, selbst die Furcht vor dem Tod, denn sie wussten, was auch immer geschah, sie würden nicht von Dunkelheit verschlungen. Nie würden sie getrennt sein, denn sie waren Teil eines einzigen Geistes.

Es war schwer zu begreifen, dass auch Menschen wie

Mauro Carías am Amazonas, der Spezialist im Verbotenen Reich und Kosongo in Ngoubé eine Seele besaßen wie sie. War es denn einerlei, ob jemand ein Schuft war oder ein Held, ein Heiliger oder ein Verbrecher? Ob jemand Gutes tat oder verantwortlich war für Zerstörung und Leid? Sie wussten keine Antwort auf dieses Rätsel, aber vielleicht trugen alle Geschöpfe mit ihren Erfahrungen zur Mannigfaltigkeit der Welt bei, sei es durch das Leid, das die Bosheit verursacht, sei es durch das Licht, das einem das Mitgefühl schenkt.

Doch fürs Erste würden all diese Fragen warten müssen, denn sie hatten eine Aufgabe vor sich. Es gab kein Zurück: Sie mussten helfen, die Sklaverei der Pygmäen zu beenden und Kosongo zu stürzen. Dazu mussten die Dorfbewohner aufgerüttelt werden, die zu Handlangern der Tyrannei geworden waren, weil sie nichts dagegen unternahmen. In manchen Situationen durfte man sich nicht heraushalten. Aber wie diese Unternehmung ausging, würde nicht von ihnen abhängen, dachten Alex und Nadia. Die eigentlichen Hauptfiguren und Helden dieser Geschichte waren die Pygmäen, und das nahm ihnen eine Zentnerlast von den Schultern.

Beyé-Dokou war eingeschlafen und hörte sie nicht kommen. Nadia berührte ihn sanft an der Schulter. Seine Augen weiteten sich vor Schreck, und aus seinem Gesicht wich die Farbe, als er Nana-Asante im Licht der Taschenlampe gewahrte, denn er dachte, er sehe ein Gespenst, aber die Königin lachte und strich ihm übers Haar zum Beweis, dass sie lebendig war wie er. Dann erzählte sie ihm, wie sie sich all die Jahre aus Furcht vor Kosongo auf dem Friedhof verborgen hatte. Nun sei sie es müde, darauf zu warten, dass die Dinge von allein wieder ins Lot kamen. Die Zeit war reif, nach Ngoubé zurückzukehren. Sie mussten dem unrechtmäßigen König die Stirn bieten und die Menschen von der Unterdrückung befreien.

»Nadia und ich gehen nach Ngoubé und bereiten alles vor«, sagte Alex. »Wir sorgen für Unterstützung. Wenn die Leute hören, dass Nana-Asante lebt, fassen sie sich bestimmt ein Herz und wagen den Aufstand.«

»Wir kommen am Abend«, sagte Beyé-Dokou. »Dann erwartet uns Kosongo mit dem Elfenbein.«

Sie vereinbarten, dass Nana-Asante sich erst in Ngoubé zeigen sollte, wenn sie sich der Unterstützung der Dorfbewohner sicher waren, weil Kosongo sie andernfalls ungestraft ermorden würde. Die Königin war ihr einziger Trumpf in diesem gefährlichen Spiel. Besser, sie hoben ihn sich bis zum Ende auf. Wenn es ihnen gelang, Kosongos angeblich göttliche Fähigkeiten als Lüge zu entlarven, würden die Menschen im Dorf vielleicht ihre Angst verlieren und sich gegen ihn erheben. Natürlich blieben dann noch Mbembelé und seine Soldaten, aber Alex und Nadia hatten sich überlegt, wie sie vorgehen wollten, und Nana-Asante und Beyé-Dokou waren einverstanden. Alex gab der Königin seine Armbanduhr, denn Beyé-Dokou wusste nichts damit anzufangen, und sie vereinbarten eine Uhrzeit und besprachen die Einzelheiten ihres Plans.

Damit waren sie beschäftigt, als die anderen Jäger aus dem Wald auftauchten. Sie hatten einen großen Teil der Nacht getanzt und damit Ezenji und andere Götter der Tier- und Pflanzenwelt um Beistand gebeten. Als sie die Königin sahen, reagierten sie viel kopfloser als Beyé-Dokou. Wie dieser hielten auch sie die Frau zunächst für ein Gespenst, und sie stoben zu Tode erschrocken davon, gefolgt von Beyé-Dokou, der ihnen schreiend begreiflich zu machen versuchte, dass sie kein Spuk war. Schließlich konnte er die Flüchtenden einen nach dem anderen zur Umkehr bewegen. Zögernd näherten sie sich der Frau und berührten sie mit zitternden Fingern. Als sie sich so davon überzeugt hatten, dass sie am Leben war, begrüßten sie Nana-Asante voller Hoffnung und Ehrerbietung.

~

Die Idee, König Kosongo mit Michael Mushahas Betäubungsmittel außer Gefecht zu setzen, war Nadia am Tag zuvor gekommen, als sie beobachtete, wie einer der Jäger mit einem ähnlichen Blasrohr, wie es die Indianer am Amazonas benutzten, einen Affen erlegte. Bestimmt konnte man statt eines Pfeils das Betäubungsmittel nehmen. Nur wusste Nadia nicht, welche

Wirkung es auf Menschen hatte. Wenn es ein Nashorn binnen Minuten in Tiefschlaf versetzte, konnte es einen Menschen womöglich umbringen, aber einem Koloss wie Kosongo würde es wahrscheinlich keinen großen Schaden zufügen. Allerdings war der dicke Umhang des Königs ein fast unüberwindliches Hindernis. Ein Narkosegewehr schaffte es durch die ledrige Haut eines Elefanten, aber mit dem Blasrohr würde man den König an einer bloßen Stelle treffen müssen.

Als Nadia den Jägern erklärte, worum es ging, waren die sich sofort einig, wer von ihnen am kräftigsten schoss und am besten traf. Dem Mann, auf den sie zeigten, war anzusehen, wie geschmeichelt er sich fühlte. Er warf sich in die Brust und strahlte, wenn auch nicht lange, denn die anderen lachten ihn aus und machten sich über ihn lustig, wie sie das immer taten, wenn sich einer für etwas Besseres hielt. Nachdem sie ihn so wieder auf den Boden der Tatsachen zurückgeholt hatten, reichte ihm Alex die Ampulle mit dem Betäubungsmittel. Wortlos steckte der beschämte Jäger sie in den Beutel, den er um die Hüfte trug.

»Der König wird ein paar Stunden schlafen wie ein Toter. Dadurch haben wir Zeit, die Dorfbevölkerung von unserer Sache zu überzeugen, und dann kommt Nana-Asante«, schlug Nadia vor.

»Und der Kommandant? Und die Soldaten?« Die Jäger sahen sie fragend an.

»Ich fordere Mbembelé zum Kampf«, sagte Alexander.

Er wusste nicht, warum er das sagte und wie er dieses waghalsige Unterfangen in die Tat umsetzen sollte, es war ihm herausgerutscht, ehe er darüber nachdenken konnte. Aber kaum hatte er es ausgesprochen, nahm die Idee Gestalt an, und er wusste, eine andere Lösung würde es kaum geben. Genau wie sie Kosongos angeblich göttliche Fähigkeiten als Mumpitz entlarven mussten, damit die Leute ihre Angst vor ihm verloren, die letztlich die dürftige Grundlage seiner Macht war, musste man Mbembelé mit seinen eigenen Waffen schlagen, das heißt, mit roher Gewalt.

»Du kannst nicht gewinnen, Jaguar, du bist nicht wie er, du kannst keiner Fliege etwas tun. Außerdem ist er bewaffnet, und du hast noch nie ernsthaft einen Schuss abgegeben«, widersprach ihm Nadia.

»Es wird ein Kampf nur mit Messern oder Speeren.«

»Du spinnst!«

Aber Alex zeigte den Jägern den dunklen Stein, den er um den Hals trug, und erklärte ihnen mit Nadias Hilfe, dieses Amulett besitze große Macht. Es stamme von einem geheimnisvollen Tier, das auf den höchsten Bergen der Erde gelebt hatte, bevor es Menschen gab. Es würde ihn vor Klingen schützen. Die Jäger sollten aus zehn Schritt Entfernung ihre Speere nach ihm schleudern, dann würden sie es sehen.

Die Angesprochenen legten einander die Arme über

die Schulter, steckten die Köpfe zusammen wie Footballspieler, redeten hastig aufeinander ein und lachten. Hin und wieder warf einer Alex einen mitleidigen Blick zu. Schließlich verlor Alex die Geduld, schob sich zwischen sie und forderte sie auf, es auszuprobieren.

Noch immer tuschelnd und wenig überzeugt, stellten sich die Männer in einer Reihe unter den Bäumen auf. Alex maß zehn Schritte ab, was in dem überwucherten Gelände gar nicht so einfach war, stellte sich mit den Händen in den Hüften breitbeinig hin und rief ihnen zu, sie sollten anfangen. Einer nach dem anderen warfen die Pygmäen ihre Speere. Alex zuckte kaum mit der Wimper, als die metallenen Spitzen haarscharf an ihm vorbeisausten. Ungläubig sammelten die Jäger ihre Speere wieder ein und versuchten es noch einmal. Jetzt schleuderten sie die Speere mit mehr Überzeugung und größerer Wucht, doch wieder trafen sie nicht.

»Probiert es mit Buschmessern«, sagte Alex.

Die beiden einzigen Jäger, die ein Buschmesser besaßen, stürzten sich brüllend auf ihn, aber Alex wich den Hieben mühelos aus, und die Klingen bohrten sich in den Waldboden.

»Du bist ein sehr mächtiger Zauberer«, sagte Beyé-Dokou bewundernd.

»Nein, aber mein Amulett ist ähnlich wertvoll wie das Ipemba-Afua.«

»Das heißt, jeder, der es trägt, kann das?«

»Genau.«

Wieder steckten die Pygmäen die Köpfe zusammen und redeten eine Weile aufgeregt miteinander, bis sie eine Entscheidung getroffen hatten:

»Einer von uns wird gegen Mbembelé kämpfen.«

»Wieso? Ich kann das übernehmen«, sagte Alex.

»Du bist nicht so stark wie wir. Du bist groß, aber du kannst nicht jagen und wirst müde, wenn du läufst. Jede unserer Frauen wäre besser geeignet«, übersetzte Nadia das, was einer der Jäger sagte.

»Ach, besten Dank auch ...«

»Er hat Recht«, sagte Nadia und unterdrückte ein Lächeln.

»Der Tuma kämpft gegen Mbembelé.«

Alle zeigten mit dem Finger auf Beyé-Dokou, den besten Jäger, der artig die Augen niederschlug, auch wenn leicht zu erraten war, dass er sich geehrt fühlte. Er ließ sich ein wenig bitten und nahm dann das Drachenamulett entgegen, streifte es über den Kopf und stellte sich vor seine Gefährten hin. Die Szene war die gleiche wie zuvor bei Alex, und so waren die Jäger schließlich überzeugt, dass dieser schwarze Stein wie ein undurchdringliches Schutzschild wirkte. Alex betrachtete sich Beyé-Dokou, diesen Mann von der Größe eines Kindes, und versuchte ihn sich im Kampf gegen Mbembelé vorzustellen, von dem die Pygmäen gesagt hatten, er sei ein Koloss wie Kosongo.

»Wie David gegen Goliath«, sagte er.

Die Pygmäen sahen ihn fragend an, und zusammen mit Nadia erzählte er ihnen die Geschichte:

»Vor langer Zeit weit weg von diesen Wäldern lagen zwei Stämme im Krieg miteinander. Die einen hatten einen gefürchteten Kämpfer, der Goliath hieß. Er war ein Riese, groß wie ein Baum und stark wie ein Elefant, und er trug ein Schwert, so schwer wie zehn Buschmesser. Alle hatten schreckliche Angst vor ihm. David, ein Junge aus dem anderen Stamm, forderte ihn zum Kampf heraus. Er war mit einer Schleuder und einem Stein bewaffnet. Die beiden Stämme trafen sich, um den Kampf zu sehen. David schleuderte den Stein und traf Goliath genau auf die Stirn. Der Riese stürzte, David nahm ihm das Schwert ab und tötete ihn.«

Die Zuhörer fanden die Geschichte wohl irgendwie witzig, jedenfalls lachten sie, sahen aber nicht, was das mit ihnen zu tun hatte, bis Alex sagte, Goliath sei Mbembelé und David Beyé-Dokou. Die Pygmäen bedauerten, keine Schleuder zu haben, allerdings war sich Nadia nicht sicher, ob sie wussten, was das war. Sie hielten das wohl für eine wundersame Waffe. Schließlich brach die Gruppe auf, um Nadia und Alex bis an den Rand des Dorfes zu begleiten. Zum Abschied gaben die Jäger den beiden kräftige Klapse auf die Arme und waren gleich darauf im Wald verschwunden.

Alexander und Nadia erreichten die ersten Hütten des Dorfes, als eben der Morgen graute. Nur ein paar Hunde nahmen Notiz von ihnen. Die Bewohner Ngoubés schliefen, und die ehemalige Missionsstation war ohne Wachen. Vorsichtig lugten sie durch die Türöffnung, denn sie wollten ihre Freunde nicht erschrecken, aber da stürzte ihnen Kate schon entgegen, die sehr wenig und sehr schlecht geschlafen hatte. Kate fühlte sich unendlich erleichtert und hatte zugleich größte Lust, ihrem Enkel eine anständige Tracht Prügel zu verpassen. Aber ihre Kräfte reichten nur, ihn am Ohr zu nehmen, ihn zu schütteln und dabei zu schimpfen wie ein Rohrspatz:

»Wo habt ihr gesteckt, ihr verfluchten Rotzbengel?!«

»Ich habe dich auch lieb, Oma«, lachte Alex und drückte sie fest an sich.

»Diesmal ist es mir ernst, Alexander. Ich nehme dich nie mehr mit. Und wir, mein Fräulein«, sagte sie an Nadia gewandt, »wir sprechen uns noch!«

»Kate, lass uns ein andermal rührselig werden, es gibt viel zu tun«, fiel Alex ihr ins Wort.

Mittlerweile waren die anderen aufgewacht und bestürmten Alex und Nadia mit Fragen. Kate wurde es leid, vor sich hin zu schimpfen, ohne dass jemand zuhörte, und so bot sie den beiden lieber etwas zu essen an. Sie zeigte auf den Berg aus Ananas, Mangos und Bananen, die Schalen voller in Palmöl gebratenem Huhn, den Maniokpudding und das Gemüse, alles Geschenke, die ihnen gemacht worden waren und über die Alex und Nadia nun dankbar herfielen, denn sie hatten in den letzten Tagen kaum gegessen.

»Habe ich nicht gesagt, sie kommen wieder? Gepriesen sei Gott!«, rief Bruder Fernando freudestrahlend und wandte sich den von Angie geretteten Wachen zu.

Sie hatten den beiden jungen Männern in einer Ecke der Hütte ein Lager bereitet. Der eine, der Adrien hieß, war von dem Messer in den Magen getroffen worden und rang mit dem Tod. Der andere hieß Nzé und hatte eine Wunde am Brustkorb, aber Bruder Fernando hatte in Ruanda viele Verletzungen gesehen und meinte, es sei kein lebenswichtiges Organ betroffen, und er werde durchkommen, sofern die Wunde sich nicht entzündete. Er hatte viel Blut verloren, aber er war jung und kräftig. Der Missionar hatte Nzé und Adrien, so gut er konnte, verarztet und gab ihnen Antibiotika aus Angies Erste-Hilfe-Kasten.

»Ein Glück, dass ihr wieder da seid. Wir müssen hier weg, ehe Kosongo mich zur Frau haben will«, sagte Angie.

»Die Pygmäen helfen uns hier raus, aber zuerst müssen wir ihnen helfen«, sagte Alex. »Gegen Abend kommen die Jäger. Wir wollen Kosongo als Hochstapler entlarven und danach Mbembelé zum Kampf fordern.«

»Weiter nichts? Und darf man erfahren, wie ihr das anstellen wollt?«, spottete Kate.

Alexander und Nadia erklärten ihre Strategie, die unter anderem vorsah, die Dorfbewohner zum Aufstand zu bewegen, indem man ihnen sagte, dass Königin Nana-Asante am Leben war. Außerdem mussten die Sklavinnen befreit werden, damit sie gemeinsam mit ihren Männern kämpfen konnten.

»Weiß einer von euch, wie wir die Gewehre der Soldaten unschädlich machen können?«, wollte Alex wissen.

»Man müsste die Mechanik verklemmen …« Kate sah sich suchend um.

Ihr Blick fiel auf die Tonne mit dem Harz für die Fackeln, eine zähe und klebrige Masse, die in jeder Hütte des Dorfes vorrätig war. Zu der Kaserne hatten nur die Pygmäinnen Zutritt, die dort putzten, für die Soldaten Wasser holten und kochten. Nadia erbot sich, Jena das Vorhaben zu erklären, denn sie hatte bei ihrem Besuch im Pferch ja bereits Bekanntschaft mit ihr gemacht. Kate kramte Angies Flinte aus einer der Taschen und zeigte Nadia, wo das Harz hineingedrückt werden sollte.

Unterdessen hatte Bruder Fernando mit Nzé geredet und sagte, der Junge sei bereit, ihnen zu helfen. Seine Mutter, Adriens Mutter und andere Verwandte hatten am Abend zuvor die Früchte, das gebratene Huhn, den Palmwein und sogar Tabak in die Hütte gebracht als Geschenke für Angie, die im Dorf schon wie eine Heldin verehrt wurde, weil sie die Einzige war, die sich je dem Kommandanten entgegengestellt hatte. Sie hatte ihm nicht nur widersprochen, sondern ihn sogar angefasst. Sie wussten nicht, wie sie ihr dafür danken sollten, dass sie die beiden Jungen vor dem sicheren Tod durch die Hand Mbembelés bewahrt hatte.

Adrien würde möglicherweise den Tag nicht überleben, aber Nzé war bei Bewusstsein, wenngleich sehr geschwächt. Das grausige Turnier hatte ihn von der lähmenden Angst befreit, in der er seit Jahren gelebt hatte. Er fühlte sich wie von den Toten auferstanden: Das Schicksal hatte ihm für einige Tage das Leben geschenkt. Zu verlieren hatte er nichts, denn wie er enden würde, war sicher. Sobald die Fremden das Dorf verließen, würde Mbembelé ihn den Krokodilen vorwerfen. Dass er dem Tod ins Auge sah, gab ihm den Mut, den er nie gehabt hatte. Und aus dem Mut wurde fast Kühnheit, als er hörte, Königin Nana-Asante werde zurückkehren und von Kosongo den Thron zurückfordern. Ja, er würde den Fremden helfen, die Bewohner Ngoubés zum Aufstand zu bewegen, aber sie mussten versprechen, dass sie ihm und Adrien ein schnelles Ende bereiteten, falls der Plan fehlschlug. Mbembelé sollte sie nicht lebend bekommen.

~

Am Vormittag sprach Kate beim Kommandanten vor und teilte ihm mit, dass Nadia und Alexander wie durch ein Wunder dem Tod im Wald entronnen und zurück im Dorf waren. Daher wollten sie und der Rest ihrer Gruppe bereits am nächsten Tag abreisen, wenn die Kanus sie an der vereinbarten Stelle erwarteten. Sie fügte hinzu, sie sei sehr enttäuscht darüber, dass sie nun wohl doch kein Interview mit Seiner Exzellenz König Kosongo würde führen können.

Der Kommandant schien erleichtert, dass die lästigen Ausländer verschwinden wollten, und erbot sich, ihnen zu helfen, sofern Angie ihr Versprechen hielt und in Kosongos Harem eintrat. Das hatte Kate befürchtet und sich eine Geschichte zurechtgelegt. Sie fragte, wo der König sei, sie habe ihn seit Tagen nicht gesehen. Er sei doch nicht krank, oder? Hatte ihn etwa der Zauberer, der Angie Ninderera heiraten wollte, aus der Ferne verflucht? Alle Welt wusste ja, dass die Verlobte oder Ehefrau eines Zauberers nicht angetastet werden durfte, und in diesem Fall handelte es sich noch dazu um einen außergewöhnlich rachsüchtigen Zauberer. Einmal hatte ein einflussreicher Politiker Angie den Hof gemacht, und das hatte ihn seinen Posten in der Regierung, seine Gesundheit und all sein Hab und Gut gekostet. In seiner Verzweiflung hatte der Mann ein paar Killer angeheuert, die den Zauberer hätten umbringen sollen, was sie jedoch nicht konnten, weil die Macheten in ihren Händen geschmolzen waren wie Butter in der Sonne.

Vielleicht war Mbembelé von dem Märchen beeindruckt, aber seine Miene ließ sich wegen der Sonnenbrille nicht entschlüsseln.

»Heute Abend gibt König Kosongo ein Fest zu Ehren der Frau und des Elfenbeins, das ihm die Pygmäen bringen«, sagte er.

»Verzeihen Sie, Herr Kommandant … Ist der Handel mit Elfenbein nicht verboten?«

»Das Elfenbein gehört wie alles hier dem König, ist das klar, alte Frau?«

»Verstehe, Herr Kommandant.«

~

Nadia, Alexander, Joel und Bruder Fernando trafen unterdessen letzte Vorbereitungen für den Abend. Angie hätte sich gerne daran beteiligt, wurde aber von vier jungen Frauen des Königs in der Hütte abgeholt und zum Fluss gebracht, wo sie unter Aufsicht des Alten mit dem Bambusrohr ein ausgiebiges Bad nehmen sollte. Als der Alte sich anschickte, der zukünftigen Gattin seines Gebieters einige vorsorgliche Hiebe zu verabreichen, holte Angie aus und streckte ihn mit einem Kinnhaken nieder. Dann bückte sie sich zu ihm hinunter in den Schlamm, nahm ihm das Bambusrohr ab, zersplitterte es über ihrem kräftigen Knie und warf ihm die Einzelteile ins Gesicht mit den Worten, wenn er noch einmal die Hand gegen sie erhebe, werde sie ihn unverzüglich zu seinen Ahnen schicken. Die vier Mädchen bekamen einen Lachanfall. Ihr Prusten wurde zu bewunderndem Raunen, als sie Angies Muskeln befühlten: Mit dem Eintritt dieser stattlichen Dame in den Harem würde ihr Leben womöglich eine angenehme Wendung nehmen. Vielleicht hatte Kosongo endlich einen ebenbürtigen Gegner gefunden.

Etwa zur gleichen Zeit zeigte Nadia Jena, wie sie die Gewehre mit dem Harz unschädlich machen konnte. Kaum hatte die Frau verstanden, worum es ging, trippelte sie, ohne weiter Fragen zu stellen oder sich irgendwie zu äußern, auf die Kaserne zu. Sie war so klein und unbedeutend, so leise und zurückhaltend, dass niemandem das wilde Blitzen der Rache in ihren dunklen Augen bemerkte.

~

Bruder Fernando erfuhr durch Nzé vom Schicksal der verschollenen Missionare. Obwohl er es bereits geahnt hatte, traf es ihn schwer, als er seine Befürchtungen bestätigt sah. Die Missionare waren nach Ngoubé gekommen, um ihren Glauben zu verbreiten, und nichts hatte sie aufhalten können, Drohungen nicht, das höllische Klima nicht und auch nicht die Einsamkeit, zu der sie verdammt waren. Kosongo hatte sie von allen fern zu halten versucht, dennoch hatten sie mit der Zeit das Vertrauen einiger Menschen in Ngoubé gewonnen, wodurch sie schließlich den Zorn des Königs und Mbembelés auf sich zogen. Als sie offen gegen die

Ungerechtigkeit aufbegehrten, unter der die Dorfbevölkerung zu leiden hatte, und sich für die versklavten
Pygmäen einsetzten, ließ der Kommandant ihre Habseligkeiten in ein Kanu laden und schickte die beiden
flussabwärts, aber eine Woche später waren sie ent-
schlossener denn je wieder da. Wenige Tage später verschwanden sie. Offiziell hieß es, sie seien nie in Ngoubé gewesen. Die Soldaten verbrannten ihre spärlichen
Besitztümer, und es war verboten, ihre Namen zu
erwähnen. Dennoch war es für niemanden im Dorf
ein Geheimnis, dass die beiden Missionare umgebracht worden waren und man ihre Leichen in den
Brunnen der Krokodile geworfen hatte. Nichts war
übrig geblieben von ihnen.

»Sie sind Märtyrer, wahre Heilige, sie sollen nie vergessen werden«, sagte Bruder Fernando und wischte
sich die Tränen von den eingefallenen Wangen.

Gegen drei Uhr nachmittags kam Angie zurück. Sie
war kaum wiederzuerkennen. Ihre Frisur war ein
Turm aus Zöpfen mit Perlen aus Glas und Gold, der
das Dach der Hütte streifte, ihre Haut schimmerte
vom Öl, sie trug eine weite Tunika in knalligen Farben, von den Handgelenken bis zu den Ellbogen verschwanden ihre Arme unter unzähligen goldenen Reifen, und ihre Füße steckten in Sandalen aus Schlan-
genleder. Ihre Erscheinung füllte die Hütte.

»Sie sehen aus wie die Freiheitsstatue!« Nadia
strahlte sie aus großen Augen an.

»Grundgütiger! Was haben die mit Ihnen gemacht!«, rief der Missionar entsetzt.

»Nichts, was sich nicht wieder rückgängig machen ließe, Bruder«, sagte Angie und klimperte mit ihren Armreifen. »Mit denen kaufe ich mir eine ganze Flotte Flugzeuge.«

»Falls Sie Kosongo entkommen.«

»Wir entkommen alle zusammen«, sagte Angie sehr selbstgewiss und strahlend.

»Nicht alle. Ich bleibe hier und nehme den Platz meiner ermordeten Brüder ein.«

VIERZEHNTES KAPITEL
## Die letzte Nacht

Die Feierlichkeiten begannen gegen fünf am Nachmittag, als die Hitze etwas nachgelassen hatte. Unter den Bewohnern Ngoubés war die Anspannung groß. Nzés Mutter hatte in Umlauf gebracht, dass Nana-Asante, die rechtmäßige Königin, um die man im Dorf sehr getrauert hatte, am Leben war. Unterstützt von den Ausländern, wolle sie den Thron zurückerobern, und das sei die einmalige Gelegenheit, Kosongo und Mbembelé loszuwerden. Wie lange wollten sie noch hinnehmen, dass ihre Söhne in den Dienst des Kommandanten gepresst und zu Mördern gemacht wurden? Ihr Leben wurde immer elender, man spionierte sie aus, sie konnten sich nicht frei bewegen und ihre Meinung nicht sagen. Alles, was sie hatten, wurde ihnen von Kosongo genommen, und während er Gold, Diamanten und Elfenbein anhäufte, starben sie an Krankheiten, die man leicht hätte heilen können. In aller Heimlichkeit hatte die Frau mit ihren Töchtern gesprochen, diese sprachen mit ihren Freundinnen, und in weniger als einer Stunde waren die meisten Erwachsenen im Dorf von derselben Unruhe ergriffen. Niemand wagte, die Wachleute ins Vertrauen zu ziehen, denn obwohl sie Teil ihrer Familien waren, wusste keiner, wie sie reagieren würden. Mbembelé hatte sie einer Gehirnwäsche unterzogen, sie waren nicht mehr sie selbst.

Weit größer noch war die Unruhe unter den Pygmäinnen, da am Abend die Frist ablief, in der ihre Kinder gerettet werden konnten. Bisher hatten die Männer immer rechtzeitig Stoßzähne geliefert, aber diesmal würde alles anders sein. Durch Nadia hatte Jena erfahren, dass die Jäger das heilige Amulett Ipemba-Afua wieder in Händen hatten und diesmal nicht mit Elfenbein kämen, sondern mit dem festen Vorsatz, Kosongo die Stirn zu bieten. Auch sie würden kämpfen müssen. Jahr um Jahr hatten sie die Sklaverei erduldet und gehofft, so ihre Familien retten zu können. Aber alles Dulden hatte wenig geholfen, ihr Leben war immer unerträglicher geworden. Je mehr sie hinnahmen, desto mehr wurden sie ausgebeutet. Und Jena hatte Recht: Sobald es keine Elefanten mehr gäbe in den Wäldern, würden ihre Kinder doch verkauft. Es war besser, in einem Aufstand zu sterben, als weiter in Sklaverei zu leben.

Auch Kosongos Harem war in Aufregung, denn alle wussten bereits, dass die zukünftige Frau des Königs keine Furcht kannte und fast so stark war wie Mbembelé, dass sie den König für einen Hanswurst hielt und den alten Aufseher mit einer Backpfeife umgehauen hatte. Die Mädchen, die nicht das Glück gehabt hatten, es mit eigenen Augen zu sehen, trauten ihren

Ohren nicht. Ihnen graute vor Kosongo, der sie zur Heirat gezwungen hatte, und sie kuschten vor dem alten Giftzwerg mit dem Bambusrohr. Einige meinten zwar, Angie Ninderera werde es nicht besser ergehen als ihnen selbst, in weniger als drei Tagen wäre ihr Hochmut gebrochen und sie in eine weitere willfährige Frau des Königs verwandelt, aber die vier Mädchen, die mit Angie am Fluss gewesen waren und gesehen hatten, wie stark sie war und wie sie auftrat, waren überzeugt, dass es anders kommen würde.

Einzig diejenigen, die am besten hätten unterrichtet sein müssen, merkten nicht, dass etwas vorging im Dorf: Mbembelé und seine »Armee«. Die Macht war ihnen zu Kopf gestiegen, sie glaubten sich unangreifbar. Behaglich hatten sie es sich eingerichtet in der selbst geschaffenen Hölle, und da sie nie herausgefordert wurden, waren sie nicht wachsam.

Auf Anweisung von Mbembelé hatten die Frauen des Dorfes die Hochzeit des Königs vorbereitet. Der Platz war mit hundert Fackeln und unzähligen Bögen aus Palmwedeln geschmückt, Pyramiden aus Früchten waren aufgeschichtet und ein Bankett bereitet aus allem, was sich finden ließ: Fleisch von Hühnern, Ratten, Echsen, Antilopen, dazu Maniok und Mais. Früh kreisten die Kanister mit dem Palmwein unter den Wachen, aber die übrige Dorfbevölkerung hielt sich an den Rat von Nzés Mutter und trank nicht mit.

Alles war bereit für das zweifache Fest: die Hochzeit des Königs und die Übergabe des Elfenbeins. Noch war es nicht dunkel, aber die Fackeln brannten schon, und die Luft war erfüllt vom Geruch nach gegrilltem Fleisch. Unter dem Baum der Wörter standen in einer Reihe Mbembelés Soldaten und ein Teil von Kosongos jämmerlichem Hofstaat. Die Dorfbewohner hatten sich zu beiden Seiten des Platzes geschart, flankiert von den Wachleuten mit ihren Buschmessern und Knüppeln. Für die Ausländer hatte man kleine Holzbänke in der Nähe des Banketts aufgestellt. Joels Kameras lagen griffbereit, Kate, Alexander und Bruder Fernando hielten die Augen offen, um zu gegebener Zeit in Aktion zu treten. Nur Nadia fehlte.

Auf einem Ehrenplatz unter dem Baum wartete Angie, ein Bild von einer Frau in ihrer neuen Tunika und dem Goldschmuck. Sie wirkte völlig gelassen, obwohl doch an diesem Abend alles Mögliche schief gehen konnte. Als Kate ihr am Morgen ihre Furcht eingestanden hatte, hatte Angie nur gesagt, der Mann, der ihr Angst machen könne, sei noch nicht geboren, und Kosongo werde sie noch kennen lernen. Lachend hatte sie hinzugefügt:

»Bald bietet mir der König alles Gold der Welt, damit ich mich von hier trolle.«

»Sofern er dich nicht den Krokodilen zum Fraß vorwirft«, hatte Kate gemurmelt, die ein einziges Nervenbündel war.

Als die Jäger mit ihren Netzen und Speeren, aber ohne Stoßzähne ins Dorf einzogen, war den Bewohnern von Ngoubé klar, dass das Unheil bereits begonnen hatte und nicht aufzuhalten sein würde. Fast war es, als atmeten die Menschen rings um den Dorfplatz auf, und tatsächlich fühlten sie sich in gewisser Weise erleichtert, denn alles war besser als die wahnsinnige Anspannung, die seit dem Morgen auf ihnen gelastet hatte. Aufgeregt umringten die Wachleute die Pygmäen und warteten auf Befehle, aber der Kommandant war nicht da.

Ein halbe Stunde lang tat sich gar nichts, und die Beklemmung der Umstehenden wurde aufs Neue unerträglich. Mit glasigen Augen ließen die jugendlichen Wachen die Kanister mit dem Palmwein herumgehen und redeten wild durcheinander. Einer der Soldaten der Bruderschaft schnauzte sie an, und sofort stellten sie die Kanister ab und nahmen leicht schwankend Haltung an, aber lang währte die Disziplin nicht.

Endlich kündigte ein martialischer Trommelwirbel das Erscheinen des Königs an. Vorneweg schritt der Königliche Mund in Begleitung eines Wachmanns, der einen Korb voll schwerem Goldschmuck für die Braut trug. Kosongo konnte sich vor den Leuten großzügig zeigen, denn sobald Angie in seinen Harem eingetreten war, hatte er den Schmuck wieder. Hinter den beiden kamen die mit Gold behängten Ehefrauen des Königs und der alte Aufseher mit geschwollenem Gesicht und bloß noch vier wackligen Zähnen im Mund. Der Stimmungswandel unter den Mädchen war augenfällig, sie trotteten nicht mehr daher wie Schafe, sondern glichen eher einer aufgekratzten Herde Zebras. Angie winkte ihnen zu und bekam als Antwort ein breites, erwartungsfrohes Lächeln.

Dem Harem folgten die Träger mit dem Podest, auf dem Kosongo in seinem französischen Sessel thronte. Er war gekleidet wie am ersten Abend und trug diesen pompösen Hut mit dem Perlenvorhang, der sein Gesicht verdeckte. Der Umhang war an einigen Stellen leicht angesengt, aber im Großen und Ganzen gut erhalten. Einzig das Amulett der Pygmäen fehlte am Zepter. An seiner Statt hatte man einen ähnlichen Knochen daran befestigt, der von weitem als das Ipemba-Afua durchgehen konnte. Der König wollte wohl vertuschen, dass man ihm das Heiligtum gestohlen hatte, auch wenn er glauben mochte, er bedürfe des Amuletts nicht, um die Pygmäen unter Kontrolle zu halten, die für ihn nichts waren als erbärmliche Geschöpfe.

Das königliche Gefolge hielt in der Mitte des Platzes, damit auch niemandem die Pracht Kosongos entging. Unter dem Baum der Wörter war ein Platz für das Podest vorgesehen, aber zunächst fragte der Königliche Mund die Pygmäen nach dem Elfenbein. Die Jäger traten vor, und nun hefteten sich aller Augen auf einen von ihnen und auf das, was er in Händen hielt: das heilige Amulett Ipemba-Afua.

»Es gibt keine Elefanten mehr«, verkündete Beyé-Dokou mit fester Stimme. »Wir können keine Stoßzähne mehr bringen. Jetzt wollen wir unsere Frauen und Kinder. Wir kehren zurück in den Wald.«

Grabesstille folgte auf diese kurze Rede. Mit einem Aufstand der Sklaven hatte niemand gerechnet. Die Soldaten der Bruderschaft hoben ihre Gewehre, als wollten sie in die Gruppe der Jäger feuern, aber Mbembelé war nicht da, um den Befehl zu geben, und der König rührte sich nicht. Die Dorfbewohner warfen einander fragende Blicke zu: Über die Pygmäen hatte Nzés Mutter nichts gesagt. Seit Jahren ließ man sie als Sklaven schuften, und keiner wollte auf ihre Arbeitskraft verzichten, aber nun war die alte Ordnung aus den Fugen geraten. Zum ersten Mal empfanden die Menschen von Ngoubé Achtung für diese Kreaturen, die sie immer für elend, wehrlos und verwundbar gehalten hatten und die nun plötzlich einen nie gesehenen Mut bewiesen.

Kosongo winkte seinen Sprecher zu sich und flüsterte ihm etwas ins Ohr. Der Königliche Mund befahl, die Kinder zu bringen. Sechs Wachen näherten sich einem der Pferche und führten wenig später ein jämmerliches Häuflein Menschen vor: zwei alte Frauen in Baströcken, beide mit Säuglingen auf dem Arm, um die sich Kinder unterschiedlichen Alters drängten, alle winzig und mit vor Schreck geweiteten Augen. Als sie ihre Väter sahen, wollten sich einige zu ihnen flüchten, aber die Wachen stießen sie zurück.

»Der König muss Handel treiben, das ist seine Pflicht. Ihr wisst, was geschieht, wenn ihr kein Elfenbein bringt«, verkündete der Königliche Mund.

Das war zu viel für Kate. Sie vergaß, dass sie Alexander versprochen hatte, sich nicht einzumischen, lief auf das Podest mit dem König zu und baute sich davor auf. Ohne sich im Entferntesten um das Protokoll zu scheren, nach dem sie sich hätte auf den Boden werfen müssen, schrie sie Kosongo an, ob er vergessen habe, dass sie Reporter waren, sie würden die Welt wissen lassen, welche Verbrechen gegen die Menschlichkeit in diesem Dorf begangen wurden. Sie hatte noch nicht ausgeredet, als zwei Soldaten sie an den Armen packten. Sie schrie weiter und strampelte und wand sich, während sie zum Brunnen der Krokodile geschleppt wurde.

~

Im Nu war alles zunichte, was Nadia und Alex sich so sorgfältig ausgedacht hatten. Eigentlich hätte jedes Mitglied ihrer Gruppe eine bestimmte Rolle spielen sollen, aber Kates Vorpreschen sorgte für heilloses Durcheinander unter den Freunden. Sie konnten von Glück sagen, dass auch die Wachen und die übrigen Dorfbewohner nicht wussten, was tun.

Dem Jäger, der König Kosongo die Narkose verpassen sollte und der sich bisher zwischen den Hütten verborgen gehalten hatte, blieb nicht die Zeit, auf einen günstigen Moment für den Schuss zu warten. Überstürzt setzte er das Blasrohr an den Mund und schoss, traf aber nicht Kosongo, sondern einen der Podestträger in die Brust. Der spürte einen Stich wie von einer Biene, hatte indes keine Hand frei, um das vermeintliche Insekt zu verscheuchen. Für einen Augenblick hielt er sich auf den Beinen, dann knickten ihm plötzlich die Knie ein, und er sackte bewusstlos in sich zusammen. Von dem zusätzlichen Gewicht überrumpelt, konnten die drei anderen Träger das Podest nicht mehr halten, es kippte, und der französische Sessel kam ins Rutschen. Kosongo schrie auf und ruderte mit den Armen, segelte für den Bruchteil einer Sekunde durch die Luft und lag gleich darauf, verheddert in seinen Umhang, mit verrutschtem Hut und schnaubend vor Zorn im Dreck.

Da vom ursprünglichen Plan sowieso nichts übrig war, hielt Angie den Augenblick für gekommen zu improvisieren. Mit vier Riesenschritten war sie bei dem gestürzten König, mit zwei Hieben stieß sie die Wachen weg, die sich ihr in den Weg stellen wollten, und unter einem ihrer Komantschenschreie riss sie Kosongo den Hut vom königlichen Kopf.

Wie vom Donner gerührt verfolgten die Menschen von Ngoubé Angies tollkühne Tat. Die Erde hatte nicht gebebt, als die Füße des Königs sie berührten. Niemand war taub geworden durch sein wütendes Brüllen, die Vögel waren nicht tot vom Himmel gefallen, und der Wald hatte nicht unter Todesröcheln gezuckt. Als sie nun zum ersten Mal in Kosongos Gesicht blickten, fielen sie nicht erblindet zu Boden, sondern nur aus allen Wolken. Was unter dem Hut mit dem Perlenvorhang zum Vorschein kam, war unverkennbar der Kopf von Kommandant Maurice Mbembelé.

»Hat Kate also Recht gehabt: Wie ein Ei dem anderen!«, rief Angie.

Inzwischen waren die Soldaten zu sich gekommen und umringten ihren Kommandanten, aber keiner wagte, ihn anzufassen. Die beiden Männer, die Kate in den Tod hatten befördern wollen, ließen von ihr ab und rannten ebenfalls zu ihrem Anführer, hatten aber auch nicht den Mut, ihm aus dem ungefügen Umhang zu helfen. Doch Kate nutzte die Gelegenheit, in der Menschenmenge zu verschwinden und schnell einige Worte mit Nadia zu wechseln. Schließlich hatte sich Mbembelé allein aus dem Umhang geschält, und mit einem Satz war er auf den Füßen. Er sah aus wie der leibhaftige Zorn, die Haut schweißbedeckt, mit geiferndem Mund und brüllend wie ein Raubtier. Mit zwei Fäusten wollte er Angie in den Boden stampfen, aber die hatte sich längst aus seiner Reichweite geflüchtet.

Diesen Moment wählte Beyé-Dokou, um vorzutreten. Den Kommandanten herauszufordern hätte schon unter normalen Bedingungen großen Mut erfordert. Es nun zu tun, da er blind war vor Zorn, verlangte Todesverachtung. Kümmerlich stand der kleine Mann vor Mbembelé wie vor einem uneinnehmbaren Turm. Von unten sah er dem Riesen ins Gesicht und lud ihn ein, sich in einem Duell ohnegleichen mit ihm zu messen.

Ein Raunen ging durch die Menge. Keiner konnte glauben, was er da eben gehört hatte. Geschlossen schoben sich die Menschen an den wie schockstarren Wachen vorbei und drängten sich hinter das kleine Grüppchen Pygmäen.

Mit versteinerter Miene blickte Mbembelé auf den Sklaven herab, als kostete es ihn Mühe, den Sinn seiner Worte zu begreifen. Dann blinzelte er plötzlich und lachte los. Minutenlang grölte er vor Lachen. Seine Soldaten lachten mit, weil sie glaubten, das werde von ihnen erwartet, aber es klang nicht echt. Dieser Abend hatte groteske Züge angenommen, und sie wussten nicht, wie sie sich verhalten sollten. Die Feindseligkeit der Dorfbevölkerung war mit Händen zu greifen, und die Wachleute schienen drauf und dran, das Lager zu wechseln.

»Räumt den Platz!«, befahl Mbembelé.

Für niemanden in Ngoubé war der Zweikampf Ezenji etwas Neues, denn der Kommandant genoss es, seine Gefangenen auf diese Weise zu bestrafen. Doch dieses eine Mal würde Mbembelé nicht Richter und Zuschauer sein, sondern selbst kämpfen. Natürlich sorgte er sich nicht darum, wie der Kampf ausgehen würde, er dachte, er werde diesen Pygmäen zerquetschen wie einen Wurm, aber zuvor wollte er ihn leiden sehen.

Bruder Fernando, der sich bisher etwas abseits gehalten hatte, trat nun unerschrocken vor. Die Nachricht vom Tod seiner Ordensbrüder hatte seinen Glauben noch vertieft, und das verlieh ihm eine ungeahnte Autorität. Er fürchtete Mbembelé nicht, denn tief in seinem Innern war er davon überzeugt, dass ein schlechter Mensch früher oder später für seine Schandtaten büßen muss, und auf das Konto dieses Mannes gingen Verbrechen ohne Zahl. Es war Zeit abzurechnen.

»Ich werde Schiedsrichter sein. Schusswaffen sind nicht erlaubt. Welche Waffe wählen Sie? Speere, Messer oder Macheten?«

»Keine. Wir kämpfen Mann gegen Mann, ohne Waffen«, fauchte Mbembelé grimmig.

»Einverstanden«, sagte Beyé-Dokou sofort.

Alex zuckte zusammen: Sein Freund glaubte sich von dem Amulett beschützt. Er hatte den Jägern gesagt, es schütze vor Klingen, bestimmt dachte Beyé-Dokou, es werde ihn auch vor der übermenschlichen Stärke des Kommandanten bewahren, der ihn mit bloßen Händen in Stücke reißen konnte. Er zog Bruder Fernando am Hemd beiseite und sagte, er dürfe diese

Bedingung auf keinen Fall akzeptieren, aber der Missionar antwortete, Gott sei mit den Gerechten.

»Beyé-Dokou ist verloren in diesem Kampf! Der Kommandant ist viel stärker als er!«, flehte Alex.

»Und der Stier ist stärker als der Torero. Der Trick ist, das Tier müde zu machen.«

Alex wollte eben etwas entgegnen, als er begriff, was Bruder Fernando ihm zu erklären versuchte. Er wandte sich um und lief zu Beyé-Dokou. Er musste ihm etwas sagen, ehe der Pygmäe sich dieser Aufgabe stellte.

~

Am anderen Ende des Dorfes hatte Nadia den Holzbalken hochgestemmt und das Gatter des Pferchs geöffnet, in dem die Pygmäinnen eingesperrt waren. Zwei Jäger, die nicht mit den anderen auf dem Dorfplatz erschienen waren, brachten Speere und verteilten sie unter den Frauen. Unbemerkt glitten die Frauen zwischen die Hütten rund um den Platz und warteten im Schutz der Dunkelheit auf den Augenblick, um in das Geschehen einzugreifen. Nadia lief zu Alexander, der bei Beyé-Dokou stand, während zwei von Mbembelés Soldaten mit Kalk den Ring an der gewohnten Stelle markierten.

»Wegen der Gewehre müssen wir uns keine Gedanken machen«, meldete Nadia. »Nur an Mbembelés Pistole sind wir nicht herangekommen, der Rest ist unschädlich gemacht.«

»Und die Wachleute?«

»Schwer zu sagen, auf welcher Seite sie stehen, aber Kate hat eine Idee.«

»Meinst du, ich soll ihm sagen, dass das Amulett ihn nicht vor Mbembelés Fäusten schützt?«, fragte Alex mit einem Seitenblick auf Beyé-Dokou.

»Wozu? Das würde ihm nur das Vertrauen nehmen.«

Nadias Stimme klang irgendwie brüchig, nicht ganz menschlich, fast wie ein Krächzen. Ihre Augen blickte glasig, und sie war sehr blass und atmete stoßweise.

»Was ist mit dir, Aguila?«, fragte Alex besorgt.

»Nichts. Pass auf dich auf, Jaguar. Ich muss weg.«

»Wo willst du hin?«

»Ich hole Hilfe gegen das Monstrum mit den drei Köpfen.«

»Denk an das, was Má Bangesé gesagt hat: Wir dürfen uns nicht trennen!«

Nadia gab ihm einen flüchtigen Kuss auf die Stirn und rannte davon. In der Aufregung, die im Dorf herrschte, bemerkte niemand außer Alexander den weißen Adler, der sich zwischen den Hütten in die Lüfte schwang und über dem Wald verlor.

~

In einer Ecke des Rings wartete Kommandant Mbembelé. Er war barfuß und trug neben der kurzen Hose, die unter dem königlichen Umhang zum Vorschein gekommen war, nur einen breiten Ledergürtel, in dem seine Pistole steckte. Er hatte sich mit Palmöl eingerieben, und über seinen gewaltigen, wie aus Fels gemeißelten Muskeln schimmerte die Haut im unsteten Schein der hundert Fackeln wie Obsidian. Die rituellen Narben auf seinen Armen und Wangen machten ihn endgültig zu einem Monument der Stärke. Sein Gesicht wäre auf klassische Weise schön gewesen, hätte er es nicht zu einer Fratze verzerrt. Obwohl die meisten Menschen hier ihn hassten, waren sie doch beeindruckt von seiner körperlichen Erscheinung.

Das Männlein in der Ecke gegenüber, das dem kolossalen Mbembelé kaum bis zur Hüfte reichte, wirkte dagegen wie ein verhutzelter Zwerg. Nichts Anziehendes hätten dieser ungestalte Körper und das flache Gesicht mit der platten Nase und der niedrigen Stirn gehabt, wäre da nicht der mutige und kluge Blick der Augen gewesen. Beyé-Dokou hatte das schäbige gelbe T-Shirt ausgezogen und war wie Mbembelé fast nackt und eingeölt. Um seinen Hals baumelte ein kleiner Steinbrocken an einem Lederriemen: Alexanders magisches Amulett aus versteinertem Drachenkot.

»Ein Freund von mir, Tensing, versteht mehr vom Nahkampf als irgendwer sonst und hat einmal gesagt, dass die Stärke eines Gegners seine größte Schwäche ist«, redete Alexander auf Beyé-Dokou ein.

»Was soll das heißen?«

»Mbembelé ist stark, weil er groß und schwer ist. Er

ist wie ein Büffel, bloß Muskeln. Durch sein Gewicht ist er nicht wendig und wird schnell müde. Außerdem ist er eingebildet und nicht daran gewöhnt, dass man ihn herausfordert. Seit Jahren hat er nicht jagen oder kämpfen müssen. Du bist besser in Form.«

»Und ich habe das hier.« Beyé-Dokou strich über der Amulett.

»Vor allem kämpfst du für dein Leben und das deiner Familie. Für Mbembelé ist es ein Jux. Er ist ein Schläger, und wie alle Schläger ist er feige.«

Niemand achtete auf Jena, die zu ihrem Mann trat, ihn kurz umarmte und ihm etwas ins Ohr flüsterte. In diesem Moment setzten die Trommeln ein, und der Kampf war eröffnet.

～

Um das von den Fackeln und dem Mond beschienene Rechteck drängten sich die Soldaten der Bruderschaft des Leoparden mit ihren Gewehren, dahinter die Wachleute und in der dritten Reihe alle sonstigen Bewohner Ngoubés. Die Stimmung war gefährlich aufgeheizt. Kate hielt Notizblock und Bleistift in der Hand und schielte zu Joel hinüber, der sich mit der Kamera im Anschlag zwischen die Soldaten geschoben hatte.

Bruder Fernando putzte seine Brille und zog sein Hemd aus. Sein asketischer Oberkörper, sehr hager und sehnig, war von einem kränklichen Weiß. Nur in Hose und Stiefeln machte er sich bereit für seine Rolle als Schiedsrichter, obwohl er wenig Hoffnung hatte, hier wenigstens die elementarsten Regeln der Fairness durchsetzen zu können. Dieser Kampf ging auf Leben und Tod. Aber vielleicht würde er doch verhindern können, dass es zum Äußersten kam. Er küsste das Skapulier um seinen Hals und empfahl seine Seele Gott.

Mbembelé stieß ein tiefes Grollen aus und stapfte vor, dass der Boden unter seinen Füßen bebte. Beyé-Dokou erwartete ihn reglos, ohne einen Laut, wachsam, aber ruhig wie bei der Jagd auf ein wildes Tier. Einer Kanonenkugel gleich schnellte die Rechte des Riesen auf das Gesicht des Pygmäen zu, der dem Hieb um Haaresbreite auswich. Der Kommandant taumelte nach vorn, hatte aber sofort das Gleichgewicht wiedergefunden. Als er zum zweiten Schlag ausholte, war sein Gegner nicht mehr vor, sondern hinter ihm. Zornig wirbelte er herum und stürzte ihm entgegen wie ein Raubtier, aber keiner seiner Schläge traf Beyé-Dokou, der am Rand des Rings auf und ab tänzelte. Jedes Mal, wenn der eine zuschlug, wich der andere aus.

Weil sein Gegner so klein war, musste Mbembelé nach unten boxen, in einer unbequemen Haltung, in der ihm die Arme lahm wurden. Mit einem gut platzierten Hieb hätte er Beyé-Dokou den Schädel eingeschlagen, aber er landete keinen einzigen Treffer, denn der andere war flink wie eine Gazelle und glitschig wie ein Fisch. Bald rang der Kommandant nach Luft, und der Schweiß lief ihm in die Augen und trübte seinen Blick. Er hatte sich zu viel vorgenommen und musste sich zügeln: Diesen Gegner würde er nicht in der ersten Runde erledigen. Bruder Fernando ordnete eine Pause an, und Mbembelé, der Koloss, gehorchte aufs Wort und zog sich in seine Ecke zurück, wo ein Eimer mit Wasser bereitstand, um zu trinken und sich den Schweiß abzuwaschen.

In der Ecke gegenüber empfing Alex Beyé-Dokou, der strahlte und herumhüpfte, als wäre der Kampf ein Späßchen, was den keuchend zu ihm herstierenden Mbembelé schier rasend machte. Beyé-Dokou schien keinen Durst zu haben, ließ sich aber Wasser über den Kopf schütten.

»Dein Amulett hat große Macht, einzig das Ipemba-Afua könnte mächtiger sein«, sagte er zufrieden.

»Mbembelé ist wie ein Baumstamm, er kann sich kaum bücken, deshalb schlägt er nicht gut«, sagte Alex. »Du machst das gut, Beyé-Dokou, aber du musst ihn noch mehr ermüden.«

»Ich weiß schon. Er ist wie ein Elefant. Wie willst du einen Elefanten erlegen, wenn du ihn nicht zuvor müde machst?«

~

Alex fand die Pause sehr kurz, aber Beyé-Dokou tänzelte schon ungeduldig auf und ab, und sobald Bruder Fernando das Zeichen gab, sprang er ausgelassen mitten in den Ring. Das ging zu weit für Mbembelé. Er vergaß seinen Entschluss, sich zu mäßigen, und raste auf seinen Gegner zu wie ein Schwertransporter mit Vollgas. Beyé-Dokou drehte sich mühelos weg, und Mbembelé hatte zu viel Schwung und preschte über die Kalkmarkierung des Rings hinaus.

Mit fester Stimme rief ihn Bruder Fernando in das Feld zurück. Kommandant Mbembelé hob die Faust gegen ihn und wollte ihn büßen lassen dafür, dass er ihm einen Befehl erteilte, aber da gellten Pfiffe von sämtlichen Bewohnern Ngoubés. Er konnte es nicht glauben! Niemals, nicht in seinen schlimmsten Albträumen, war ihm eine solche Dreistigkeit untergekommen. Aber ehe er sich Strafen für die Aufsässigen ausdenken konnte, rief ihn Beyé-Dokou mit einem Tritt gegen das Schienbein in den Ring zurück. Es war der erste Körperkontakt der beiden. Dieser Affe hatte ihn berührt! Ihn! Kommandant Maurice Mbembelé! In Stücke reißen würde er ihn, das schwor er sich, und dann würde er ihn zum Nachtisch verspeisen, um diesen unverschämten Pygmäen ihr Mütchen zu kühlen.

Auf einen Schlag war jeder Versuch, die Regeln eines sauberen Zweikampfs aufrechtzuerhalten, zunichte gemacht, und Mbembelé verlor vollkommen die Kontrolle über sich. Er stieß Bruder Fernando mit dem Ellbogen beiseite und stürzte sich auf Beyé-Dokou, der sich rasch auf den Hintern fallen ließ. Er kauerte am Boden, die Knie gegen die Brust gepresst, die Arme unter die Oberschenkel geschoben, und versetzte dem Riesen, der über ihm hing, kurze, schnelle Tritte gegen die Beine. Der Kommandant hieb von oben mit den Fäusten auf ihn ein, aber Beyé-Dokou wirbelte herum wie ein Kreisel, rollte sich nach rechts und links und war nicht zu treffen. Als Mbembelé mit einem Bein zu einem wilden Tritt ausholte, warf Beyé-Dokou sich gegen das andere. Der gewaltige menschliche Turm kippte nach hinten, landete wie ein Käfer auf dem Rücken und kam nicht wieder hoch.

Bruder Fernando hatte sich mittlerweile von Mbembelés Ellbogenhieb erholt, seine Brille noch einmal sauber gewischt und stand nun wieder über den Kämpfern. Er hob die Hände, und als das Gebrüll der Zuschauer verstummte, verkündete er den Sieger. Alex sprang in den Ring und riss unter dem Jubel der Menge Beyé-Dokous Arm in die Höhe. Nur die Soldaten der Bruderschaft des Leoparden gaben keinen Laut von sich und starrten sprachlos auf ihren gefällten Kommandanten.

~

Niemals zuvor waren die Einwohner Ngoubés Zeugen eines solchen Schauspiels gewesen. In ihrer Aufregung vergaßen sie völlig, warum es zu dem Kampf gekommen war, zu verrückt war die Tatsache, dass der Pygmäe den Giganten besiegt hatte. Dieses Ereignis war schon jetzt Teil ihrer Legende, unermüdlich würden sie es von Generation zu Generation weitererzählen. Mbembelé, der eben noch für einen Halbgott gehalten worden war, erging es nicht besser als jedem gefällten Baum: Von einer Minute auf die andere war er für die Leute nichts weiter als Brennholz. Dieser Sieg verlangte nach einem Fest. Begeistert wurden die Trommeln geschlagen, die Leute tanzten und sangen und vergaßen fürs Erste, dass sie soeben ihre Sklaven verloren hatten und völlig unklar war, wie es weitergehen sollte.

Die Pygmäen hatten sich zwischen den Wachleuten und Soldaten hindurch auf den Kampfplatz gedrängt und hoben Beyé-Dokou hoch. In dem allgemeinen Freudentaumel achtete niemand auf Kommandant Mbembelé, der wieder auf die Füße gekommen war, einem der Wachmänner das Buschmesser aus der Hand riss und auf die Gruppe zustürzte, die mit Beyé-Dokou auf den Schultern einen Triumphzug durch die Menge machte, so dass der Pygmäe nun doch noch mit dem Kommandanten auf Augenhöhe war.

Keiner sah genau, was dann geschah. Die einen sollten später sagen, das Buschmesser sei dem Kommandanten aus den ölglitschigen Fingern gerutscht, andere schworen, dass die Klinge wie von Zauberhand knapp vor Beyé-Dokous Hals in der Luft zum Stehen gekommen war und gleich darauf wie von einem Wirbelwind davongetragen wurde. Wie dem auch sei, jedenfalls erstarrte die Menge vor Schreck, und Mbembelé, von abergläubiger Furcht gepackt, entriss einem anderen Wachmann ein Messer und schleuderte es nach dem Pygmäen. Er verfehlte sein Ziel, denn Joel, der sich an ihn herangedrängt hatte, drückte in diesem Moment auf den Auslöser und blendete ihn mit dem Blitz.

Da gab Kommandant Mbembelé seinen Soldaten den Befehl, auf die Pygmäen zu schießen. Kreischend stob die Menge auseinander. Frauen schleiften ihre Kinder zu den Hütten, Alte hasteten in Deckung, Hunde und Hühner flohen, und schließlich waren nur noch die Pygmäen, die Soldaten und die unentschlossenen Wachleute auf dem Platz. Kate und Angie liefen zu den Kindern der Pygmäen, die wimmerten und sich wie Welpen um die Beine der beiden alten Frauen drängten. Joel flüchtete sich unter den Tisch, auf dem das Essen für das Hochzeitsbankett angerichtet war, und schoss unablässig Fotos, ohne durch den Sucher zu schauen. Bruder Fernando und Alex standen mit ausgebreiteten Armen vor den Jägern und schirmten sie mit ihren Körpern ab.

Möglich, dass einige Soldaten zu schießen versuchten und ihre Gewehre versagten. Möglich auch, dass andere, angewidert von dem feigen Befehl, auf unbewaffnete Menschen zu feuern, ihrem bislang verehrten Kommandanten den Gehorsam verweigerten. Fest steht, dass auf dem Platz kein Schuss fiel und im nächsten Moment jeder der zehn Soldaten der Bruderschaft des Leoparden die Spitze eines Speers an der

Kehle spürte. Die unscheinbaren Pygmäinnen waren in Aktion getreten.

Nichts von alldem gewahrte Mbembelé in seiner blinden Raserei. Er begriff nur, dass seine Befehle nicht befolgt wurden. Da zog er den Revolver, zielte auf Beyé-Dokou und drückte ab. Wie die Kugel, abgelenkt von dem magischen Amulett, ihr Ziel verfehlte, sah er nicht mehr, denn ehe er ein zweites Mal den Abzug betätigen konnte, stürzte sich ein nie gesehenes Tier auf ihn, eine riesige schwarze Katze, schnell und wild wie ein Leopard und mit den gelb funkelnden Augen eines Panthers.

FÜNFZEHNTES KAPITEL
## Das Monstrum mit den drei Köpfen

Diejenigen, die sahen, wie sich der fremde Junge in eine schwarze Katze verwandelte, begriffen, dass dies die fantastischste Nacht ihres Lebens war. Wie sollten sie je all die Wunder beschreiben? Nie zuvor hatten sie eine solche große schwarze Raubkatze gesehen, in ihrer Sprache gab es keinen Namen für dieses Tier, das sich da brüllend auf den Kommandanten stürzte. Der heiße Raubtieratem schlug Mbembelé ins Gesicht, die Krallen gruben sich in seine Schultern. Er hätte schießen können, aber er war starr vor Entsetzen, denn was hier vorging, war übernatürlich und nur durch einen mächtigen Zauber zu erklären. Um sich schlagend, entwand er sich der tödlichen Umklammerung des Jaguars und floh in den Wald, verfolgt von der schwarzen Katze. Die Umstehenden sahen entgeistert, wie sich die beiden im Dunkel verloren.

Für Dorfbewohner wie Pygmäen war Magie etwas Alltägliches, sie fühlten sich umringt von Geistern und fürchteten ständig, sie zu erzürnen oder ein Tabu zu brechen und damit die verborgenen Kräfte zu entfesseln. Sie glaubten, dass Krankheiten eine Folge von Zauberei waren und daher jede Heilung der Zauberei bedurfte, dass man nicht zur Jagd oder zu einer Reise aufbrechen konnte, ohne zuvor die Götter durch eine Zeremonie milde zu stimmen, dass des Nachts Dämonen und bei Tage die guten Geister umgingen und dass die Toten zu gefräßigen Wesen wurden. Für sie war die greifbare Welt geheimnisvoll und das Leben selbst ein Rätsel. Oft schon hatten sie Beispiele für Zauberei gesehen – oder glaubten, sie gesehen zu haben –, warum also sollte ein Mensch nicht zu einem Raubtier werden können? Zwei Gründe konnte es für die Verwandlung geben: Entweder war dieser Alexander ein sehr mächtiger Zauberer, oder er war ein Tiergeist, der vorübergehend die Gestalt des Jungen angenommen hatte.

Für Bruder Fernando, der neben Alex gestanden hatte, als der zu seinem Totemtier wurde, stellte sich die Sache etwas anders dar. Der Missionar hielt sich selbst für einen aufgeklärten und gebildeten Europäer, und er sah zwar, was passierte, aber sein Verstand erhob umgehend Einspruch. Er nahm seine Brille von der Nase und wischte sie an seiner Hose sauber. »Ich brauche in der Tat eine neue«, murmelte er und rieb sich die Augen. Dass Alexander in eben dem Moment verschwunden war, als diese riesenhafte Katze aus dem Nichts auftauchte, dafür ließen sich unzählige Erklärungen finden: Es war Nacht, auf dem Platz herrschte eine fürchterliche Verwirrung, im Schein der Fackeln konnte man kaum etwas erkennen, und er selbst war in hohem Maße aufgewühlt. Jedenfalls hatte er jetzt nicht die Zeit, lange darüber zu grübeln, es gab viel zu tun. Die Pygmäen – Männer wie Frauen – hielten die Soldaten mit ihren Speeren und Netzen in Schach. Die Wachleute wussten noch immer nicht, ob sie ihre Waffen hinwerfen oder den Soldaten helfen sollten. Die Dorfbevölkerung schien bereit, Mbembelés Leuten den Garaus zu machen. In dieser aufgeheizten Stimmung konnte es zu einem Massaker kommen, sollten die Wachleute den Soldaten beistehen.

Es dauerte nicht lange, da war Alex zurück. Nur der sonderbare Ausdruck auf seinem Gesicht, die Glut in seinen Augen und die gebleckten Zähne zeugten von dem, was geschehen war. Kate lief ihm aufgeregt entgegen.

»Du kannst dir nicht vorstellen, was hier eben los war! Ein schwarzer Panther ist über Mbembelé hergefallen! Hoffentlich hat er ihn gefressen, verdient hätte er es.«

»Kein Panther, Kate, ein Jaguar. Gefressen hat er ihn nicht, aber er hat ihm einen ordentlichen Schreck eingejagt.«

»Woher weißt du das?«

»Wie oft muss ich dir noch sagen, dass der Jaguar mein Totemtier ist?«

»Kommst du mir schon wieder damit, Alexander! Ich dachte, du wirst langsam erwachsen. Wo ist Nadia?«

»Sie kommt gleich.«

In der nächsten halben Stunde entspannte sich die Lage im Dorf, wozu Bruder Fernando, Kate und Angie ihren Teil beitrugen. Der Missionar überzeugte die Soldaten der Bruderschaft davon, dass es besser für sie war, sich zu ergeben, wenn sie Ngoubé lebend verlassen wollten, da ihre Gewehre nicht funktionierten, ihr Kommandant verschwunden war und sie die Dorfbevölkerung geschlossen gegen sich hatten.

Unterdessen waren Kate und Angie mit Nzés Mutter und einer seiner Schwestern zur Schlafhütte gegangen und hatten den Verwundeten auf einer behelfsmäßigen Bahre auf den Dorfplatz getragen. Der Ärmste glühte im Fieber, wollte aber gerne helfen, als seine Mutter ihm erklärte, was geschehen war. Sie betteten ihn an einen Platz, wo alle ihn sehen konnten, und mit schwacher, aber deutlich vernehmbarer Stimme redete er auf seine Kameraden ein, sich gegen Mbembelés Schreckensherrschaft zu erheben. Sie hätten nichts zu befürchten, der Kommandant sei verjagt. Die Wachleute sehnten sich nach einem normalen Leben mit ihren Familien, aber ihre Furcht vor dem Kommandanten saß tief, und sie waren darauf gedrillt, seinen Befehlen zu gehorchen. Wo war er? Hatte der Spuk der schwarzen Katze ihn verschlungen? Wenn sie auf Nzé hörten und der Kommandant zurückkam, würden sie im Brunnen der Krokodile enden. Sie glaubten nicht daran, dass Königin Nana-Asante am Leben war, und selbst wenn sie es wäre, würde sich ihre Macht nicht mit der Mbembelés messen können.

Die Pygmäen, die nun wieder alle beisammen waren, hielten den Augenblick für gekommen, in den Wald zurückzukehren, den sie fortan nie mehr verlassen wollten. Beyé-Dokou streifte sein gelbes T-Shirt über, nahm seinen Speer und trat zu Alex, um ihm das Amulett zurückzugeben, das ihn, wie er glaubte, vor Mbembelés mörderischen Fäusten bewahrt hatte. Auch die übrigen Jäger verabschiedeten sich von diesem machtvollen Freund mit dem Geist eines Leoparden, und sie wirkten tief bewegt, denn es war ein Abschied für immer. Alex hielt sie zurück. Sie dürften noch nicht gehen, sagte er. Selbst im tiefsten Dickicht, in dem außer ihnen kein Mensch überleben konnte, wären sie nicht in Sicherheit. Flucht war keine Lösung, denn irgendwann würden sie doch aufgespürt oder selbst einer Verbindung zum Rest der Welt bedürfen. Sie mussten die Sklaverei ein für alle Mal beenden und wie früher freundschaftlich mit den Bewohnern von Ngoubé zusammenleben, und dafür musste man Mbembelés Macht endgültig brechen und ihn samt seinen Soldaten aus der Gegend vertreiben.

Unterdessen war für Kosongos Ehefrauen, die seit ihrem vierzehnten oder fünfzehnten Lebensjahr in den Harem eingesperrt gewesen waren, der Sturz des Königs bereits ausgemachte Sache, und sie genossen in vollen Zügen ihre neue Freiheit. Ohne sich im Geringsten um die ernsten Fragen zu scheren, die den Rest der Bevölkerung in Atem hielten, hatten sie ihr eigenes Freudenfest organisiert: Sie trommelten, sangen und tanzten, streiften sich den Goldschmuck von Armen, Hälsen und Ohren und warfen ihn, toll vor Glück, in die Luft.

So waren also alle im Dorf beschäftigt, standen in Grüppchen zusammen auf dem Platz, als Sombe in ihre Mitte fegte, gerufen von dunklen Mächten, die alte Ordnung, die Strafen, die Angst wiederherzustellen.

~

Ein Funkenregen wie bei einem Feuerwerk kündete von der Ankunft des schrecklichen Zauberers. Die Menschen auf dem Platz schrien auf. Sombe war seit Monaten nicht im Dorf erschienen, und mancher hatte im Stillen gehofft, er sei vielleicht für immer in die Welt der Dämonen gegangen. Aber da war er, ein Abgesandter der Hölle, beeindruckender und zorniger denn je. Voller Entsetzen wichen die Menschen zurück, und er nahm den Dorfplatz in Besitz.

Sombe war weit über die Grenzen des Landstrichs bekannt, von Dorf zu Dorf hatte sich die Kunde von seinen Taten in einem großen Teil Afrikas verbreitet. Es hieß, er könne durch Gedanken töten, durch den Hauch seines Atems heilen, die Zukunft lesen, die Naturgewalten bezwingen, Träume beherrschen, die

Sterblichen in einen Schlaf ohne Wiederkehr stoßen und mit den Göttern sprechen. Auch behauptete man, er sei unbesiegbar und unsterblich und verwandele sich nach Belieben in jedes Geschöpf des Wassers, der Erde und der Luft. Er drang in die Körper seiner Feinde ein und verschlang sie von innen, trank ihr Blut, pulverisierte ihre Knochen und ließ nichts übrig von ihnen als die Haut, die er danach mit Asche füllte. So erschuf er Zombies, lebende Tote, deren grausiges Los es war, ihm zu dienen.

Der Zauberer war hochgewachsen und wirkte durch seine unglaubliche Aufmachung noch gewaltiger. Er trug eine Leopardenmaske, die sein Gesicht verbarg, darüber saß wie ein Hut der Schädel eines Büffels mit mächtigen Hörnern, der seinerseits von einem Bündel Zweige gekrönt wurde, als wüchse ihm ein Baum aus dem Kopf. Um Arme und Beine trug er Gehänge aus Reißzähnen und Klauen von Raubtieren, um den Hals Ketten aus Menschenfingern und um die Hüfte eine Reihe Fetische und Kalebassen mit Zaubertränken. Sein übriger Körper war behängt mit Riemen aus verschiedenen Tierfellen, die von trockenem Blut starrten.

Wie ein rächender Dämon kam Sombe über das Dorf, entschlossen, dem Unrecht erneut zu seinem Recht zu verhelfen. Dorfbewohner, Pygmäen und selbst Mbembelés Soldaten ergaben sich ohne den geringsten Widerstand. Sie machten sich klein, als wollten sie verschwinden, und schienen bereit, jedem Befehl des Zauberers Folge zu leisten. Bestürzt mussten Kate, Alex, Angie, Joel und Bruder Fernando mit ansehen, wie das zaghafte Einverständnis, zu dem das Dorf eben gefunden hatte, durch Sombes Auftritt zunichte gemacht wurde.

Gebückt wie ein Gorilla, die Hände auf den Boden gestützt und brüllend, drehte sich der Zauberer schneller und schneller um die eigene Achse. Dann hielt er jäh inne und deutete mit dem Finger auf einen der Umstehenden, der sofort in tiefer Trance zu Boden stürzte, sich wand und in grausigen Krämpfen krümmte. Ein anderer wurde starr wie eine Staue aus Granit, wieder anderen lief das Blut aus Nase, Mund und Ohren. Sombe wirbelte herum wie ein Kreisel, verharrte und streckte den Nächsten mit der Macht einer Geste nieder. Im Nu zuckte ein Dutzend Männer und Frauen am Boden, während sich die übrigen vor dem Zauberer auf die Knie warfen, das Gesicht in den Schlamm drückten, um Vergebung flehten und Gehorsam gelobten.

Aus dem Nichts peitschte plötzlich eine Sturmböe durchs Dorf, trug die Strohdächer der Hütten und alles Essen vom Büffet mit sich fort, die Trommeln, die Bögen aus Palmwedeln und etliche Hühner. Die Nacht loderte unter einem Gewitter von Blitzen, und im Wald erscholl ein vielstimmiges schauriges Jammern. Eine Flut von Ratten ergoss sich wie eine Heimsuchung über den Dorfplatz, war gleich darauf verschwunden und hinterließ einen modrigen Gestank.

Mit einem Satz war Sombe in einem der Feuer, über dem das Fleisch für den Abend gegrillt worden war, tanzte auf den glutroten Scheiten, packte sie mit seinen bloßen Händen und schleuderte sie in die entsetzte Menschenmenge. Aus den Flammen und dem Rauch erwuchsen Hunderte dämonischer Gestalten, die Heerscharen des Bösen, die den Totentanz des Zauberers begleiteten. Wieder und wieder brüllte der gehörnte Leopardenkopf mit heiserer Stimme die Namen des gestürzten Königs und des besiegten Kommandanten, bis auch der Letzte in der hysterischen, gebannten Masse mitschrie: Kosongo, Mbembelé, Kosongo, Mbembelé, Kosongo, Mbembelé ...

~

Und da, als der Zauberer die Menschen des Dorfes völlig in seiner Gewalt hatte und triumphierend aus dem Feuer stieg, dessen Flammen noch immer an seinen Beinen leckten, ohne ihn zu verbrennen, da tauchte ein großer weißer Vogel am südlichen Himmel auf und zog Kreise über dem Platz. Alex entfuhr ein erleichterter Schrei, als er Nadia erkannte.

Aus allen vier Himmelsrichtungen strömten die Mächte herbei, die der Adler gerufen hatte. Eröffnet wurde der Reigen von den schwarz schillernden Gorillas, vorneweg die großen Männchen, gefolgt von den Weibchen mit ihren Jungen. Dann kam Königin Nana-Asante, prachtvoll trotz ihrer Nacktheit und der dürftigen Lumpen, das Gesicht umrahmt von der weißen gesträubten Mähne wie von einer Aureole aus Silber. Sie ritt auf einem mächtigen Elefantenbullen, der steinalt war wie sie und an den Flanken die Narben von Speerwunden trug. Begleitet wurde die Königin von Tensing, dem Lama aus dem Reich des Goldenen Drachen, der in seiner geistigen Gestalt Nadias Ruf gefolgt war und seine Horde grauenerregender Yetis in Kampfmontur mitgebracht hatte. Auch der Schamane Walimai war gekommen und schritt zusammen mit dem zarten Geist seiner Frau an der Spitze von dreizehn wilden Göttern aus den Urwäldern des Amazonas. Der Indianer war wieder ein junger, stolzer Krieger, war von Kopf bis Fuß bemalt und mit Federn geschmückt. Und schließlich strömte die leuchtende Geisterschar des Waldes auf den Dorfplatz: die Ahnen und die Geister von Tieren und Pflanzen, Tausende und Abertausende von Seelen, die das Dorf erhellten wie die Sonne am Mittag und alles mit einer reinen und kühlenden Brise erfüllten.

In ihrem fantastischen Licht verschwanden die dämonischen Heerscharen, und der Zauberer schrumpfte auf seine wahre Größe. Seine blutigen Fellbehänge, seine Ketten aus Fingern, seine Fetische, seine Klauen und Reißzähne verloren alles Bedrohliche und wirkten nur noch wie eine alberne Kostümierung. Der Elefantenbulle, auf dem Nana-Asante saß, versetzte ihm einen Stoß mit dem Rüssel, der ihm die Leopardenmaske mitsamt den Büffelhörnern und Zweigen vom Kopf riss und sein Gesicht preisgab. Alle erkannten ihn wieder: Kosongo, Mbembelé und Sombe waren ein und derselbe Mann, die drei Köpfe des Ungeheuers.

Aus allen Kehlen brach ein langes und heiseres Brüllen. Diejenigen, die sich in Krämpfen gewunden hatten, die erstarrt waren oder bluteten, erwachten aus ihrer Trance, die Knienden erhoben sich, und die menschliche Masse drängte mit drohender Entschlossenheit auf den Mann zu, der ihr Tyrann gewesen war. Kosongo-Mbembelé-Sombe wollte fliehen, aber der Weg war versperrt. Hände ohne Zahl packten ihn, hoben ihn hoch und trugen ihn über den Köpfen der Menge zum Brunnen der Hinrichtungen. Ein markerschütternder Schrei begleitete den Sturz des massigen Monstrums mit den drei Köpfen hinab zu den aufgerissenen Mäulern der Krokodile.

~

Für Alexander sollte es schwierig werden, sich an die Einzelheiten jener Nacht zu erinnern. Er würde sie nicht mit der Leichtigkeit zu Papier bringen, mit der er seine übrigen Abenteuer beschrieben hatte. Hatte er alles nur geträumt? War auch er in der Hysterie der Masse gefangen gewesen? Oder hatte er tatsächlich mit eigenen Augen all die Geschöpfe gesehen, die Nadia herbeigerufen hatte? Er wusste keine Antwort auf diese Fragen. Als er Nadia erzählte, wie er das alles erlebt hatte, hörte sie ihm schweigend zu, hauchte ihm dann einen Kuss auf die Wange und sagte, es habe eben jeder seine eigene Wahrheit, und alle seien gültig.

Sie sollte Recht behalten, denn als Alex von den anderen zu erfahren versuchte, was eigentlich geschehen war, erzählte ihm jeder etwas anderes. Bruder Fernando erinnerte sich zum Beispiel nur an die Gorillas und den Elefanten, auf dem eine alte Frau gesessen hatte. Kate meinte, überall in der Luft seien strahlende Geschöpfe gewesen, unter denen sie den Lama Tensing erkannt hatte, aber das war ja nicht möglich. Joel wollte gar nichts sagen, bevor seine Filme entwickelt waren: Was nicht auf den Fotos zu sehen wäre, hätte sich nicht zugetragen. Pygmäen und Dorfbewohner beschrieben mehr oder weniger das, was er selbst gesehen hatte, angefangen bei dem Zauberer, der in den Flammen tanzte, bis hin zu den Ahnen, die um Nana-Asante herumschwebten.

Angie hatte viel mehr wahrgenommen als Alex: Sie hatte Engel mit leuchtenden Flügeln und Schwärme bunt schillernder Vögel gesehen, hatte Trommeln gehört, den Duft eines Blütenregens geatmet und noch viele andere Wunder geschaut. Das jedenfalls erzählte sie Michael Mushaha, als der am anderen Morgen mit einem Motorboot eintraf.

Im Camp war einer von Angies Notrufen aufgefangen worden, und Michael war unverzüglich aufgebrochen, um sie zu suchen. Da er keinen Piloten auftreiben konnte, der es gewagt hätte, in die sumpfigen Wälder zu fliegen, nahm er von Nairobi aus eine Linienmaschine in die Hauptstadt, mietete dort ein Motorboot und folgte auf gut Glück dem Fluss stromaufwärts. Begleitet wurde er von einem Regierungsbeamten und vier Gendarmen, die den Schmugglern von Elfenbein, Diamanten und Sklaven das Handwerk legen sollten.

Nana-Asante hatte schon binnen weniger Stunden im Dorf für Ordnung gesorgt, und ihre Autorität wurde von niemandem in Zweifel gezogen. Sie versammelte Dorfbewohner und Pygmäen um sich und erinnerte sie daran, dass sie zusammenarbeiten mussten. Die Menschen von Ngoubé brauchten das Fleisch, das die Jäger lieferten, und diese würden ohne die Dinge, die sie im Dorf tauschen konnten, nicht überleben. Die Königin musste erreichen, dass die Dorfbewohner die Pygmäen achteten und dass die Pygmäen den Dorfbewohnern all das Leid verziehen, das sie ihretwegen erlitten hatten.

»Wie wollen Sie die Menschen lehren, in Frieden miteinander zu leben?«, fragte Kate die Königin.

»Ich fange bei den Frauen an, die sind mit Güte gesegnet.«

Schließlich war es Zeit, Abschied zu nehmen. Kate und ihre Freunde waren erschöpft, denn sie hatten kaum geschlafen, und außer Nadia und Borobá hatten sich alle den Magen verdorben. Der arme Joel war noch dazu in den frühen Morgenstunden von Kopf bis Fuß von Moskitos zerstochen worden und unförmig angeschwollen, bekam Fieber und kratzte sich blutig. Damit niemand ihn für einen Angeber hielt, bot Beyé-Dokou ihm wie nebenbei etwas von dem grünlichen Pulver aus dem heiligen Amulett an. In weniger als zwei Stunden hatte der Fotograf seine gewohnten Ausmaße wieder. Er war ganz aus dem Häuschen und bat um eine Prise des Pulvers für seinen Freund Timothy, aber Michael Mushaha versicherte ihm, Timothy sei von der Bisswunde des Mandrills genesen und erwarte sie gesund und munter in Nairobi. Die Pygmäen behandelten indes Adrien und Nzé damit, und man konnte zusehen, wie ihre Wunden verheilten. Deshalb fasste sich Alex schließlich ein Herz und bat um etwas Pulver aus dem Ipemba-Afua, denn er wollte es seiner Mutter mitbringen. Die Ärzte sagten zwar, sie habe den Krebs vollständig besiegt, aber bestimmt würde ihr dieses Mitbringsel ein langes Leben schenken.

Angie war entschlossen, ihre Angst vor den Krokodilen durch einen Handel zu überwinden. Zusammen mit Nadia kletterte sie auf die Palisade des Brunnens und schlug den großen Echsen eine Abmachung vor, die Nadia radebrechend übersetzte, denn ihre Kenntnisse der Krokodilsprache waren sehr bescheiden. Angie erklärte den Tieren, sie könne sie erschießen, sofern ihr der Sinn danach stand, aber stattdessen werde sie ihnen die Freiheit schenken und dafür sorgen, dass sie zum Fluss gebracht wurden. Dafür erwarte sie, dass sie nicht gefressen wurde. Nadia wusste weder, ob die Tiere sie verstanden hatten, noch ob man ihnen trauen konnte, oder ob sie überhaupt in der Lage waren, diese Abmachung an die übrigen Krokodile in Afrika weiterzugeben, aber sie sagte Angie dennoch, dass sie ab jetzt nichts mehr zu fürchten habe. Sie würde nicht in einem Krokodilbauch enden. Mit ein bisschen Glück würde sie, wie gewünscht, bei einem Flugzeugabsturz ums Leben kommen.

Kosongos Frauen, nun fröhliche Witwen, wollten Angie zum Dank ihren Goldschmuck schenken, aber da hatten sie die Rechnung ohne Bruder Fernando gemacht. Er breitete eine Decke auf dem Boden aus und nötigte die Frauen, ihren Schmuck darauf zu legen.

»Was ich von Kosongo habe, gehört mir!«, sträubte sich Angie und umklammerte ihre Armreifen.

Bruder Fernando warf ihr einen seiner Weltuntergangsblicke zu und streckte die Hand aus. Murrend gab Angie ihm den Schmuck. Zusätzlich nahm der Missionar ihr das Versprechen ab, dass sie ihm das Funkgerät aus dem Flugzeug überlassen und mindestens alle zwei Wochen auf eigene Kosten nach Ngoubé fliegen werde, um das Dorf mit dem Notwendigsten zu versorgen. Zu Anfang würde sie die Sachen aus der Luft abwerfen müssen, bis eine Fläche gerodet wäre, auf der sie landen konnte, was angesichts der Verhältnisse hier noch etwas dauern konnte.

Der Missionar band die vier Ecken des Tuchs zusammen und schleifte den Goldschmuck zu Königin Nana-Asante.

»Dieses Gold und ein Paar Stoßzähne sind unser ganzer Reichtum in Ngoubé. Sie werden wissen, was damit zu tun ist«, sagte er.

Nana-Asante hatte sich einverstanden erklärt, dass Bruder Fernando in Ngoubé blieb und seine Missionsstation und eine Schule einrichtete, sofern sie ihre Weltanschauungen unter einen Hut bringen konnten. Genau wie die Menschen würden auch die Götter lernen müssen, in Frieden miteinander zu leben. Das Herz der Menschen sollte groß genug sein, um die unterschiedlichen Götter und Geister darin zu beherbergen.

EPILOG
## Zwei Jahre später

Mit einer Flasche Wodka für seine Großmutter und einem Strauß Tulpen für Nadia stand Alex vor Kates Wohnungstür in New York. Nadia hatte ihm gesagt, sie werde zur Abschlussfeier der Schule auf keinen Fall diese scheußlichen Blumengebinde um die Handgelenke oder am Ausschnitt tragen, die alle anderen Mädchen von ihren Begleitern geschenkt bekamen. Die Tulpen hatten auf der Fahrt durch die Stadt arg gelitten, obwohl die Maihitze von einer leichten Brise gemildert wurde. An das Wetter hier würde er sich nie gewöhnen, dachte Alex und war froh, dass er es nicht musste. Er besuchte die Universität von Berkeley, und wenn alles glatt ging, würde er seinen Abschluss in Medizin in Kalifornien machen. Nadia hatte sich über seine Bequemlichkeit amüsiert: »Wie willst du als Arzt in den ärmsten Ländern der Welt arbeiten, wenn du nicht ohne die italienische Pasta deiner Mutter und ohne dein Surfbrett überleben kannst?« Alex hatte Monate gebraucht, um sie zu einem Studium an seiner Universität zu überreden, aber schließlich hatte er es geschafft. Ab September würde sie in Kalifornien sein, und er würde nicht mehr den ganzen Kontinent überqueren müssen, um sie zu sehen.

Die Wohnungstür ging auf, und er stand da mit seinen welken Tulpen und roten Ohren und war sprachlos. Er hatte Nadia seit sechs Monaten nicht gesehen, und das Mädchen auf der Schwelle kannte er nicht. Kurz durchzuckte ihn der Gedanke, er habe sich in der Tür geirrt, aber da sprang Borobá mit einem Satz auf seine Schulter, schlang ihm zur Begrüßung überschwänglich die Arme um den Hals und biss ihn ins Ohr. Aus dem hinteren Teil der Wohnung rief seine Großmutter nach ihm.

»Ja, Kate, ich bin's«, antwortete er, noch immer verdattert.

Da lächelte Nadia ihn an, und sofort war sie wieder das Mädchen, das er kannte und liebte, wild und golden. Sie umarmten sich, Alex ließ die Tulpen fallen und hob Nadia mit einem Arm um die Hüfte und einem Freudenschrei hoch, während er mit der anderen Hand die Wodkaflasche festhielt und versuchte, den Affen abzuwehren. Kate schlurfte heran, entwand ihm den gefährdeten Wodka und knallte mit einem Fußtritt die Wohnungstür zu.

»Hast du gesehen, wie Nadia sich zugerichtet hat? Wie eine Mafiabraut«, schnaubte sie.

»Sag uns, was du wirklich denkst, Oma«, lachte Alex.

»Nenn mich nicht Oma! Sie hat das Kleid hinter meinem Rücken gekauft, ohne mich um Rat zu fragen!«

»Ich wusste gar nicht, dass du dich für Mode inter-

300

essierst«, sagte Alex mit einem scheelen Blick auf ihre ausgebeulte Hose und das papageienbedruckte Hawaiihemd.

Nadia trug Schuhe mit hohen Absätzen und war in einen schwarzen Satinschlauch gezwängt, kurz und trägerlos. Zum Glück ließ sie sich von Kates Urteil nicht beeindrucken. Sie drehte sich für Alex einmal um die eigene Achse. Viel Ähnlichkeit hatte sie nicht mit dem Mädchen in kurzen Hosen und mit Federn im Haar, das er kannte. An den neuen Anblick würde er sich erst gewöhnen müssen, aber er war hoffentlich nicht von Dauer. Mit seiner früheren Aguila war er sehr froh gewesen und wusste nicht recht, wie er sich gegenüber dieser neuen Version benehmen sollte.

»Du musst mit einer Vogelscheuche zur Abschlussfeier, Alexander. Peinlich, aber wahr«, sagte Kate mit einer Kopfbewegung zu Nadia. »Komm, ich will dir was zeigen ...«

Sie schob Nadia und Alexander in ihr winziges und staubiges, mit Büchern und Papieren vollgestopftes Arbeitszimmer. Die Wände verschwanden unter Fotos aus den letzten Jahren. Alex entdeckte die Indianer vom Amazonas, die für die Diamantenstiftung vor der Kamera posierten, daneben hing ein Bild von Dil Bahadur, Pema und ihrem Kind im Reich des Goldenen Drachen, darüber Bruder Fernando in seiner Missionsstation in Ngoubé, darunter Angie Ninderera und Michael Mushaha auf einem Elefanten ... Sein

Blick fiel auf ein Titelbild des International Geographic aus dem Jahr 2002, das einen wichtigen Preis gewonnen hatte und von Kate gerahmt worden war. Joel hatte es auf einem Markt in Afrika gemacht: Es zeigte ihn mit Nadia und Borobá, wie sie einen wild gewordenen Vogel Strauß abwehrten.

»Hier, die drei Bücher sind fertig«, sagte Kate. »Als ich deine Notizen gelesen habe, war mir klar, dass du nicht zum Schriftsteller taugst, du hast überhaupt kein Auge für die Details. Als Arzt braucht man das wahrscheinlich nicht, die Welt ist ja voll von Kurpfuschern, aber für eine gute Geschichte ist das unmöglich.«

»Ich habe kein Auge, und Geduld habe ich auch nicht, Kate, deshalb hast du meine Notizen ja bekommen. Du kannst besser schreiben als ich.«

»Ich kann fast alles besser als du, mein Kleiner«, lachte sie und verstrubbelte ihm mit einem Handstreich die Haare.

Nadia und Alex betrachteten sich die Bücher mit einer sonderbaren Wehmut, denn sie enthielten alles, was sie in diesen drei Jahren der Reisen und Abenteuer erlebt hatten. Vielleicht würde es nie mehr eine so aufregende und geheimnisvolle Zeit in ihrem Leben geben. Aber zumindest waren ihre Freunde, die Geschichten und alle ihre gemeinsamen Erfahrungen in den Büchern festgehalten. Durch das, was Kate geschrieben hatte, würden sie ihnen immer gegenwärtig sein. Sie konnten die Abenteuer von Jaguar und Aguila in Händen halten, die Stadt der wilden Götter, das Reich des Goldenen Drachen und den Bann der Masken ...

ENDE

## INHALT

ERSTES KAPITEL  Die Seherin  7

ZWEITES KAPITEL  Besuche von Tieren und
Menschen  31

DRITTES KAPITEL  Der Missionar  54

VIERTES KAPITEL  Eine Begegnung  71

FÜNFTES KAPITEL  Der verwunschene Wald  90

SECHSTES KAPITEL  Die Pygmäen  114

SIEBTES KAPITEL  In der Gewalt Kosongos  134

ACHTES KAPITEL  Das heilige Amulett  155

NEUNTES KAPITEL  Die Jäger  178

ZEHNTES KAPITEL  Das Dorf der Ahnen  192

ELFTES KAPITEL  Begegnung mit den Geistern  204

ZWÖLFTES KAPITEL  Herrschaft des Schreckens  220

DREIZEHNTES KAPITEL  David und Goliath  241

VIERZEHNTES KAPITEL  Die letzte Nacht  259

FÜNFZEHNTES KAPITEL  Das Monstrum mit den
drei Köpfen  282

EPILOG  Zwei Jahre später  299

# Isabel Allende

*Die Trilogie um die*
*›Abenteuer von Aguila und Jaguar‹*

### Die Stadt der wilden Götter
Roman. Übersetzt von Svenja Becker
Leinen und st 3595. 328 Seiten

Im ersten Teil der Abenteuertrilogie lernen die junge Brasilianerin Nadia und der aus Kalifornien kommende Alex im Amazonasgebiet das geheimnisvolle Volk der Nebelmenschen kennen.

### Im Reich des Goldenen Drachen
Roman. Übersetzt von Svenja Becker
Leinen und st 3689. 336 Seiten

Im Reich des Goldenen Drachen, einem kleinen Königreich im Himalaja, sind Nadia und Alex einer internationalen Verbrecherbande auf der Spur, die den Goldenen Drachen, das weise Orakel, außer Landes bringen möchte.

### Im Bann der Masken
Roman. Übersetzt von Svenja Becker
236 Seiten. Leinen. st 3768. 310 Seiten

Ihren Abschluß findet die Abenteuertrilogie im Inneren Afrikas: Im Bann der Masken befinden sich Nadia und Alex, als sie auf der Suche nach verschollenen Geistlichen in einem Dorf mitten im Urwald landen, das von merkwürdigen Gestalten regiert wird.

NF 511/1/3.05

# Isabel Allende

### Das Geisterhaus

Roman
Aus dem Spanischen von Anneliese Botond
suhrkamp taschenbuch 1676
500 Seiten

»»Barrabas kam auf dem Seeweg in die Familie‹, trug die kleine Clara in ihrer zarten Schönschrift ein. Sie hatte schon damals die Gewohnheit, alles Wichtige aufzuschreiben, und später, als sie stumm wurde, notierte sie auch die Belanglosigkeiten, nicht ahnend, daß fünfzig Jahre später diese Hefte mir dazu dienen würden, das Gedächtnis der Vergangenheit wiederzufinden und mein eigenes Entsetzen zu überleben.«

So beginnt der erste Roman der »geborenen Geschichtenerzählerin aus Lateinamerikas Talentschmiede« (*Los Angeles Times*), der zu einem Welterfolg wurde. Die Geschichte der Familie del Valle, die zu Beginn des 20. Jahrhunderts in Chiles heiler Welt ansetzt und uns über vier Generationen durch politischen Terror und persönliche Schicksale führt, ist »geist- und phantasievoll, schauererregend und verspielt zugleich.« *Weltwoche*

# Isabel Allende

## Zorro

Roman
Aus dem Spanischen von Svenja Becker
Gebunden. 444 Seiten

»Zorro«, der legendäre Kämpfer für Gerechtigkeit – wie
wurde er zu dieser funkelnden Gestalt? Aufgewachsen im
Kalifornien des späten 18. Jahrhunderts, wird Diego de la
Vega als 16jähriger nach Barcelona geschickt, um europäischen Schliff zu erhalten. Er wird in die Fechtkunst einge-
wiesen und tritt einem Geheimbund bei, der sich ver-
schworen hat, Gerechtigkeit zu suchen. Doch die ist es
nicht allein, die ihn zu immer tollkühneren Taten treibt,
auch seine Liebe zu Juliana läßt ihn mehr und mehr in die
Rolle des »Zorro« schlüpfen. Und als solcher kehrt er
zurück nach Kalifornien, um mit seinem Degen Gerechtigkeit für die einzufordern, deren Kampfesmut schon gebrochen scheint. Ein Held ist geboren, die Legende beginnt.

»Wenn Isabel Allende ihren Malkasten auspackt, glänzt
Zorro wie neu: ein spannender Abenteuerroman mit hi-
storischem Dekor.« *stern*

## Lateinamerikanische Literatur
## im Suhrkamp und im Insel Verlag
## Eine Auswahl

**Isabel Allende**

- Aphrodite – eine Feier der Sinne. Übersetzt von Lieselotte Kolanoske. Illustrationen von Robert Shekter. Rezepte von Panchita Llona. Gebunden und st 3046. 328 Seiten
- Eva Luna. Roman. Übersetzt von Lieselotte Kolanoske. Gebunden und st 1897. 393 Seiten
- Fortunas Tochter. Roman. Übersetzt von Lieselotte Kolanoske. 480 Seiten. Gebunden. st 3236. 486 Seiten
- Das Geisterhaus. Roman. Übersetzt von Anneliese Botond. 444 Seiten. Gebunden. st 1676. 500 Seiten. st 2887. 504 Seiten
- Im Bann der Masken. Roman. Übersetzt von Svenja Becker. st 3768. 302 Seiten
- Paula. Übersetzt von Lieselotte Kolanoske. Gebunden und st 2840. 488 Seiten
- Porträt in Sepia. Roman. Übersetzt von Lieselotte Kolanoske. 512 Seiten. Gebunden. st 3487. 464 Seiten
- Mein Leben, meine Geister. Gespräche mit Celia Correas Zapata. Übersetzt von Astrid Böhringer. Mit Abbildungen. st 3625. 220 Seiten
- Im Reich des Goldenen Drachen. Roman. Übersetzt von Svenja Becker. Gebunden und st 3689. 336 Seiten
- Die Stadt der wilden Götter. Roman. Übersetzt von Svenja Becker. 328 Seiten. Gebunden. st 3595. 336 Seiten
- Der unendliche Plan. Roman. Übersetzt von Lieselotte Kolanoske. st 2302. 460 Seiten
- Von Liebe und Schatten. Roman. Übersetzt von Dagmar Ploetz. st 1735. 424 Seiten
- Zorro. Roman. Übersetzt von Svenja Becker. 443 Seiten. Gebunden

**Isabel Allende.** Leben – Werk – Wirkung. Von Martina Mauritz. sb 8. 160 Seiten

**Mário de Andrade.** Macunaíma. Der Held ohne jeden Charakter. Roman. Übersetzt und mit einem Nachwort und Glossar versehen von Curt Meyer-Clason. st 3198. 185 Seiten

**José María Arguedas.** Diamanten und Feuersteine. Erzählung. Übersetzt von Elke Wehr. Mit einem Nachwort von Mario Vargas Llosa. BS 1354. 126 Seiten

**Miguel Barnet**
- Alle träumten von Cuba. Die Lebensgeschichte eines galicischen Auswanderers. Übersetzt von Anneliese Botond. st 1577. 224 Seiten
- Der Cimarrón. Die Lebensgeschichte eines entflohenen Negersklaven aus Cuba, von ihm selbst erzählt. Herausgegeben von Miguel Barnet. Übersetzt von Hildegard Baumgart. Mit einem Nachwort von Heinz Rudolf Sonntag und Alfredo Chacón. st 3040. 245 Seiten

**Adolfo Bioy Casares**
- Morels Erfindung. Roman. Neu übersetzt von Gisbert Haefs. Mit einem Nachwort von René Strien. 154 Seiten. Gebunden
- Ein schwankender Champion. Roman. Übersetzt von Peter Schwaar. BS 1258. 80 Seiten

**Carmen Boullosa**
- Der fremde Tod. Roman. Übersetzt von Susanne Lange. es 2080. 126 Seiten
- Sie sind Kühe, wir sind Schweine. Roman. Übersetzt von Erna Pfeiffer. st 3074. 195 Seiten
- Die Wundertäterin. Roman. Übersetzt von Susanne Lange. es 1974. 133 Seiten

**Alfredo Bryce Echenique**
- Ein Frosch in der Wüste. Erzählung. Übersetzt von Elke
  Wehr. BS 1361. 124 Seiten
- Küß mich, du Idiot. Roman. Übersetzt von Matthias
  Strobel. Gebunden und st 3511. 325 Seiten
- Eine Welt für Julius. Übersetzt von Matthias Strobel.
  Gebunden und st 3556. 528 Seiten.

**Lydia Cabrera.** Die Geburt des Mondes. Schwarze Geschichten aus Kuba. Mit einem Nachwort von Guillermo Cabrera Infante. Übersetzt von Susanne Lange. 208 Seiten. Gebunden

**Guillermo Cabrera Infante**
- Ansicht der Tropen im Morgengrauen. Roman. Übersetzt
  von Wilfried Böhringer. st 2449. 186 Seiten
- Nichts als Kino. Übersetzt von Christiane Hammerschmidt
  und Gerhard Poppenberg. 448 Seiten. Gebunden

**Alejo Carpentier**
- Explosion in der Kathedrale. Roman. Übersetzt von
  Hermann Stiehl. st 2945. 444 Seiten
- Farben eines Kontinents. Übersetzt von Anneliese Botond
  und Ulrich Kunzmann. Mit Abbildungen. st 3451. 174 Seiten
- Das Reich von dieser Welt. Roman. Übersetzt von Doris
  Deinhard. Mit einem Nachwort von Mario Vargas Llosa.
  BS 1381. 140 Seiten
- Le Sacre du printemps. Roman. Übersetzt von Anneliese
  Botond. 683 Seiten. Gebunden. st 2480. 682 Seiten
- Die verlorenen Spuren. Roman. Übersetzt von Anneliese
  Botond. st 808. 354 Seiten

**Jorge G. Castañeda.** Che Guevara. Biographie. Übersetzt
von Christiane Barckhausen, Sven Dörper, Ursula Gräfe,
Udo Rennert. Mit Abbildungen. st 2911. 640 Seiten

**Julio Cortázar**
- Die Erzählungen. Mit einem Vorwort von Mario Vargas Llosa. Übersetzt von Fritz Rudolf Fries, Wolfgang Promies und Rudolf Wittkopf. Vier Bände in Kassette.
  st 2916-st 2919. 1302 Seiten
  Band 1: Die Nacht auf dem Rücken. Mit einem Vorwort von Mario Vargas Llosa. st 2916. 333 Seiten
  Band 2: Südliche Autobahn. st 2917. 266 Seiten
  Band 3: Beleuchtungswechsel. st 2918. 321 Seiten
  Band 4: Ende der Etappe. st 2919. 338 Seiten
- Die Gewinner. Roman. Übersetzt von Christa Wegen.
  412 Seiten. Gebunden
- Ein gewisser Lukas. Übersetzt von Rudolf Wittkopf.
  153 Seiten. Gebunden
- Rayuela. Himmel und Hölle. Roman. Übersetzt von Fritz Rudolf Fries. st 1462. 640 Seiten
- Reise um den Tag in achtzig Welten/Letzte Runde. Übersetzt von Rudolf Wittkopf. Mit zahlreichen Abbildungen.
  326 Seiten. Broschur
- Der Verfolger. Übersetzt von Rudolf Wittkopf.
  BS 999. 99 Seiten

**Julio Cortázar / Carol Dunlop.** Die Autonauten auf der Kosmobahn. Eine zeitlose Reise Paris – Marseille. Übersetzt von Wilfried Böhringer. Mit zahlreichen Abbildungen.
352 Seiten. Broschur

**Euclides da Cunha.** Krieg im Sertão. Übersetzt und mit einem Nachwort von Berthold Zilly. Gebunden und st 3093. 783 Seiten

**Laura Esquivel.** Bittersüße Schokolade. Mexikanischer Roman um Liebe, Kochrezepte und bewährte Hausmittel in monatlichen Fortsetzungen. Übersetzt von Petra Strien.
st 2391. 278 Seiten

**Juan Filloy.** Op Oloop. Roman. Übersetzt von Silke Kleemann. st 3677. 259 Seiten

**Milton Hatoum**
- Brief aus Manaus. Roman. Übersetzt von Karin von Schweder-Schreiner. st 3430. 190 Seiten
- Zwei Brüder. Roman. Übersetzt von Karin von Schweder-Schreiner. 252 Seiten. Gebunden

**Felisberto Hernández.** Die Frau, die mir gleicht. Erzählungen. Übersetzt von Angelica Ammar, Anneliese Botond und Sabine Giersberg. Mit einem Nachwort von Angelica Ammar. 398 Seiten. Gebunden

**Alejandro Jodorowsky.** Wo ein Vogel am schönsten singt. Roman. Übersetzt von Peter Schwaar. Gebunden und st 2842. 730 Seiten.

**Pedro Lemebel.** Träume aus Plüsch. Roman. Übersetzt von Matthias Strobel. st 3557. 202 Seiten

**José Lezama Lima.** Paradiso. Roman. Übersetzt von Curt Meyer-Clason unter Mitwirkung von Anneliese Botond. st 2708. 648 Seiten

**Clarice Lispector**
- Der Apfel im Dunkeln. Roman. Übersetzt von Curt Meyer-Clason. st 2833. 345 Seiten
- Wo warst du in der Nacht. Erzählungen. Übersetzt von Sarita Brandt. BS 1234. 118 Seiten

**Tomás Eloy Martínez**
- Der Flug der Königin. Roman. Übersetzt von Peter Schwaar. 282 Seiten. Gebunden
- Der General findet keine Ruhe. Roman. Übersetzt von Peter Schwaar. 475 Seiten. Gebunden
- Santa Evita. Roman. Übersetzt von Peter Schwaar. Gebunden und st 2849. 432 Seiten
- Der Tangosänger. Roman. Übersetzt von Peter Schwaar. 238 Seiten. Gebunden

**Angeles Mastretta**
- Emilia. Roman. Übersetzt von Petra Strien. Gebunden und st 3062. 413 Seiten
- Frauen mit großen Augen. Übersetzt von Monika López. st 2297. 238 Seiten
- Mexikanischer Tango. Übersetzt von Monika López. Gebunden und st 1787. 327 Seiten

**Raduan Nassar.** Das Brot des Patriarchen. Roman. Übersetzt und mit einem Nachwort von Berthold Zilly. 146 Seiten. Gebunden

**Pablo Neruda.** Gedichte. Spanisch und deutsch. Übersetzt und mit einem Nachwort von Erich Arendt. Zweisprachige Ausgabe. BS 99. 280 Seiten

**Iván de la Nuez.** Das treibende Floß. Kubanische Kulturpassagen. Übersetzt von Hans-Joachim Hartstein. es 2218. 165 Seiten

**Silvina Ocampo.** Die Furie und andere Geschichten. Übersetzt von René Strien. BS 1051. 238 Seiten

**Sergio Olguín.** Die Traummannschaft. Roman. Übersetzt von Matthias Strobel. st 3766. 182 Seiten

**Juan Carlos Onetti**
- Das kurze Leben. Roman. Übersetzt von Curt Meyer-Clason. st 3017. 438 Seiten
- Leichensammler. Roman. Übersetzt und mit einem Nachwort von Anneliese Botond. st 3200. 280 Seiten
- Leichensammler / Die Werft. Gesammelte Werke Band III. Übersetzt von Annliese Botond und Curt Meyer-Clason. 549 Seiten. Gebunden
- Der Schacht. Roman. Übersetzt von Jürgen Dormagen. BS 1007. 78 Seiten
- Wenn es nicht mehr wichtig ist. Roman. Übersetzt von Rudolf Wittkopf. BS 1299. 189 Seiten
- Willkommen, Bob. Gesammelte Erzählungen. Übersetzt von Jürgen Dormagen, Wilhelm Muster, Gerhard Poppenberg. 455 Seiten. Gebunden

**Elsa Osorio.** Mein Name ist Luz. Roman. Übersetzt von Christiane Barckhausen-Canale. 432 Seiten. Gebunden

**Octavio Paz**
- Figuren und Variationen. Zwölf Gedichte und zwölf Collagen. Mit Marie José Paz. Übersetzt von Susanne Lange. IB 1268. 43 Seiten
- Das fünfarmige Delta. Gedichte. Spanisch und deutsch. Übertragen von Fritz Vogelgsang und Rudolf Wittkopf. 217 Seiten. Gebunden
- Das Labyrinth der Einsamkeit. Essay. Übersetzt und mit einer Einführung von Carl Heupel. st 2972 und BS 404. 220 Seiten
- Das Vorrecht des Auges. Über Kunst und Künstler. Übersetzt von Susanne Lange, Michael Nungesser, Rudolf Wittkopf. Nachwort von Wieland Schmied. 236 Seiten. Gebunden

**Carmen Posadas. Roman.** Kleine Infamien. Übersetzt von Thomas Brovot. 288 Seiten. Gebunden. st 3735. 286 Seiten

**José Manuel Prieto.** Liwadija. Roman. Übersetzt von Susanne Lange. 354 Seiten. Gebunden

**Manuel Puig**
- Die Engel von Hollywood. Roman. Übersetzt von Anneliese Botond. 260 Seiten. Gebunden
- Herzblut erwiderter Liebe. Roman. Aus dem brasilianischen Portugiesisch von Karin von Schweder-Schreiner. 180 Seiten. Gebunden. st 3106. 180 Seiten
- Der Kuß der Spinnenfrau. Roman. Übersetzt von Anneliese Botond. st 869. 304 Seiten
- Der schönste Tango der Welt. Ein Fortsetzungsroman. Übersetzt von Adelheid Hanke-Schaefer. Gebunden und st 3186. 228 Seiten
- Verdammt, wer diese Zeilen liest. Roman. Übersetzt von Lieselotte Kolanoske. 327 Seiten. Gebunden

**João Ubaldo Ribeiro.** Brasilien, Brasilien. Roman. Übersetzt von Curt Meyer-Clason und Jacob Deutsch. Gebunden und st 3098. 730 Seiten

**Augusto Roa Bastos**
- Gegenlauf. Roman. Übersetzt von Elke Wehr. 233 Seiten. Gebunden
- Ich der Allmächtige. Roman. Übersetzt von Elke Wehr. 560 Seiten. Gebunden
- Die Nacht des Admirals. Roman. Übersetzt von Ulrich Kunzmann. BS 1314 und gebunden. 332 Seiten

**Nelson Rodrigues.** Gooooooool! Brasilianer zu sein ist das Größte. Übersetzt und mit einem Nachwort von Henry Thorau. st 3767. 176 Seiten

**Guillermo Rosales.** Boarding Home. Roman. Übersetzt von Christian Hansen. BS 1383. 108 Seiten

**Alejandro Rossi.** Die Flüsse der Vergangenheit. Sechs Geschichten aus dem Hinterland. Übersetzt von Gisbert Haefs. 125 Seiten. Gebunden

**Juan Rulfo**
- Der Llano in Flammen. Übersetzt von Mariana Frenk. BS 504. 160 Seiten
- Pedro Páramo. Roman. Autorisierte Übersetzung von Mariana Frenk. BS 434. 144 Seiten.
  st 3553. Mit einem Nachwort von Gabriel García Márquez. 160 Seiten
- Wind in den Bergen. Liebesbriefe an Clara. Übersetzt und mit einem Nachwort von Susanne Lange. Mit Fotografien. 322 Seiten. Gebunden

**Flora Tristan.** Meine Reise nach Peru. Fahrten einer Paria. Übersetzt von Friedrich Wolfzettel. Mit einem Vorwort von Mario Vargas Llosa. Mit Abbildungen. it 3037. 496 Seiten

**Fernando Vallejo.** Der Abgrund. Roman. Übersetzt von Svenja Becker. 192 Seiten. Gebunden

**Mario Vargas Llosa**
- Die Anführer. Erzählungen. Übersetzt von Elke Wehr. Gebunden und st 2448. 126 Seiten
- Briefe an einen jungen Schriftsteller. Übersetzt von Clementine Kügler. st 3601. 118 Seiten
- Das Fest des Ziegenbocks. Roman. Übersetzt von Elke Wehr. Gebunden und st 3427. 538 Seiten
- Die geheimen Aufzeichnungen des Don Rigoberto. Roman. Übersetzt von Elke Wehr. Gebunden und st 3005. 470 Seiten
- Der Geschichtenerzähler. Roman. Übersetzt von Elke Wehr. Gebunden und st 1982. 287 Seiten
- Das grüne Haus. Roman. Übersetzt von Wolfgang A. Luchting. st 342. 512 Seiten

- Lob der Stiefmutter. Roman. Übersetzt von Elke Wehr.
  Gebunden und st 2200. 196 Seiten
- Das Paradies ist anderswo. Roman. Übersetzt von Elke
  Wehr. 494 Seiten. Gebundenst 3713. 496 Seiten
- Die Sprache der Leidenschaft. Übersetzt von Ulrich Kunz-
  mann. 308 Seiten. Kartoniert
- Tante Julia und der Kunstschreiber. Roman. Übersetzt von
  Heidrun Adler. st 1520 und st 3320. 394 Seiten
- Tod in den Anden. Roman. Übersetzt von Elke Wehr.
  Gebunden und st 2774. 384 Seiten
- Ein trauriger, rabiater Mann. Über George Grosz. Über-
  setzt von Elke Wehr. 76 Seiten. Gebunden
- Victor Hugo und die Versuchung des Unmöglichen. Über-
  setzt von Angelica Ammar. Broschur. 199 Seiten

**Cubanísimo!** Junge Erzähler aus Kuba. Herausgegeben von
Michi Strausfeld. 331 Seiten. Kartoniert

**Tango.** Verweigerung und Trauer. Auswahl und Übersetzung
von Dieter Reichardt. st 1087. 450 Seiten